說吧！

莫言

莫言／王堯 著

序　我正在努力，為了你！

《說吧！莫言》不是小說，但其中包孕著我無數部小說。這些小說有的已經寫出來，有的還沒寫出來。

我一直夾著尾巴做人，一直相信作家應該用作品證明自己的才華，而不是用雇人吹噓或自我吹噓的方式來證明自己的才華。儘管這有點不合時宜，但我相信泡沫終會散去，一時的熱鬧並不能使作品的質量提高。所以這本《說吧！莫言》本不該出。之所以出是因為我也是大俗物，又因為此書中有諸多趣事會讓對我感興趣的讀者更多地了解我更好地解讀我的小說，故爾付梓麥田，慚愧！

書是二〇〇三年的談話記錄，有些話已經過時，但也就不改了吧！

有人已經判定我寫不出超越《生死疲勞》的小說了，讀了《說吧！莫言》你會明白，我的故事正在前進中成長著，接近高潮但尚未到達高潮。我正在努力，為了你！

莫言

二〇〇七年九月十一日

說吧！莫言

1. 童年記憶

你會感覺到，整個村莊是漂浮在青蛙之上的，哇哇哇，呱呱呱，又嘹亮又潮濕的一種聲音，吵得難以睡覺，青蛙的叫聲把整個村莊都淹沒，托起來了。

王堯：秋天我曾經想去北京訪問您，做完這次對話，也很想到您家吃羊肉水餃——聽說你請一對夫妻吃飯，那丈夫不吃水餃，那妻子不吃羊肉，但你們家卻包了羊肉水餃？

莫言：很抱歉，我認為羊肉水餃是世界上最好吃的東西，怎麼還會有人不吃？事實證明，後來他們都還是吃了。

王堯：轉眼就是新年了，還要勞駕您到蘇州來。我想，我們爭取在耶誕節前做完這一對話。說是對話，主要還是想聽您的高見。我知道，您不太喜歡說「思想」、「知識分子」這類詞，這不要緊，我們就隨便地漫談吧！談談往事，談談天氣。

莫言：「思想」、「知識分子」，在這些辭彙沒有準確定義之前，還是不談為妙。咱們還是「今天天氣哈哈哈」吧！不過，我真怕這樣的廢話整理出來，既浪費紙張，又貽誤讀者。

王堯：也許用這樣的態度，會談出一些好玩的東西。

莫言：好，權當聊天。即便將來你整理發表，也只允許你用馬糞紙印刷。

王堯：好，我們印在馬糞紙上！您昨天來蘇州時看我的眼光和以前不一樣，等到後來您說這次發現我有點老的時候，我才知道了原因。我現在也發現自己頭髮白得越來越多，氣色也有些蒼老，似乎很難擺脫一臉的疲倦。我父親的頭髮基本上白了，但在父親身上看到人老了以後的童真。人有兩次童年，一次是少年之前，一次是老年以後。我和您的第一次童年已經遙遠了，只有在記憶中才是近的。冬天特別讓我想到童年，那時的冬天太冷了，冷得直發抖的樣子，我到現在想起來都發抖。而且是飢寒交迫。您也有這樣的經驗。人對童年時飢餓和寒冷的記憶是刻骨銘心的。童年生活應該說對自己的影響是非常大的，故鄉的小巷子就是自己的血管，稻草就是自己的頭髮。童年的經歷和記憶一定影響自己後來心理和精神歷程的創作。

莫言：每個人都有自己的童年，但好像只有當你成了所謂的作家以後，這個童年才顯得特別重要，我想這大概是一種職業性的需要，也就是說每個作家都有一個自己最初的出發點，這個出發點也就是人生的出發點。所以故鄉、童年這幾個概念是密切相關的，可以綜合起來談。我們現在這個年紀，似乎還沒有資格來談童年，談故鄉，彷彿一罈酒，窖藏的年頭還不夠，強行開封，滋味就不夠醇厚。這種半自傳性的談話，應該再老一點，到八十歲了再談比較合適。

王堯：不同的階段有不同的立場和記憶、想法，而且童年中的一些部分其實已經被我們遺忘。

莫言：我們經常在日常生活中感覺到一個現象，就是眼前發生過的事情可能馬上就忘記了，上午發生過的事情下午就記不大清了，兩天以後可能忘得乾乾淨淨的了。但好多二十年前，三十年前，甚至是四、五十年前的事情倒是記得牢牢的，這說明人到了這種狀態，起碼是步入中年了，甚至是老年了。

王堯：趁現在還記得牢的時候多說點，免得以後讓一些學者來考證。有些事情不說，會以訛傳訛。

莫言：好吧，那就厚顏無恥，自己抬舉自己，先把自己幻想成一個似乎可以立傳的人物，像阿Q一樣。我首先要談的，是糾正一個年齡方面的謬誤。在八〇年代中期的時候，一直到九〇年代以前，需要寫作家簡歷的時候，出生年月都是寫一九五六年三月二十五日，這實際上是一個錯誤的日期，涉及到我個人當兵提幹的一段經歷。幾十年前，在農村，當兵是很不容易的一件事。六、七〇年代正是大搞階級鬥爭的時候，從理論上來講，中農的孩子也能當兵，但事實上是不可能的，貧雇農子弟都在那排著隊等候，哪裏輪到你？我從一九七三年就開始報名應徵，每年都參加體檢，心心念念地想當兵，但每年都落空。一直到一九七六年，趁著村子裏的幹部帶領全村人到外地去挖河，而我在縣棉花加工廠當臨時工，鑽了個空子，偷偷報名，成為一條漏網之魚，「混進了革命隊伍」。此時我的年齡已經是二十一週歲，二十一週歲可能是當兵的最後年限了。到了部隊，年齡是自己的一個壓力，因為那些新兵比自己小兩、三歲。我一個新兵，二十一歲了，比班長年齡還大。一提到年齡，就覺得很羞愧。

王堯：後來就改年齡了。

莫言：一九八〇年要提幹的時候，因為超齡一歲，提不了。提幹的最大年齡是二十四歲。我的一個很好的朋友，幹部部的一個幹事，常州人，這個老大哥，給我一個暗示，說，年齡嘛，也不是什麼大問題，你們農村兵的年齡，很少有準確的，你們的年齡，你們的學歷，都是隨便填的。當然他也沒說得很明確，只是暗示，我自然心領神會了。

王堯：這是一個很有意義的現象。不僅在部隊，在哪個行當裏都有這樣的現象，我們的政策中常常有「年齡槓子」這一條，有了這一條，好多事情就會一刀切。那個時候好改，出生檔案不健全。

莫言：農村孩子出生，在自家炕頭上，祖母就是接生婆。你生了孩子，就到當時的人民公社，找民政助理，報上個戶口，有的拖了好幾年也不報戶口。人民公社後來撤銷，改成鄉鎮，變動很多，所謂檔案，都是一把火燒掉了，誰幫你保留啊！不可能保留的。我就跑到鄉裏面，找了個朋友，開了份證明，改成一九五六年三月二十五日出生。那個人笑著說，你們這些闖外的，都回來把年齡改了。大欄村老錢家的大兒子，明明是一九五〇年生的，一下子改成了一九五八年，比他弟弟都小了，你是不是也多改幾歲，改成一九六〇年怎麼樣？省得將來再回來改。我說，改成一九五六年就行了。事實上，現在那些幹部們的年齡，都改小了許多，上邊有政策，下邊有對策。如果我走仕途，改成一九六〇年，真會占很大便宜。我們這些人最早的檔案，也就是當兵時的入伍體檢表，這個就是最原始的，之前就是空白，你想怎麼填就怎麼填。後來經過準確查證，我的出生日期應該是一九五五年二月十七號，那年正好是農曆的羊年，正月二十五日。

王堯：當時不得已而為之，後來想想，又不安了。

莫言：後來提了幹，當了作家，老覺得瞞了年齡是自己的一塊心病，感覺是在欺騙世人，欺騙同志，後來在出書時就把年齡改過來了，但身分證上還是一九五六年。現在要改身分證，那可就非常麻煩了。把這事回家說，他們都笑，說這算什麼，老錢家的兒子，已經把出生年齡改成一九六〇年了，最近做為青年幹部被提拔成了副市長，如果照實際年齡，他都該退休了。這也不能說我品德好，如果我也在官場上混，沒准要改到一九六五年出生。

王堯：母親對孩子的出生時間是記得最清楚的。

莫言：據我母親說，天將破曉的時候，哪個時辰也搞不清楚，雞叫頭遍。

王堯：生您的時候，你們家已經是個大家庭。

莫言：這個時候，我家庭裏面有很多人，我爺爺奶奶都還健在，很年輕，也就五十幾歲，我父親母親，我上面已經有大哥、二哥、姊姊，叔叔和嬸嬸和我們沒分家。我嬸嬸已經有一個女孩，比我大四個月。

王堯：我想現在應該說到你爺爺了。你一九八五年前後的中短篇小說，常常喜歡用「我爺爺」這樣的提法，你發表的第一篇小說《大風》就是講「爺爺」的故事，這當然是在寫小說，但生活中你爺爺肯定給你很大影響。

莫言：是的，要說到我爺爺。這個老人，現在想起來，很有性格，比較有遠見，但非常固執，用我父親的話講，就是不會隨潮流，槓子頭，鑽牛角尖，撞倒南牆也不回頭，永遠是和社會對著幹的。互助組時他還可以接受，鄰親百家互相幫助嘛！但初級社，高級社，人民公社，取消個人資產，集體化，他就難以接受了，心裏面非常牴觸。他認為一家一戶，兩個兄弟，都要分家，不分家就沒有積極性，妯娌之間互相都計較，兄弟之間各自想著自家的小家庭，很少能夠同心協力地幹好一件事，一個大家庭維持很久是不可能的，親兄弟都不行，這麼一幫鄰居，一幫互不相干的人合到一塊幹活怎麼可能幹好？誰會賣命地生產呢？誰能夠把自己家裏面最好的東西拿出來呢？但是當時社會潮流是這樣啊！你如果作為一個單幹戶，不入社，理論上也是可以的，但你和後代的前途就給斷送了。

王堯：「文革」後期，我經常幫大隊幹點事。一次，部隊來函調查一位戰士的家庭情況，大概準備提幹。大隊領導讓我回函，先是說好話，後來讓我寫上一句，他爺爺在入社時不太積極。

莫言：我爺爺對我父親說，入社入社，扯淡造孽，你們入吧！我不入，堅決不入。但我父親是一個相當開通的、追求進步的鄉村知識分子。解放以前讀過四年私塾，算盤打得很好。一九四七年共產黨一過來，就給共產黨做事，征糧、算帳，從初級社、高級社到人民公社，一直到一九八四年，幹了幾十年會計，帳目上沒出一點差錯，沒貪污過一分錢，對共產黨確實是忠心耿耿，對解放前和解放初期共產黨的那些幹部，提起來就讚不絕口，講當時那些幹部艱苦樸素、聯繫群眾的作風，吃苦耐勞的精神。當然後來那些幹部越變越差，他的信心也在打折扣。我父親心裏面是有入黨這個夢想的，非常希望入黨，共產黨讓他上刀山、下火海，他不會有半點遲疑。但這樣的一個家庭出身，富裕中農，大伯又是地主，入黨是不可能的。他小心謹慎，勤勤懇懇，白天下地勞動，帳目晚上算，全縣的大隊會計都是脫產的，只有他不脫產，但人家還是不把他當作自己人，他確實是希望進步，希望子女入團、入黨、到外面工作。在那個時候，我爺爺不入社，對我父親造成了很大壓力，但對我爺爺又不敢發火，只能好好勸說。

王堯：還有像你爺爺這樣的人嗎？

莫言：鄰村有一個姓孟的單幹戶，死不入社，一直到「文化大革命」還不入社，其中一個，頭上還留著小辮子，像滿清遺老遺少。國家政策規定自願入社，我不願意入你不能強迫我入。單幹戶老孟，他的兩個孩子也不上學，後來小兒子上學，在學校裏備受歧視，找物件都找不到的，誰願意嫁給單幹戶家？不識時務，天生一種頑固不化的形象。他們推著木輪車去推糞，生產隊是馬車，膠皮軲轆小車，他還用木輪車。木輪車一走就吱吱地響，聽到這聲音，就知道單幹戶來送肥了。前邊小毛驢拉著，兒子後來也不幫他幹了。他的老婆給趕著毛驢，他老婆是小腳，後邊一個男的留著乾豆角一樣的小辮子，推著一輛破破爛爛的落後了幾十年的木輪車，車上裝著兩簍子糞，往地裏走，所有的人都看著，他目不斜視，老婆在前面也目不斜視，趕著小毛驢，沿著河堤往前走。

王堯：鄉村裏也有像王國維這樣的人啊！

莫言：當時生產隊非常貧困，但很熱鬧，隊長一敲鐘，所有的人都集中到一塊，說說笑笑，幹活就大呼隆。全隊五、六十號人到地頭上抽菸、說故事，他們一家兩兒子就跟著爹、跟著娘在遠離群眾的偏僻地方，弄那麼一小塊土地，莊稼長得又不好，他也不用化肥，用化肥就和共產黨、和人民公社沾邊了。他不跟共產黨、不和社會犯事，洋布、膠鞋都是人民公社的，他們家不穿。化肥、農藥也是人民公社的，他拒絕使用。

王堯：他到底是一種什麼樣的心理來拒絕這個社會？

莫言：我不知道他到底是什麼樣的心理。他用原始農家肥，堅持幾十年前的生活生產方式，煤油都不點，點豆油，過去都是點豆油嘛！自家織那個老土布，他們家孩子都穿老土布，當然現在都是好東西了。他很怪的，他就是對這個社會極端的牴觸，家裏很貧困，是貧雇農，你也不能怎麼著他，出身好，要是地主早給打死了。

王堯：在我們以前的當代史裏面，我們往往忽略不計這些人事。

莫言：這種人是很值得研究的，要不他就是一個真正的很早覺悟的大智者，要不他就是一個冥頑不化的落後分子。我爺爺的個性中也有這種東西。他知道你人民公社是兔子尾巴長不了的。我爺爺在中蘇友好發高燒的時候也說，「好成個什麼樣子，將來就會壞成個什麼樣子」，「文化大革命」的時候，還有人抖出來，說他講「人民公社是兔子尾巴長不了」，是攻擊社會主義。

王堯：我們以前的社會學者缺少這種調查。

莫言：以前很多社會學者調查一個村莊，但沒有注意這樣的活化石一樣的個體戶。

王堯：這戶人家後來的命運怎麼樣？

莫言：他從互助組開始就不合作，自己單幹。我想其實他是太迷戀土地，自家的土地，那種感覺，非同一般。後來，縣裏要修路，他的地正在當沖，就變成了修路的巨大障礙，縣裏派人做他的工作，讓他讓路，他就說這是我的土地，是共產黨分給我的，土地改革的時候分的，地契都有，共產黨還是不是那撥？如果不是那撥了，我讓，如果還是那撥，就必須講信用，說話算數，這個地就是我的，我就是死活不動。縣裏也拿他沒有辦法。正好馬上就「文化大革命」了，「文化大革命」就不管這套了，把老頭拉出來批鬥，脖子上掛磚頭，身上抹大糞，招來的蒼蠅，把身體都遮沒了。批鬥的當天晚上老頭就上吊死了，老婆也很快鬱鬱而死。兒子立刻就加入了人民公社，兒子感覺到真是解放了，馬上融入到這個集體裏去了。過去他兒子見了人，就像老鼠見了人一樣的。

八〇年代以後，我到縣裏去，當時貧下中農協會那個主席，後來是宣傳部長，我就提起了我們鄰村這個單幹戶。我問，六〇年代時，這個縣裏邊還有沒有這樣的單幹戶，多不多？他說，整個高密縣就你們老家旁邊那個陳家屋子村有這麼個單幹戶，全縣的典型，好像縣裏為這個還做過研究，說這是個恥辱，在這種情況下還有個單幹戶，要不要採取什麼強制措施。縣裏邊開常委會也沒做出決定，人家也沒犯什麼法啊！你看那人民公社條例上規定了「入社自願，退社自由」。為此還專門請示了省委農村工作部，省委批覆說就讓他單幹好了，人家確實沒有違反國家任何法律規定，是合法的。

王堯：雖然合法，但這個人在社會中被真正的邊緣化了，排除到社會之外了。

莫言：理論上講，他的兒子也能上學，也能參軍，但實際上他是完全失去了這種可能。所有的人都知道他是很善良很耿直的人，兒子也長得很漂亮的，但沒人嫁給他。等父母親死了，他們融入集體，才找了個有殘疾的女人結婚。

王堯：你說的這些事情，讓我想到柳青的《創業史》。你爺爺這麼固執，你父親總得做他的工作，這是潮流啊！

莫言：後來還得說服他，不可能讓他一個人在外面單幹，否則我父親就沒法在外邊混了。我爺爺就和我父親講價，我入可以，但家長不是我了，我辭去家長職務了，從今之後我什麼都不管了，我也不會在人民公社裏幹一天活，我不幹。他是當地有名的農民老把式啊！幹農活是很能幹、非常厲害的，無論是推，還是割，所有農村的技術活，他都幹得非常好，非常出色，尤其是割麥子。割麥子實際上在農村是會友炫技，像武林中人炫耀武藝一樣。

王堯：浩然《金光大道》裏就有拔麥子比賽。

莫言：浩然寫張金髮和高大泉他們比賽拔麥子，拔麥子實際上是一種較量，技巧和體力的較量，就像比武、會友。我們那裏的土質是一種黑土，不可能拔麥子，拔不出來，土壤板結得厲害，要用鐮刀割麥子。用鐮刀割麥子要有很高的技巧，我爺爺割麥子的技術在方圓幾十里、在整個高密東北鄉鼎鼎大名，很瀟灑。我們那兒是窪地，到了秋天是一片汪洋，水落下去，種麥子，不可能讓驢下去拉著耬，正兒八經地耩，只能人下去，用腳後跟踩上兩個腳窩，前面踩窩，後面點麥種。雖然是這樣粗放地播種，但到第二年，麥子還是長得特別好，因為秋天的大水使河水泛濫，就像尼羅河的河水泛濫必然帶來第二年的大豐收一樣。我們村後面的膠河，每年秋天泛濫，必然帶來第二年小麥大豐收。膠河的水從上游帶來的含有豐富肥力的黃土和沙土，退水以後，黑土上面蒙上了一層大約一公分厚的油光光的黃泥，翻到地下就能起改良土壤的作用。本來那土壤含鹼的，含鹼的土壤被河水一浸泡、一沖洗，就把鹼給壓下去了，所以第二年麥子長得是密不透風啊！當時種的時候是一墩一墩的，所以割麥子的技巧很講究，割欻把，就是鐮到手到，如果你想用手先攬住麥子再用鐮刀割的話，那速度就慢了。鐮刀向麥子根伸過去，手同時向麥穗脖頸處伸過去，鐮刀把麥子割斷的時候，手也把麥子抓住了。抓住以後，技術差的人就把割下的麥子夾到兩腿之間，然後再騰出手來抓另外一把。年齡再老一點的就蹲著，一條腿支著屁股，一條腿往前移動，割下一把就放在一條腿縫裏邊夾著。我爺爺這種高手呢！就用手攬著，割這把麥子的時候同時把麥腰子打好，割的同時就把麥子攬起來了，割到半個麥子的時候，啪，往地下一攏，緊接著用鐮刀把那個地方一綰，就是一個完整的麥個子。我們割麥子要換上最破的衣服，穿得破破爛爛的，還把袖口、褲腿紮起來，我爺爺看了就冷笑，他割麥子的時候，穿著很板的白褂子，用手挽一下袖子，人家身上根本沒有灰塵的，看他割麥子真是一種享受。

王堯：《大風》寫到「爺爺」割麥子，很簡單，沒有你現在描繪得這樣傳神。和你對話時，我才感受到「敘述就是一切」，和別的作家在一起沒有這樣強烈的感覺。

莫言：我們那個地方是窪地，麥子成熟得比較晚，當我們那兒麥子成熟的時候，上坡，就是嶺地的麥子已經割完了。所以我爺爺說麥子是從西邊漸漸地往東成熟。這個時候，我爺爺他們，當然這都是解放前、解放初期，以我爺爺為首的高密東北鄉的割麥高手，穿著白色的紡綢褂子，拿著鐮刀，揹上斗笠，到上坡去，給別人打短工割麥子。有一個地主，鄰居家的大地主，開著燒酒鍋，青島都有買賣的，在麥收前夕叫上我爺爺，「老二，怎麼樣，我們到上坡開開心去？」他們不說到上坡去割麥子打短工，而是說開心去。到了上坡，也在工夫市上蹲著啊，等人家來雇。後來人家那邊也都知道了，知道了我爺爺他們這些來自高密東北鄉的割麥高手，不是來掙錢，而是來開心的，於是就搶著雇傭。所以有些事情很複雜，像我家是富裕中農，我鄰居家是大地主，他們也去當雇工。他們是真幹，當地地主家都有好把頭，領著割。如果跟不上，或者割得質量不好，是拿不到全額工錢的。有一年他們被一個寡婦家雇去，寡婦家很富，就一個兒子，繼承下來很多土地。寡婦家請來一個把式，割麥子的高手，瞧不起高密東北鄉來的這幫短工，口出狂言，你們這些黑土地的螻蛄，到我們黃土地，只怕拱不動了。把頭很輕狂。我爺爺他們不吱聲，說，割吧割吧！是騾子是馬，拉出來遛遛吧！據說那個人力大無窮，但是沒有技巧，被我爺爺他們一會就追到了屁股後，故意不超過他，就在他後邊，割一把就用麥芒子掃他的臉一次，割一把就用麥下面的根戳他屁股一下子。半上午的時候，這個把頭雙手作揖，說，得罪了。讓出這個位子，到了地頭，揹上自己的包袱就走掉了，飯都不吃。

王堯：還有比你爺爺他們厲害的嗎？

莫言：我爺爺他們是真正的高手，他實際上技術已經很好了，但他說自己還不行，真正的高手都是提著畫眉籠子，搖著芭蕉扇，身後跟著跟班的。鐮刀的柄上鑲著象牙。都是大地主，大地主也會幹活？其實很多地主都是幹活高手，從小勞動出來的。勞動過程當中，他們實際上也體驗了很多樂趣，他出來打短工是尋開心，過癮，在地頭上吃飯也是很開心的。

王堯：這和以往小說中的敘述以及我在日常生活形成的記憶不一樣。

莫言：過去小說裏面，階級教育當中，都是說給地主家扛活，吃的是豬狗食，住的是牛馬圈，而東家在一旁喝酒吃肉。實際上根本就不是這麼一回事。起碼不完全是這麼一回事。這長工、短工，要是伺候不好的話，是不好好給你幹活的。我給你把麥子多掉一點，我給你把麥子的茬子割得高一點，不就浪費掉了嗎？實際上都會把家裏最好的做給短工吃，自家反而捨不得吃。我們那個鄰居地主家請來了雇工割麥子的時候，地主的太太、兒媳婦在家裏面做最好的飯，擀餅啊、包包子啊、擀麵條啊，然後炒菜啊，送到地裏去，早飯和午飯沒有酒，怕喝多了耽誤營生。晚飯，酒隨便喝，他家開著燒酒鍋，酒有的是，都是好酒。有些吝嗇的東家，自己捨不得吃，也要把最好的給長工和短工吃，當然我們可以說這樣做是為了收買人心，讓他們出大力，更多的剝削。我奶奶說，我們那鄰居家，為了讓長工幫著吃吃粗麵，兒媳婦想了一個辦法，用粗麵包肉包子，長工吃著很高興。這就是說，給長工吃粗麵，長工是不高興的，必須加上很多肉，逗引著他們吃。給那戶地主家當過長工的，最後都跟那家感情很深，以至於發生了這樣的怪事，一九四七年，他家的一個長工，回來組織了還鄉團，給東家報仇，當然我們可以說這個長工是貧雇農的叛徒。當然，我們也不能否認，確實有像黃世仁那樣的搶男霸女的惡霸地主，就像我們不能否認現在的鄉鎮幹部和村莊幹部中有無惡不作的壞蛋一樣。

王堯：所以，千篇一律的敘述總是讓人懷疑的。當所有的敘事都變成一種階級話語時，一些現象就被遮蔽了。這種日子，可能是你爺爺苦難記憶中最美好的部分。這是七〇年代的另外一種憶苦思甜。這一點我感受很深，我的爺爺、奶奶從我記事開始，他們常常懷念的就是過去的日子。

莫言：我爺爺也懷念過去。尤其是七〇年代的時候，晚上經常給我們講，想想那時候太陽那麼毒，白日頭，地都曬焦了，地上的土都燙腳，麥田是一片金黃，麥子眼看就要斷穗了，曬得上面麥稈要焦了，一動，麥粒就啪啪的落下來。滿鼻子都是麥子的焦香。勞動間隙坐在地頭上休息，天上全是鳥在叫，周圍野草野花開得茂盛，蜜蜂飛來飛去，財主家的小夥計把飯挑來了。飯裏邊最懷念的，就是單餅捲雞蛋，捲大蔥，後來我在《紅高粱》裏邊寫過單餅捲雞蛋，然後就是豬頭肉、蒜泥拌黃瓜。五月份，黃瓜剛下來，頂花帶刺的小黃瓜，紅燒豬頭肉，加上大蒜、醬油一拌，那滋味，嗨，我爺爺說得我不斷地嚥口水。我們兄弟幾個，特別喜歡聽我爺爺這樣的老人，講述他們過去吃過的好東西，精神會餐。我奶奶就反對，說別說了，再說他們就更饞了。

王堯：現在山東一帶還有這個菜，黃瓜拌豬頭肉。

莫言：現在還有，但現在感覺沒有那麼好吃了。

王堯：吃東西就是這樣，總覺得困難時期的飯菜特別香，這不是味覺，是一種心理感覺，還有一種莫名的東西在心頭。

莫言：勞動一上午，送飯到地頭上，喝上一碗綠豆湯，黃瓜拌燒肉，單餅捲雞蛋，真是吃得開心，被他一描述，我們就饞得流口水。吃飽了往地上一躺，迷糊一袋菸工夫，頭枕著麥個子，也是一種幸福吧！六、七〇年代生活那麼困難，就是紅薯乾、高粱麵、窩窩頭。我爺爺就懷念當年幹活的時候，也是通過這些事情，讓我意識到，第一，勞動本身是充滿樂趣的；第二，農民也有自己的敬業精神，他幹不好活，是很恥辱的。割一手好麥子，刨一手好地，他自己也很驕傲，而且也能贏得周圍老百姓的尊重，瞧人家幹活像模像樣的，幹什麼是什麼。

王堯：你說的是一種「勞動美學」。

莫言：這種勞動模範，在農村是很受尊重的。我從小就笨，幹活拖泥帶水，糾纏不清，是個劣等的農民。而那些有天才的孩子，根本不用學，看一眼，就會了。我是把著手都教不會的主兒。我爺爺也批評我說，你這個樣子，要是放在過去，別說掙工錢了，誰給你工錢啊？自己揹著乾糧，白給人幹也沒有人雇。我想一個好農民，也是天生的，學也不行，只有一身蠻力氣，沒有技巧，心不靈手不巧，做個好農民都不夠格。我爺爺除了農活做得好，還是一個非常好的木匠。人民公社以後，他發誓不給生產隊幹活了。生產隊的那些人，隊長啊、村長啊，動員他，有喊他二爺的，有叫他二叔的，因為他排行第二嘛！你能不能來帶帶那些年輕的，不用你幹，就給他們指點指點。他說，不行，我不幹。你能不能露兩手看看？不行，堅決不幹。農村都有自留地的，自留地的活我爺爺還幹，在自留地割麥子，好多人來看，他的割麥子成了表演，很瀟灑，他也很得意。他的鐮刀磨得好，看不到手和麥子是怎麼接觸的，真是一柄大鐮四面揮，眼前高麥立紛披。後面一穗都不掉的，麥茬子貼著地皮。低手割麥，那是滴滴落落的，像羊拉屎，掉得滿地都是麥子，後面還要人揀麥穗。他後面是乾乾淨淨的，真是好。麥個子放在地上，兩頭膨大，中間緊束。麥穗子齊齊的，真是好看。自留地裏那點活根本不夠幹，我們那裏有些無主的荒地，他就去開小荒，但很快就被制止了。寧願荒著長草，也不能讓個人開。只好耍木匠手藝，當時做木工活也是違法的呀！而且也沒有木材，五八年大躍進的時候全給蹧蹋光了。我記得我爺爺就是收購一些破家具、破門、破窗，爛得不行了，或者一塊木頭頭、木板，他都撿回來，撿回來他就因材施藝，什麼樣的材料他就給你搞出一個精緻的小家具來，一塊彎彎木頭他可以給你做出一個小凳子來。

王堯：後來你寫過一篇小說〈棗木凳子摩托車〉，說凳子不是用來坐的，而是用來枕頭的。

莫言：是的。我們家有一棵老棗樹，我爺爺用它做了幾十個小凳子，小凳子就是那種窄窄的、翹翹的、元寶形狀的。我爺爺他一輩子不枕枕頭的，他枕著小板凳睡覺，他的小板凳最後被他的腦袋磨得油光光的，像雞血石一樣，紅色的，油光光的，枕著睡覺，冬天夏天都是。夏天他在樹下邊鋪上一個蓑衣，枕著一個小板凳；冬天他也不枕枕頭，一輩子枕個小板凳睡覺，他的腦袋後邊堅硬無比。

有什麼東西他都給你做得很好的，真是沒有他不會的，我記得有一年，我叔叔家的兒子捉了一個小鳥，是個雲雀，那時我爺爺年紀也大了，我叔叔家的小男孩也是最小的一個，要爺爺做個鳥籠子，我爺爺說鳥籠子沒做過啊，它怎麼做啊！他就天天跟在他後邊，要做個鳥籠子。我爺爺說，好，我給你做個鳥籠子。他就下面用木頭串起來，上面是魚網形狀的，他會結魚網，他就用結魚網的方式，上面蒙上一個網，給他做了一個很漂亮的鳥籠子。我記得只有一件事難住過他，農村有一種馬紮子，用皮條穿來穿去，可以折疊起來，但上面是用生牛皮穿起來的，他有一次不會穿，請教我們村中一個心非常靈、手非常巧的木匠，這個東西怎麼穿啊？我一輩子沒請教過別人什麼東西，一看就能看明白，可現在年紀大了兀弄不出來了。那個人說，這個很簡單，比劃兩下子，他就悟開了，回家就會了，他一輩子大概只請教過這麼一次人。

王堯：在農村是有像你爺爺這樣的奇人。未必讀過書，甚至不識字，但曉得天文地理。智慧，特別是生存的智慧有時在文字之外，人類文明有另外的承傳方式。知識分子為什麼會自大，就是因為他的視野總是在文字之中，在字裏行間。

莫言：他不識字。當年我大爺爺是開中藥鋪的呀！他和我大爺爺沒分家，我大爺爺、我爺爺、我三爺爺，我老爺爺死後，當然是我大爺爺當家。我大爺爺這個人也很傳奇，四十多歲才開始學中醫，很晚了，沒有時間，在地頭休息的時候，拿出書來，背一段，幾年後就出道，成了一個很不錯的中醫。我爺爺沒事，就幫他抓藥去，相當於司藥的，什麼當歸、川芎、地黃、麻黃、桂枝這些東西，他不識字，所以藥櫥的字他也沒法對，完全靠記憶。我大爺爺說桂枝就是這種東西，在這個格子裏；麻黃是這種東西，在那個格子裏。幾天後，他就可以給人抓藥了。我大爺爺開藥方，桂枝三錢、麻黃三錢、甘草一撮，他就會抓了。後來他閉著眼睛，一聞這是桂枝，一聞這是當歸，一聞這是白芷，一聞這是茯苓。閉著眼睛，靠鼻子的嗅覺，能把藥找到，確實有悟性。後來我和我父親也議論過，如果我爺爺認識字的話，會是什麼樣子？認識字的話，可能沒這麼靈了，他說。

王堯：這樣的人常常是很倔強的。

莫言：我爺爺性格非常耿直，而且絕不向任何人屈服。他自己親口給我們講過，年輕的時候和一個叫馬文門的人打架的事。馬文門是高密東北鄉的大力士，沒人能打過他的，大個子，可能是一米八多吧！而且會點三腳貓的武術，到處欺負人，而且還有點流氓。我爺爺說，馬文門有一次遇到一個漂亮女人，就把自己的菸袋和菸鍋往樹上一扔，菸袋菸鍋掛在樹杈上，他就說：大嫂，青枝綠枝，鉤之掛之。他是在調戲那個婦女，但那女人是肚子裏有黃的，隨口應道：我看你是文之武之，一肚子鰲脂！就是這個馬文門，有一次因為什麼和我爺爺吵起來了，然後就和我爺爺動手打，他一手抓著我爺爺的脖子，一手抓著我爺爺的腿，往外一掄。我爺爺說，他往外一掄，我借著一個勁就回去了，對準他的鼻梁就是一拳，把他打得倒退了三五步，鼻孔竄血，仰面朝天跌到水溝裏去了。

王堯：我特別有興趣的是你爺爺當時對形勢和社會發展的判斷，你前面也談到了。他沒有什麼理論，也沒有我們通常所說的立場和方法，但能夠說出比知識分子高明和有遠見的話。當然可以說世事練達就是學問。這值得我們思考。毛主席曾說「卑賤者最聰明，高貴者最愚蠢」，兩分法，說得比較極端，但是，現在的歷史敘述常常疏忽「卑賤者」的想法。

莫言：五〇年代，中蘇友好熱火朝天的時候，他就發表反動言論。中蘇友好的時候，每個人好像都是中蘇友好協會的會員，我爺爺說我不當這個，你別填我的名字，我不參加你們這個協會。他說：根據我的經驗，兩個國家和兩個人一樣，好到什麼程度，就會壞到什麼程度，酒肉的朋友不長久，中國和蘇聯現在是酒肉朋友，靠財物的交換，將來必有一天會翻臉，翻臉肯定要打仗，兔子尾巴長不了。他還說人民公社兔子尾巴長不了。後來這些事情一一都應驗了。他是一九七八年去世，我當兵的第三年。中蘇交惡、珍寶島事件他都經歷了。他去世時，人民公社已經是日薄西天，沒人正經幹活了。

王堯：過去我們常說「樸素的階級感情」，換一個說法，樸素的人生經驗是值得珍惜的。

莫言：他就是農民這種直感，可以很準確地把很多事物的本質把握住。他完全不懂那麼多的理論，他就用一般的人生經驗，就知道什麼事情是可以行得通的，什麼事情是行不通的。評論人民公社時，他最有說服力的就是：親兄弟如果不分家，這個家庭也是沒有創造力、沒有積極性的。每人都有私心，親兄弟也不行，結婚以後，弟兄們各自都存著私心，都想攢自家的私房錢，妯娌之間更難團結。何況是張、王、李、杜，百家姓的人捏到一塊去，怎麼可能心往一處想，勁往一處使？絕對不可能的。

王堯：我想這和你爺爺的人生遭際也有關係，人生遭際是大課堂。

莫言：我老爺爺去世以後，他跟我大爺爺、三爺爺一塊生活了很多年，固然沒有分家，可個人都存著私心。當時我大爺爺開個藥房，我爺爺開個木匠鋪，三爺爺是小弟，遊手好閒，天天拿著槍打鳥，和游擊隊混在一塊喝酒。我奶奶當時也是很有心計的，藥鋪裏收的銅錢都放到一個竹筒裏面，竹筒上面鑽一條縫隙，只能放一個銅板。藥鋪白天營業一天，來看病的、抓藥的，收了錢就投到竹筒裏。我奶奶伸進一個麥稈草量一量，就知道竹筒裏面已經存了多少銅錢了。等第二天早上，藥鋪開門了，我奶奶偷偷的去量，發現銅錢下去一大截，說明夜裏被我大爺爺倒出來，拿走了，出去喝酒去了，或者到相好的女人家去了。我爺爺很耿直，他所有的收入，帳都是報到我大爺爺那裏的。

王堯：你奶奶很有智慧。

莫言：我老爺爺也非常有意思。我們家原先是住在離縣城很近的一個地方，叫管家靈芝，我想可能應叫「靈址」，或者叫「陵址」，但現在都寫成「靈芝」。那個地方的人全都姓管。一個家族時間長了以後，也分成兩股勢力，弟兄兩個最早來到這個地方的。過去幾十年，老大這股人住在前街，老二這股人住在後街，五代六代以後，照樣打得頭破血流，照樣爭權奪利，勢不兩立，比敵人還要敵人。我老爺爺就是和前街的本家打官司打輸了，輸了官司以後要賣房子、賣地，賠錢啊！打官司本身要花錢的，有時候是贏了官司輸了錢，官司輸了，不但輸了錢，什麼都輸了，就待不下去了。他三個兒子就是我大爺爺、我爺爺、三爺爺。輸了官司，只好賣掉房子，到高密東北鄉落戶，離縣城有五十多里路。在我老爺爺那個年代，民國初年的時候，高密東北鄉很荒涼，只有幾戶人家。我們那個村叫三份子村，只有三戶人家。三份子村有兩個意義，一個就是那個地方只有三戶人家，還有就是這個地方三縣交界，平度、膠縣、高密三縣交界，三不管地帶，河的北邊是平度，河的南面是膠縣，河的這邊就是高密。而且經常是今天劃到膠縣去了，明天劃到平度去了。旁邊那個村叫大欄，大欄，就是以前放牧牛羊的地方，放一天把羊圈起來，用欄杆。還有個地方叫小欄，也是圈羊圈牛的地方。旁邊一個村叫王家屋子，最早來了一個姓王的人家，搭了一個草棚子，到了夏天割草啊，下來捉鳥、打魚的地方。旁邊一個村叫陳家屋子，還有一個村叫黑天愁，這個村一到黑天就發愁，土匪就來騷擾。還有一個地方叫沙口子，可能就是膠河決口的時候往外面流沙子。他們來到了這麼一個荒涼的地方，他們為什麼來這呢？因為荒地很多，租地也很便宜，實際上就是墾荒、種地、割草、打魚，過了幾十年，人口就漸漸多了。下邊什麼都便宜嘛！上邊混不下去的人就來了，還有外地的一些流民也過來了。縣城附近的村子，像我們原來的管家靈芝，一個村就一個姓，高密東北鄉這些村子，姓什麼的都有，都是從外地來的啊！

王堯：這像個移民社會。

莫言：所以宗族觀念不那麼強。另外那些安分的農民也過不來，爭強好勝啊！打官司打輸了，有的人甚至殺過人，都過來了。三縣不管的地方，也是法制的薄弱環節。假如發現了屍首，村裏的里長偷偷的往前推兩米，推到膠縣地方，這個歸膠縣管，我們高密縣不管。膠縣的人發現了，趕快推到平度去，我不管，這是平度的地盤。

王堯：三不管的地方常常出土匪。

莫言：土匪特別多。再往早的話，可能就更蠻荒，沒人管，一到秋天，一片汪洋，牽著牛馬跑到河堤上去避水，看著房子像玩具一樣的被洪水沖倒了。河裏邊一旦洪水來了，就像萬馬奔騰，上面山洪爆發下來的，洪水前峰像烈馬揚鬃一樣，比下面的河水要高出半米，發出巨大的喧嘩聲，從上面一路奔騰下來，眼看著河堤就沒掉了，房子一片片坍塌，水花四濺——我只能想像這種壯觀景象。

王堯：洪水留給你的印象特別深。高密是北方怎麼也像南方的澤國？

莫言：六〇年代以前，我們高密東北鄉真是像一個澤國，水多得一塌糊塗，一到夏天就連陰，雨水纏綿不斷。從八〇年代開始，連年乾旱，一直到現在，乾旱得越來越厲害，幾乎都不下雨，有時候三個月都不下雨。而我的童年時期，一到夏天，真是煩死這個雨了，一會大雨，一會小雨，到了六月、七月，連續兩個星期不見太陽，地裏面、胡同裏邊全是水，家裏邊全是水，當時要挖地，一鍬下去水就冒上來了，現在挖下五米、八米都不冒水，水位下降。我記得有一年，我腳上生了個瘡，我母親不讓我下地，因為地上全是泥濘。我只好坐在炕上，透過後窗，看到河裏的水，滾滾往東去，河水比房頂都高了，河堤要比房頂高，幾乎看著河水要從河堤上溢出來了。我說的像馬頭一樣的河水就是這樣觀察到的。當時家裏沒有收音機，更沒有電視，每家有一個小喇叭，掛在窗臺上，有線廣播，一到防汛的季節，小喇叭就連續的廣播，「貧下中農請注意，貧下中農請注意，下午三點將有六百個流量下來，膠河下游的貧下中農立刻上河堤，準備搶險」，村裏立刻敲鑼集合，危難時刻人心齊，老婆、孩子，只要能拿得動鐵鍬的，能扛得動草包的，都到河堤上去了。你可以看到河水排山倒海，就像錢塘江潮一樣，滾滾而來。潮頭一下來，撲鼻的水腥味，一浪一浪的就從我們後窗裏撲進來了，水真是大啊！我大哥當時已經在上海念大學了，每年暑假回來，出了高密火車站，那會沒有汽車，只能揹個小包袱，往家走。走到離我們家十來里路的地方，就聽到一片青蛙的叫聲，響徹雲霄。心裏知道，壞了，又澇了，又淹掉了。不知道從哪裏來了那麼多的青蛙，青蛙的叫聲徹夜不息。一到夜深人靜的時候，村子裏一片漆黑，你會感覺到，整個村莊是漂浮在青蛙之上的，哇哇哇，呱呱呱，又嘹亮又潮濕的一種聲音，吵得難以睡覺，青蛙的叫聲把整個村莊都淹沒了，托起來了。那會人也不知道吃青蛙，有敬畏，不敢吃。第二天到池塘去看，到河堤上去看，好像所有的青蛙來開會，一片碧綠，全是青蛙的脊背，密密麻麻，水面都看不到，全是青蛙。

王堯：這種生活場景可能孕育了你後來瑰麗的想像。

莫言：這確實是大自然的壯觀，想像也想像不到的，當然到了小說裏面，就更加神奇了。一個孩子，在農村這種環境裏也沒人理你，很寂寞，那你只好去觀察大自然。我記得我生腳瘡的時候，所有的人，都跑到河堤上去了，連奶奶都去了。我一個人坐在炕頭，或者樹下，看著院子裏那些大蛤蟆爬來爬去，看著蛤蟆怎麼捉蒼蠅。我啃了一個老玉米，剩下一個玉米棒子，扔在一邊，立刻一群蒼蠅摞上來，碧綠的蒼蠅，綠頭蒼蠅，像玉米粒那樣的，有的比玉米粒還要大，全身是碧綠，就像玉石一樣，眼睛是紅的。看到那蒼蠅不斷地翹起一條腿來擦眼睛，抹翅膀，世界上沒有一種動物能像蒼蠅那樣靈巧，用腿來擦自己的眼睛。然後看到一隻大蛤蟆爬過去，悄悄地爬，為了不出聲音，本來是一蹦一蹦地跳，慢慢的、慢慢的，一點聲音不發出的，爬，腿慢慢的拉長，收縮，向蒼蠅靠攏，蒼蠅也感覺不到。距離到離蒼蠅還很遠的地方，它停住了，「啪」，嘴裏的舌頭像梭鏢一樣彈出來了，它的舌頭能伸出很遠很遠，而後蒼蠅就沒有了。蛤蟆捕食的時候是一點不笨的，它的舌頭是非常靈巧的，一伸出去就把蒼蠅吃掉了，我就觀察這些東西。看到我們家院牆上的綠草慢慢地生長，你剛剛看了河裏的水，回頭再看牆上的草，好像比剛才長高一公分了，很可能一下就看到知了幼蟲，慢慢地爬出來，爬到一棵向日葵的莖上，看到一個嫩黃色的知了幼蟲的背慢慢裂開，爬出來了，它翅膀剛出來的時候，是黏結成一團的，慢慢在空氣當中伸展、伸展，知了本身也改變顏色，從嫩黃色一會就變黃，之後就變黑了，翅膀一抖，「嗡」地飛起來了。就觀察那些東西，也沒人理你。除了觀察知了，就看我們家牆上的一牆舊報紙。當時我們房子已經很老很老了，農村也沒有排煙吸煙設備，整個房子牆壁都被油煙熏得黑黝黝的，到了春節的時候，搞一些舊報紙一貼。貼的時候，我母親不認字，有的貼反了，有的貼倒了。我天天在炕上轉圈，報紙如果頭朝下，我就躺著看；報紙朝上，我就站著看，翻來覆去的看十幾張報紙上的消息，五八年大躍進啊，哪兒的小麥畝產一萬斤啊，天津郊區農民蘆葦和水稻嫁接成功啊，史達林大元帥逝世，看了一些老報紙。看到某地農村醫生發明了計劃生育的新方法，讓育齡婦女每次和丈夫同房之前，生吞二十隻蝌蚪，可以起到避孕效果。現在一想起這些東西，真的非常有意思。那時候共產黨的報紙，通篇都是魔幻現實主義小說，誇張，變形，幾乎沒有一句真話。我想牆上貼的報紙再多一點，我會收穫更大。看看報紙，突然就發現一個很嫩很嫩的螳螂從窗戶旁邊爬出來了，窗外就是向日葵，蚊子、壁虎、蜘蛛，可能窗櫺上一個蜘蛛正在結網，突然就看到一隻小燕子撞到蛛網上了。蜘蛛結網意味著天要好了，一縷陽光慢慢從稠雲當中露出來了，很快感覺到大地像一個燒開的鍋爐一樣，熱氣蒸騰出來了……把一個生病的孩子在炕上關上三十天，他真是能夠觀察很多東西。有時候我也玩捉蒼蠅的遊戲，將一點飯渣子黏在手指上，舉著，蒼蠅就爬上來了，指頭猛一合，就把它捏住了。

王堯：你這樣的敘述就像寫散文一樣。在一種封閉的狀態中，人會有另外的敏感。

莫言：為了保村莊，一旦洪水來了，全村老少，就全都跑到河堤上去了，家裏能拿來擋洪水的東西，包括被子、門板全都拆下來了，實在不行到村外去，炸開一口子放水，一放水莊稼沒有了，但村子保住了。也有兩個村之間為了放水打起架來的。這個坡，莊稼、玉米、高粱長得特別好，一旦開個水缺口，就全淹死了，那就以鄰為壑。找一個力量特別大的青蛙，最好是從古巴引進的那種體形龐大的牛蛙——牛蛙的事我待會兒再說——拴著牛蛙的腿，甩著一根長長的絲線繩子，猛地往對面一甩，過了河的中間，游到河的對面去了，牛蛙肯定要往河的對面游，這邊牽著線，牛蛙游到岸邊，要往岸上爬，牛蛙一爬這邊一拽，一爬一拽，牛蛙的兩個前肢就不斷地扒對岸河堤，我們那個地方土質是沙土的，扒來扒去，扒來扒去，利用一隻牛蛙就可以製造一起決口的事件。對岸決口，這岸就緩解了。

王堯：雖說螞蟻也可以潰堤，但這確實有些懸乎，一隻牛蛙恐怕不足以決口。你親歷過嗎?

莫言：這個我倒沒看過，我也覺得有點懸乎。但老人們常常這樣說。到晚上就要來回巡邏，打著燈籠巡邏，生怕對岸的人過來給扒開缺口。我長大後就利用青蛙製造缺口的事問過我爺爺，他說用青蛙製造決口的可能性不太大，青蛙畢竟前肢沒多少力量，但如果找一隻鱉，拴著後腿扔過去，鱉的前爪的力量很大，可以扒開。一旦決堤以後，根本無法堵，摧枯拉朽，「嘩」地就開了，人就只能跑掉。

王堯：太玄了，我們還是從洪水中擺脫出來，談你的家史吧！

莫言：先講講牛蛙。六〇年代初，我們和古巴友好，為了改善人民生活，專門從古巴引進了一批牛蛙。我們高密東北鄉低窪多水，還有許多濕地，特別適合兩棲類動物生活。牛蛙形貌醜陋，不如青蛙漂亮，與癩蛤蟆有點相似。沒人敢吃它的肉。據說是弄了幾百隻種蛙來，還建立了一養蛙場，但幾天後就逃光了。這些東西到了我們高密東北鄉，簡直到了天堂，兩年內，就繁殖成災，它們什麼都吃，連樹葉子都吃，叫起來聲音低沉，哞哞的，像牛叫一樣。到了夏天的夜晚，我們高密東北鄉可就熱鬧了，牛蛙和青蛙，大合唱，吵得人根本睡不著。後來又傳說，一個牛蛙，長得像頭小牛那樣大，成了精……

王堯：不要講牛蛙了。

莫言：好，談我的家族。我老爺爺去世時也就四十多歲，四十多天沒吃東西，躺在門口那棵大槐樹下，唱京戲，聲若洪鐘。究竟是什麼病那時也弄不清，年紀輕輕，身強力壯的一個大漢，忽然就不吃東西了，四十多天。我大爺爺活著的時候，我問老爺爺到底是什麼病，他也說不清楚，不吃食物，拉一些花花綠綠的東西。現在看，可能就是細菌性痢疾，吃兩片痢特靈就好了，可當時就治不好。拉拉拉，什麼都不吃，在樹下躺了四十多天。到了七月初七，突然站起來了，唱了兩句京戲，《盜御馬》中竇爾敦的唱詞：「將酒宴擺至在聚義廳上，我與同眾賢弟敘一敘衷腸」，吼了兩聲，就倒地死掉了。他是個高傲的人，名錦城，字千里，號蜀官。剩下我們家老奶奶，活的歲數很大，她去世以後，就是我大爺爺領導這個家庭了，然後我爺爺，我三爺爺。我三爺爺，人稱管三，遊手好閒呀，什麼活兒都不幹。分家之後，鬧蝗蟲，許多人都到地裏去捉蟲，只有他不去，在大街上晃悠，人說，管三，快去地裏看看吧！莊稼快被蝗蟲吃光了，他說，吃去吧！吃光了，難道還要我買給牠們吃嗎？在他們老兄弟三個裏，我爺爺實際上是最本分，也是最能幹的。

王堯：除了你爺爺以外，大爺爺對你影響大嗎？

莫言：我大爺爺是個風流人物，識字很多，毛筆字寫得很好，他年輕的形象我沒見到，晚年時，童山濯濯，明明亮亮的，真像南極仙翁，很有風度的白鬍鬚，手裏拄著一根棍，他說叫石葛，是石頭縫裏長出來的一種小樹，長了幾十年，才像拇指那麼粗，非常結實，像鋼一樣，猛力一戳，可以在石頭上留下痕跡。夏天穿著一身土黃色的蓖麻蠶絲做的中式服裝，肥肥大大的，去鄉診所上班。到了晚年，不出門了，在家裏給人看病。人很慈祥，腮幫子上有一個很大的傷疤，那是給日本的飛機扔炸彈炸的，被傷疤牽扯著，一個眼睛大，一個眼睛小。他兒子一九四七年時在青島讀書，跟著國民黨軍隊，撤退到臺灣去了，當時誰也不知道是死是活啊！他的女兒，我們的小姑姑繼承了他的醫術，當醫生。我也曾經想跟他學醫，但資質太差，沒學成。

「文化大革命」，我們家確實也受到他們家的牽連。人爺爺的成分是地主，他的兒子雖然不知死活，但都認為去了臺灣，後來事實證明也確實去了臺灣。有這麼一個大爺爺、一個堂叔，我們當兵、入團、提幹、升學都受限制。

王堯：這就是所謂社會關係有問題，肯定要受牽累。但在日常生活中，血緣又使人與人的關係變得微妙，即使在那種革命年代，也有在實際生活中淡化階級關係的另一面。你敢到你大爺爺家嗎？

莫言：當然敢去，無論如何他是我大爺爺啊！他家有吸引力，我常去。第一我大爺爺是很善於講故事的，肚子裏故事多，見識廣，醫生是踩百家門子的，接觸人多，他又有文化；第二他身邊也沒有孫子，農村人認為有女兒、有外孫不算自家後代，必須有兒子、有孫子才算有後代，我大爺爺還是很喜歡我的。我是小學五年級輟學，父親認為一定要學一點手藝，逼著我學醫，背《藥性賦》、《瀕湖脈訣》什麼的，沒事時就跑我大爺爺家玩去了，看他給人把脈，開方，當然也會請教他一些關於醫學上的問題。昨天在杭州看病，大夫開了一味藥，遠志，他說許多中藥的名字，起得非常好，譬如遠志，就是要有遠大的志向，不要只是想著眼前的小事。我脫口而出，「小草遠志，俱有寧心之妙。」他說，你背過《藥性賦》？我說小時候背過。大爺爺對我的文學創作是很有啟發的。

後來他們弟兄三個也分家了，大概日本人來那會兒。我們家族是大排行，我父親是老大，我大爺爺那個兒子是老二，我五叔是我父親的親兄弟，我三叔、四叔、六叔是我三爺爺的孩子，有個二姑也是我三爺爺的女兒，還有一個小姑，都是我三奶奶的孩子，我三爺爺和三奶奶生了五個孩子。有一年，日本人來了以後，沒來得及跑，我三奶奶剛生完她的小女兒，就看到一個日本兵裸露著生殖器，對著她走過來。嚇得仰面跌倒了，然後就得了婦女病，產後血崩，也是四十多天不吃不喝。一提起我三奶奶的死，我母親、姑姑她們就膽戰心驚。三爺爺家住前屋，我們家住在後屋，三奶奶那種令人心悸的叫聲，徹夜不息。後來更不出人動靜了，用我母親的話說，她的魂靈其實早走了。我母親說，不知道一個什麼鬼附在三奶奶身上，她尖叫：「管三，我要吃小雞，吃小公雞！」我三爺爺悶不出聲地，到雞窩裏抓著個小公雞，摔到她臉上去，說：「來了，吃吧！」後來就請了什麼山人來，畫符，念咒，拿著桃木劍舞來舞去，門上、窗上都貼著黃裱紙，往她嘴裏灌池塘裏的水，將鋼鐵的犁鏵鎮壓在她的心口上，折騰死算完。

王堯：這種畫符的方法現在有些地方還流行。

莫言：三奶奶去世以後，我三爺爺緊接著出事了。他貪玩，不務正業，村子裏都沒槍的時候，他就偷偷把我們三家共有的一頭騾子賣了，換了一支西班牙造的水連珠，很好的槍。游擊隊的很多人經常找他玩，一起喝酒賭錢。抗日戰爭開始以後，我們高密東北鄉很多人揭竿而起，過去的土匪們打出一個旗號，就成了抗日隊伍。

王堯：這一歷史後來就演繹為《紅高粱》的故事。

莫言：當時有冷部、高營、姜部三支隊伍。高營有二十輛德國造的飛人牌自行車，算是當時的快速反應縱隊。高營營長叫高雲生，騎車的技術好得一塌糊塗，據說能夠在鐵軌上雙手撒把，十華里不下來。姜部有個騎兵中隊，有二十匹駿馬。冷部有十幾支花機關槍，也就是俄式衝鋒槍。這三支部隊過去都是土匪。但是姜部與一般的土匪不同。我後來看過很多的文史資料，文史資料上有他的隊伍的編制和軍官名單，我發現他籠絡了很多的人才，有北平朝陽大學的大學生、還有政法大學的畢業生，甚至還有一個留美的醫學博士，擔任他的醫務處長。有一年，一架美國飛機被擊落，飛行員跳傘，三支土匪部隊都去搶這個飛行員，結果被姜部搶過去了，就住在我們家前邊。我們家前邊是我們村最大的一戶地主，姓單。他家開著燒酒作坊，土地也是我們高密東北鄉最多的，青島還有很大的買賣。各種各樣的隊伍，八路軍，游擊隊，黃皮子，雜牌隊伍，到了村裏以後，肯定都要住地主家、住富農家，他才不會到貧下中農家去，吃沒吃，蓋沒蓋。住在地主家，有吃的有喝的。所以當時高密東北鄉財主家日子過得並不容易，誰來了都得招待，不招待的話，他們都有槍有勢力，你白天活著，晚上也許拉出去把你斃了，那會又沒法律，殺人猶如兒戲。

王堯：這如同《沙家濱》裏春來茶館。阿慶嫂不是說來者都是客，壘起七星竈，銅爐煮三江。

莫言：我父親經常講這個美國飛行員的故事，美國飛行員，個子很高，一下巴黃鬍子，綠眼珠，穿著一件紫紅色麂皮夾克，腰裏掛了一支左輪手槍，穿了一雙高靿皮靴，騎著一匹花爪子馬。經常跟姜黎川——姜部的司令——沿街跑馬，後來姜黎川跟著美國飛行員沾光了。姜部一會給八路軍收編了，過了兩天他又叛變，投降日本人，過幾天又反正回來，一會又被國民黨收編了，翻來覆去，有奶就是娘，沒多少立場。解放以後這個姜黎川好像先是逃到香港，後來，美國飛行員把他弄到美國去了。就在這樣的亂世中，我三爺爺跟這幫人天天混。有一次冷部的一個坐探，拿出一把槍，很小的勃郎寧手槍，給我三爺爺看，說管三你看，我最近弄了一支槍，多漂亮，象牙柄的。我三爺爺蔑視地說：你那槍，能叫槍嗎？女人的玩具，這樣的槍射出的子彈，鑽到我鼻孔裏邊，我也能給你擤出去了。坐探說真的嗎？我三爺爺說真的。坐探對著我三爺爺肚子打了一槍，子彈鑽了進去。我三爺爺拍著肚皮說，沒事，沒事，喝酒，喝酒！找了塊破布往肚子上一堵，繼續喝酒。

王堯：竟然有這種事？

莫言：他沒想到坐探會真打，都喝得迷迷糊糊的，「梆」地就是一槍。腸子可能打破了，當時也沒有西醫，我大爺爺，熬了些膏藥給他貼上，以為封上口就好了。肚子裏腸子打破了，慢慢發炎，也是四十多天，就那麼爛死了。放在現在，是小手術，切開肚皮把子彈取出來，把腸子縫起來就好了。三爺爺死了，三奶奶也死了，家裏撇下一窩孩子，三叔、四叔、六叔、二姑，還有一個小姑姑，這麼個情況下，分了的家只好又合起來了。我三叔、四叔、六叔都是我奶奶和我母親一手拉起來的。當時我的這幾個叔叔都是小孩子，我母親是大嫂，他們身上穿的，都是我母親負責做。

我二姑姑的婚姻值得一提。我二姑姑很漂亮，那會兒都是父母之命，媒妁之言，自己絕對不能談戀愛的。三爺爺三奶奶死了，我大爺爺就做主，給我二姑姑找了戶人家。找的時候，就聽說這家兒子有痲瘋病，我大爺爺一看這家裏有一頭大黑牛，全身油光光的一頭大黑牛，還養了一匹大叫驢，栓了一輛膠輪馬車，一匹大驢、一頭人牛，一輛大車，還有幾畝好地，明擺著的好日子。我大爺爺就做主給我二姑姑訂婚，和一個痲瘋病人定了婚。我二姑姑結婚以後，非常不幸。她那麼年輕漂亮，嫁給一個痲瘋病人，真是太不幸了。後來丈夫死了，村子裏有了相好的，但這時她的青春已經過去了。後來她學會了給人接骨，治療跌打損傷。我們很喜歡二姑姑，她每次回娘家，我們都圍上去，聽她講一些神神鬼鬼的故事。她一輩子其實一點幸福也沒享到。我二姑姑因為心臟病，肺氣腫，四十來歲就死掉了。我們背地裏議論，大爺爺怎麼這麼糊塗啊？明明知道男方是痲瘋病，為什麼還要做主嫁給他？當然，我們誰也不敢當面去問他。

王堯：《紅高粱》裏的「我奶奶」是不是有她的影子？

莫言：《紅高粱》裏「我奶奶」也是嫁給一個痲瘋病人，是從這個故事原型裏邊來的。後來我還寫過一個中篇，叫《二姑隨後就到》，裏邊也有這個姑姑的影子。我的大姑姑是我爺爺和我奶奶的孩子。我大姑姑其實也很不幸，她嫁到「黑天愁」，生了個孩子，不幸夭折，丈夫隨後也死掉了，守寡。老了可以守寡，年輕如果有兒子也可以守，但我姑姑年輕，才二十多歲，孤身一人，讓她怎麼守？後來她跟村裏一個人戀愛，改嫁了。我爺爺為此嫌她，好幾年不和她說話，那時候很封建。我奶奶心疼女兒，晚年也漸漸好了。我父親當時對我大姑也有看法，他們都認為我姑姑不應該改嫁。封建意識對人的影響真是滲透到骨髓裏去的。而且我爺爺、我父親在社會上是公認的公正、善良的人，別人家發生的事，都是急公好義的，但是一輪到這種問題，就糊塗了，一點都不寬容。

王堯：這也正常，與他們的公正、善良是不衝突的，因為這在當時是倫理立場，在那個時代，對一種倫理秩序的維持，也是公正的涵義。我想，應該是這樣。

莫言：我出生後，三爺爺、三奶奶早就成為故人了，他們的事，都是家裏的人斷斷續續地說的。

王堯：你這個家族本身就具有傳奇性。這個傳奇性的家族，對你後來創作的影響是多方面的，甚至是如影隨形。

莫言：整個高密東北鄉的每一個家族都帶傳奇色彩。後來搞了文學以後，就做了一些調查，實際上每個家庭都很傳奇。像我們前邊說的那個鄰居，單家，也是非常傳奇的。他們弟兄兩個，單大、單二，開了很大的燒酒作坊，和我爺爺他們都是很好的朋友。他們開燒酒鍋，大兒子主掌家業。當時地主中，確實有惡霸地主，但是也有被各種勢力欺負得要命的地主。這家地主善良，所有的事情，上面來了官員什麼的，都要他們招待。有了問題，全要他家來出頭。每到春節的時候，都到他們家去買酒，大家都知道，即便你買半斤。他家也肯定給你灌滿瓶。單家還照顧村裏那些過不上年的窮人，一到臘月二十四，他們家的女人就蒸麵餅，蒸了無數的饅頭放在院裏一個大囤裏面，來了村裏的人，吃不上飯的過不上年的，就裝上滿滿的一簍子饅頭拿走。

王堯：有錢，但樂善好施。面對這樣善良的地主，土改時村民怎麼辦？

莫言：所以到了土地改革的時候，分了他們家的財富，白天拿了，晚上全送回去了，不好意思拿，後來沒有辦法，就再分再送。他就說你們別送了，這就是社會，這些東西本來就是大家的，散掉吧！散掉吧！後來單二，我們叫他二爺，住在過去他們家長工屋裏邊，他的房子就變成學校。他有兩個老婆，大老婆已經死掉了，跟小老婆生活在一塊，他每天讀《聖經》，信基督教的。「文革」期間，每天晚上被拉去勞動，強迫他勞動，《聖經》被燒掉了，很快就死掉了。他有個兒子，是山東師範學院畢業的，解放初期還不太講成分，好像全國只有五萬個大學生，他兒子在學校期間就劃成右派了，然後分配到臨沂，在沂蒙山區教書，「文革」期間遣返回家。這個人說話不注意，家庭出身不好，但老是喜歡發表自己的見解，後來發配回家成了農民，掙工分吃飯。他和我一塊勞動。他畢竟是學中文的，給我講文學方面的知識，講濟南的一個作家，一天三頓吃餃子啊！從他那兒知道當個作家可以吃餃子。還說某個作家在火車上看到他的一個情人在火車下面走，從車上跳下來，把腿給摔斷了。由此也讓我知道了，有作家這麼個職業，知道作家那麼樣的腐敗，一天三頓吃餃子。單大兒子的後代們，「文革」期間也從青島給攆回來了，住在我們隔壁，一家五個兒子，都是好小夥子，體育方面都有天才，他們回來，帶動了我們高密東北鄉的體育運動。他們用水泥鑄了兩個坨子，練習舉重，在兩棵樹之間架上竹竿練習跳高，我們從他們那裏知道了許多體育知識。但當時，這些小夥子都是找不到媳婦的，他們都很苦悶。後來，粉碎了四人幫，他們都回去了，聽說都混得不錯。單大還有一個兒子，現在在臺灣。這人更是個傳奇人物，他的事寫出來，簡直就像天方夜譚。我們只是一個鄰居，一個晚輩，對他們家的事，了解還是不多，如果他們自己家的後代說起他們祖先的故事來，肯定就更豐富多彩了。

王堯：你後來對歷史、對人性的認識顯然與這些人和事有關，甚至可以說生活本身的複雜性不斷改變著我們對這個世界的看法。書本上的一些知識可能與我們的生活經驗完全相反。我由此理解你後來在創作中為什麼能夠擺脫階級觀的局限，為什麼能夠超越意識形態的局限。有些問題其實不是個高深的理論問題，而是生活本身。

莫言：生活遠比書本複雜。我們還有一個鄰居，家裏六個兒子，姓王，也是很傳奇的。他後來被劃成富農，老太太活了九十多歲，六個兒子。大兒子是一九四七年被共產黨槍斃的，人兒子其實是個鬧將，喜歡熱鬧，其實並沒有什麼階級立場。國民黨回來了，他就跟著回來了，說要組織還鄉團。他那個樣子就像「文化大革命」成立紅衛兵一樣，組織一個隊伍，要殺羊，包羊肉包子，有一把手槍，不知從哪裏買的，還是撿的，成立當天，就把村裏一個村幹部的娘抓來，吊著打。這邊殺了羊，包了包子，還在鍋上蒸著呢！那邊共產黨的武工隊就圍上來了。這些傢伙，其實是一撥農民，哪裏會放槍？被活捉了。第二天早上，拉到橋頭上，就給槍斃了。他自己覺得沒有死罪，就在河堤上，往橋頭拉過去槍斃的時候，喊我爺爺的名字，「二叔，快找人來保我呀！」當時槍斃一個人很簡單的，拉到橋頭上，一槍就斃了。他二兒子是個商人，做買賣的，後來失蹤了，估計也是被人謀害的。他三兒子，老三，跟他哥鬧騰，無期徒刑，在青海格爾木一帶，一直到八〇年代給放回來了，他當過游擊隊的財糧副官，屬於國民黨的營級幹部，照顧，優待，每個月發給三十元的補貼。村裏邊很多的老民兵，老貧農到公社鬧去，「太不公道了，我們革命一輩子，什麼都沒有，他是個反革命，竟然還發錢給他。」那些公社幹部說，這是國家政策，你們鬧也沒有用。他們說，革命不如不革命，不革命不如反革命，公社幹部補充一句，反革命要當大反革命，你反到蔣介石那個程度，你回來還要給你個國家副主席幹幹呢！杜聿明，大反革命，還全國政協委員呢！你別當小反革命，你要反出點名堂。

王堯：所謂此一時彼一時，這就是歷史變遷，很荒誕。也許，後來者無法理解我們這些歷史。我在臺灣講學時，也聽到臺灣的朋友議論這方面的事，一位大學教授對我說，原來的國民黨官員跑到大陸總是受到高規格的接待，所謂相逢一笑泯恩仇，這當中包含了多少歷史滄桑。

莫言：這家的老四，我叫他大伯，我跟他幹了十幾年農活，也是一個很好的農業高手，好把式。他好像是和表妹結婚的，他的女兒是我小學同學。他的兒子還是我的乾兄弟，他們家老拉不起孩子，好幾個孩子都夭折了，所以要結拜一個兄弟，我們家父母雙全，爺爺奶奶也健在，而且兄妹眾多，身體健康，人丁興旺，我母親人又善良，所以拜我母親為乾娘，自然和我成了乾兄弟。他們家是富農，我們家儘管是富裕中農，還不是敵人，他們家是受歧視的。文化大革命前夕，每年到了大年夜，我母親煮出餃子了，就叫我大哥，「快，給東屋的送碗餃子去。」我大哥就端了一碗餃子去。這家老五一臉麻子，我們叫他王五，也是跟著他哥哥們鬧騰，當過國民黨兵，後來在淮海戰役的時候，被共產黨用饅頭吸引過來了，投降了。當時他們在徐州被圍起來了，我們一個村的有當八路的，知道王五在國民黨那邊，就喊話，用刺刀挑著饅頭，喊叫：「王五，過來吧！過來吧！這邊有饅頭，過來吃饅頭！」他們夜裏就偷偷的跑過來，帽徽一揪，就參加了解放軍。王五是有種的。「文化大革命」中他不敢說，到了八〇年代開放以後，說想起來當年打八路，夜裏就做噩夢，機槍一掃，前面像割麥子一樣，一下子就躺一片，而且專門打膝蓋，不忍心往上打了。到了這邊，肯定也是好手藝，還讓他當機槍手，回過頭來就掃國民黨的兵，一掃一片，也立功也受獎。回村裏，村裏面土政策，就不管他了，他說：「我有立功證書。」村幹部說：「什麼立功證書！」幾下子就撕碎了，勞改去！他勞改在濰坊北部，放羊。結婚，找了個膠南人。他太太家裏是貧農，成分很好。王五是五官端正，大眼高鼻梁，就是一臉麻子，但照片上看不出來麻子，一看，這個小夥子很端正，而且在濰北農場工作，不知道是在濰北農場勞改放羊的，而且一臉大麻子。後來「文化大革命」，他老婆痛哭流涕，說我真是冤枉，我娘家是貧雇農啊！嫁給一個麻子不說，還是個反革命。彩色照片又看不出有麻子，騙我說他在農場工作，吃國庫糧，實際上是勞改犯。

王堯：這種曾經是國民黨反動派後來又革命的人，解放後在基層還是不被信任的。我們村上也有這種，我小時候看這些人，眼光也是很奇怪的。這種人無論是「反革命」還是「革命」，都帶有很大的偶然性，而不是選擇了什麼信仰。舉參加革命的例子，一個村上兩個人參加革命，甲是一九四九年九月三十一日下午去報到的，乙耽誤了點時間，十月一日去報到的，這兩個人的命運就不一樣了。甲是建國前參加工作的，是離休幹部，乙是建國後參加工作的，是退休幹部。我現在這個單位就有類似的情況。甲會自豪地說，我是為建立新中國流過汗的。當然，他不會說我拋頭顱灑熱血。在「後革命」語境中，如何考察「革命」是非常有意義的。

莫言：這家的老六確實是一開始就參加八路的，他是打濰縣的時候犧牲的，他們一個排在那埋鍋做飯，一發炮彈把一個排炸得屍骨無存。

王堯：這個家庭在政治上怎麼定性？按理應該是烈士家屬。

莫言：應該是烈屬，兒子確實是在戰場上犧牲的呀！但不行，「文化大革命」期間，還是把老頭、老太太拉出去鬥，因為她是反革命的母親，老太太說我們是烈屬。烈屬也不行，你們家只有一個烈士，但有三個反革命。

王堯：按比例算。

莫言：他們那些孫子輩也上訪過，到了後期也就平反了。到了八〇年代老太太還是享受烈屬待遇，每年給補助幾十塊錢，老頭沒份，只給母親。儘管平反，但已經晚了，他的後代已經全部給耽擱了。這個家庭中人，心非常大，我母親經常感嘆，你們王家爺爺和奶奶心大啊！六個兒子，折騰到解放初期，老大給共產黨槍斃了，老二做生意生不見人，死不見屍，老三在青海勞改、無期徒刑，只有老四在家裏，老五在濰北勞改，老六當八路給炸死了，六個兒子只剩那麼一個，家裏是一群孤兒寡母。那老頭每天還是很高興，在河堤上面走來走去，嘴裏永遠哼著小調，每大高高興興的，走起來是蹦蹦跳跳，像舞蹈一樣，老太太活了九十多歲啊！老頭也是九十多歲，而且老頭子九十多歲還和鄰居一個老太太談戀愛，發生風流韻事。就是心大。

王堯：能夠承受這樣的苦難，也許就是你說的「心大」，心大才能把什麼都放下。

莫言：他大兒子被抓走的時候，他們家的驢也被牽走了，老太太找區裏的幹部，首先說把那頭驢還我們家，兒子可以不要，驢要還我們，我們那頭驢推磨推得特別好，別的驢推磨的時候還要歪嘴偷吃糧食，我們這頭驢套上磨，糧食放在磨頂上，半晌我們可以不管的，不要人在後面催它，它會不斷的轉，人可以去趕集、賣菜，回來驢必定還在悄悄的走。兒子可以不還，驢一定要還。心大，這樣的人想問題和我們不一樣。

王堯：聽你這樣說，我覺得心裏很難受。他們這樣不是常人的思維和做法。驢子為什麼比兒子重要？我們可能都會想這樣的問題。是曠達還是逆來順受？說不清楚。這兩位老人大概不懂階級理論，也不是大義滅親的舉動。我想還是生活太殘酷了。

莫言：按說毛主席《中國社會各階級的分析》也是對的，一旦具體化以後，感性化以後，那個東西就太抽象了，並不準確。

王堯：這兩個人的做法和活法也反映了一種人生觀。

莫言：我想，這種東西並不完全是後天形成的。有的人生下來心比一般人大，想問題的方法就不一樣，王家在解放以後，整個家庭就凋零了，活著的人一個個很厲害的，儘管是在社會敵人的這個行列裏，但活得很有骨氣的，而且生產勞動都是一把好手，樂觀和幽默是這個家庭的一大特點。按說，他們家出身不好，村裏每年搞文娛活動，到了春節等節日演戲時，都吸收他們參加，因為他們能歌善舞，有這個才華。

王堯：你敘述的故事都是「小說」。

莫言：這樣一想，這個村莊裏面每一戶人家都是很傳奇的，不單單是我們這個家庭聽起來很傳奇，像這個王家、單家都是很傳奇的。現在一想其他那些家庭也都是非常有意思的，我的小說裏面所利用的素材、人物，連實際生活的百分之一都不到。

譬如還有一個郭姓人家，兒子因為當過游擊隊，淮海戰役期間，村子裏出常備伕，沒人願去，讓他去，他一直跟著解放軍過了長江，槍林彈雨裏抬擔架，搶救傷病員，立過功，同村的一個民伕死了，他千里迢迢，把屍首揹了回來。這個死去的民伕是村長的弟弟，村長以為是這個人把弟弟害了，上去就給了他一個耳光，然後把他的立功證書給撕了。解放後這個人一直受管制。他給我講過他揹著死屍千里回鄉的經過，一路上驚險、曲折，非常感人……我去年甚至想過，我就這麼信筆寫，想起我們村哪個家庭就寫哪個家庭，想寫哪個人物就寫哪個人物，可以寫漫長的一個系列。

王堯：這就是故鄉之於一個作家的意義。

2.
黑色精靈

老師把我帶到辦公室，將我的作文簿拍在桌子上，問我，你這篇作文是哪裏抄的？我說沒抄，是我自己寫的。老師說你能寫這樣的作文？我再給你個題目，你寫一篇作文給我看看。

王堯：回想當年的生活，您最早的記憶可能就是飢餓感。你二〇〇〇年三月在美國史丹佛大學的演講，好像是談飢餓與孤獨對創作的影響。你用了「財富」這樣的措辭談飢餓與孤獨對創作的意義。

莫言：是的，我在演講中提到過，說多了也讓人厭煩。

王堯：那時實在太窮了。

莫言：我記得最早的一件事就是把家裏一個熱水瓶給打碎了，那是一九五八年吃大食堂的時候。我們兩個村是連在一起的，一個叫大欄，一個叫平安莊。吃飯的時候，要到大欄村那個公共食堂，打飯、打開水，提著瓦罐打稀飯。起初要求所有的人必須在食堂用餐，後來允許打回家去吃。起初還有乾飯，後來就只有稀飯了。到了只有稀飯的時候，公共食堂，這一所謂的新生事物，共產主義的象徵，距離滅亡，已經不遠了。我記著自已提著一個熱水瓶，不小心掉在地上，跌碎了。當時的農村家庭，熱水瓶是很貴重的東西，一般家裏面用的是瓦罐，在外面包上一層麥草保溫。打碎熱水瓶，等於毀了家裏的珍寶。我嚇得扭頭跑掉，顧不上熱水燙傷的身體。我鑽在一個草垛裏一下午沒敢出來，到了晚上，聽見母親喊著我的乳名叫我，聲音很溫柔，不像要打我的動靜。我從草垛裏鑽出來，看到母親正站在星光下，喊叫我。

王堯：這就是母愛。你後來在創作中始終牽掛的一個人物就是「母親」。

莫言：當時心裏面又感動又委屈，感動的是我做了這麼一件很大的壞事，母親竟然不打我，原諒了我；委屈是因為又飢又餓又怕，草垛裏面蟲子很多，咬得渾身都是包。身上的水泡很痛。

王堯：童年經常會有喪魂落魄的事。

莫言：緊接著的記憶就是掉到廁所裏面去了。

王堯：小時候常有這樣的事，那時的廁所不好蹲，弄不好就會掉下去。我記得小時候蹲廁所時一隻手要拉住一根木樁。現在有些地方還是這樣。

莫言：農村的廁所是很大的，露天的，裏面大概可以盛七、八車糞，當時農村的糞也就是草木灰之類，也不是特別髒，到夏天裏面集了很多雨水，我們家在廁所——不叫廁所，叫圈——角落上釘了根柱子，奶奶年老了，要借助柱子扳著才能站起來。我扳斷了柱子，掉到廁所裏去了，喝了很多髒水。我大哥當時讀高中，放假在家，聽到我的哭聲，跳到圈裏把我撈上來，扛著我就跑到河裏去了。我們房後面就是一條河，正是夏天，很多人在河裏洗澡，天極熱，陽光耀眼，河水是滾燙的，魚好像熱昏了頭了，亂撞，很多人在追魚，追著追著魚的肚皮就朝天了。我大哥把我扔到河裏面，用一塊肥皂，把我全身上下洗了一遍。肥皂是很珍貴的東西，輕易捨不得用，洗衣服用樹上的皂角，或者是將草木灰浸泡後，將清水泌出來用。肥皂的氣味很好聞，我經常回憶起肥皂的氣味。事後，我奶奶表揚我，說如果不是我把那根柱子扳斷，她掉到圈裏就麻煩了。本來我是預備好了挨罵的，沒想到受到表揚。

不久，又栽倒院子裏的水缸裏，頭朝下，屁股朝上，是我母親把我提出來。

王堯：貧困的孩子大概都有過喪魂落魄的事情，那時你大概也不是個乖孩子？

莫言：在小學實際上我也不是一個特別好的學生，從小很調皮搗蛋的。因為飢餓，饞，特別碎嘴，喜歡說話。

王堯：後來的變化很大，你用了「莫言」這樣一個筆名。

莫言：小時候完全不是這種性格，長大以後，意識到這種性格將會帶來很多的麻煩，家長也再三叮囑，批評，不讓多說話。我的手也喜歡亂畫，認識兩個字，就撿了個粉筆頭，找塊光光的牆亂寫，有一次無意中寫出來一條反動標語。把家裏人嚇壞了。再就是喜歡熱鬧，哪個地方熱鬧就往哪個地方鑽，的確是討人嫌。

王堯：也喜歡寫作文嗎？

莫言：小學三年級的時候，初步地表現出一些寫作的才華，小才氣。原來我在班裏是一個很後進的學生，一直被學校當作問題學生看待，經常說一些反動話呀！還受過一次警告處分。原因是看過一個電影，《農奴》，描寫西藏的。我們的班主任老師是師範畢業生，很洋派，個子很高，會打彈弓，經常體罰學生，為了不讓學生下河洗澡，中午回校後他就在你的胳臂上一劃，如果你剛下過水，一劃就是一道白道子，立刻就把你拉到太陽下面曝曬，美其名曰「曬油」，曬一個小時，就暈了，滿身是油汗。有一次，他把兩個年齡比較大的男生從河裏抓上來，放在教室後邊罰站，那時班裏的學生年齡差距比較大，我是最小的，九歲，大的已經十六了。女生有十七歲的。那兩個男生，已經發育，很難看，女生不敢抬頭。現在的老師，不敢這樣。但他的確是一個很有意思的老師，講課滿口普通話，滿身肥皂氣味。我佩服他打彈弓的技術，每到春天，鳥兒遷徙，他一中午能打幾十隻，那時不講環保什麼的。他講普通話，我們聽了感到很難為情，村子裏的人也嘲笑他。

王堯：我的小學老師是從縣城來的，也是一口普通話。那時還沒有普及普通話，講普通話別人會發笑，說你講「洋調」。

莫言：當時講普通話是被人笑話的，我一聽到普通話就渾身發癢，過敏，聽不慣。老師問我為什麼聽課時縮著膀子，抓耳撓腮？我說你一講話我就渾身發冷，起疹子。他認為我故意搗亂，就罰我的站，用彈弓夾著粉筆頭打我，專打我的肚臍。那時候，夏天，我們男孩子，都是光著膀子上學，赤著腳，只穿一條褲頭。上一年級時，許多孩子光著屁股，後來校長把家長找到學校開會，說，光著膀子上學可以，但光著屁股是不可以的。我在下面跟同學說學校是監獄，老師是個奴隸主，班幹部是老師的狗腿子，我們都是奴隸。這些話都是從那部電影《農奴》中學的。他認為這是個大問題，就向學校彙報，學校一聽學生講這樣反動的言論，非常重視。像我這樣十歲不到的孩子，你說怎麼處理？家裏也不是地主富農，是中農，父親還是大隊會計，我的大哥還是個大學生，和校長的女兒關係很好。後來學校開大會宣布，給我一個警告處分。

王堯：那時知道害怕嗎？

莫言：得了個處分我不敢回家說，變成巨大的心病，不敢回家說，因為我的父親是個極其嚴厲的人，整天提心吊膽地過日子，看到父親一個眼色不對，就猜疑，是不是我受處分的事讓他知道了？有時候看到老師和我父親在路上打招呼、說話，我想是否說這個問題呀！我的姊姊到學校去找校長的女兒玩，我就緊張得受不了。揹著一個沉重的包袱，心理壓力很大，後來還是讓家裏知道了。是一個姓薛的人，一個古怪滑稽的老光棍，對我父親說的。那時，鄉村小學是村子裏的閒人經常聚會玩耍的地方，我在學校裏，可謂大名鼎鼎，不是好名，是惡名。因為那時我的記憶力比較好，背書冠軍，有點小才，但特別調皮，經常冒傻氣，做一些怪事，與人比賽吃煤炭，喝墨水什麼的。有一次喝了一瓶子墨水，民生牌墨水，滿嘴藍牙，猙獰無比，我們老師見了，譏諷我是「高級知識分子」，因為在我們那裏，說一個人肚子裏有墨水，就等於說這個人有文化，是知識分子。

這個姓薛的人對我父親說，你兒子了不得，在學校搞政變，把學校改造成監獄了，還受了一個特等獎勵。我父親問我得了什麼獎勵，我知道露餡了，只好如實交代，說我受了警告處分，你要打，就把我打死吧！如果你不願意打，嫌累，讓我去死，我就去跳河。我父親忍不住笑起來。嘆一口氣，說，你還是活著吧！你死了，這個世界上就少了一個禍害精。

我受處分以後，發誓在哪裏摔倒的，就要在哪裏爬起來。我表現得空前積極，每天早上天不亮，就早早地跑學校去生爐子，當時每個教室裏都有一個土爐子。柴火拿自家的，當然拿柴火不能讓家裏知道。老師養兔子，兔子窩就建在教室裏，講臺旁邊。我冒著嚴寒去野地裏採麥苗子，挖野菜根，給老師餵兔子。老師的母兔子生了小兔，我感動得流眼淚。我姊姊諷刺我，說家裏的活，用鞭子抽著你都不幹，可給你們老師幹活，你卻那麼積極。你們老師該發展你入黨了吧？我心裏話，處分還沒摘掉呢，入什麼黨？我的表現，自然也被學校和老師看在眼裏。

王堯：有悔改表現。

莫言：過了幾個月，學校宣布撤銷我的處分。當然，撤銷處分，不僅僅因為我生爐子、餵兔子，還跟一個老師的發現有關。

王堯：說說看。

莫言：你也應當有印象，那時的學校，到了夏天，強迫學生到校午睡。男生睡在凳子上，女生睡到課桌上。當時鄉下流行起一種日本式的木屐，俗稱「掛搭」。

王堯：對。那種木屐聲音很響。

莫言：我進教室前，下意識地把「掛搭」脫下來，赤著腳走進去了。王老師看到了，就把我叫出來，說你怎麼提著「掛搭」進去呢？我說這玩藝很響，我穿著進去會把他們吵醒的。王老師點點頭，沒說什麼。王老師是教導主任，家裏是烈屬，在學校裏地位很高。他在學校辦公會議上說了這件事。說我看起來很壞，但其實品質很好。學校裏就撤銷了給我的警告處分。在全校大會上宣布這個決定時，我哭了。但這始終是我巨大的心病，以致後來填檔案上「受過何種處分」一欄時，我還不知道該不該填上我受過警告處分。

王堯：小學時受的警告處分不需要填寫。你太老實了。

莫言：參軍入伍後，經常填表，有一欄要填上受過什麼處分，每到這個時候我就特別緊張。有一天我明白了，我不應該填，那個處分幾個月後撤銷了，就是沒有了，估計也沒大礙，就不填，但心中總是忐忑，這件事，壓了我半輩子。

王堯：這一陰影可能影響了你的性格。

莫言：我記得老師開始重視我的時候，是三年級，作文課。寫五一勞動節，很多學生是記流水帳，五一早上起來，怎樣上學校，怎樣上課，怎樣回家。當時我家附近有個國營農場，那裏收容了許多右派，什麼人都有，可謂人才濟濟。五一節運動會，右派們也來參加，和我們學校的老師比賽打籃球，比賽跳高。右派中有好幾個省級運動員，體育健將，有一個跳高的，能跳一米八七。我們學校一個姓陳的體育老師，也是右派，當兵出身，體育非常好，百米能跑十秒七，在那種鄉間土路上。他是神槍手，打氣槍，幾乎不用瞄準，托起來就擊發，百發百中。他也是鳥兒的剋星，死在他手下的鳥兒成千上萬。如果真有地獄，這個人，到了地獄，會被鳥兒的冤魂啄死。那時氣槍子彈很貴，且涉及到槍支，有礙公安。就比賽打彈弓，在二十米外，打學校的鐵鐘的鐘錘，一打一個準。他還唱一口很好的民歌，教過我們一首，什麼「姐兒呀今年呀才十八呀，又會畫畫又會繡花呀」。這個老師也參加籃球賽，和右派比賽。別人寫文章記敘五一運動會，一會寫乒乓球場，一會寫田徑場，面面俱到，我是前面一筆帶過，然後重點描寫兩支籃球隊怎麼樣比賽，籃球隊中，重點描寫了陳老師和農場那個右派，寫他們的動作，寫他們的表情，寫他們額頭上的汗珠和奔跑時映在地上的影子，怎樣和燕子的影子重疊起來。

王堯：你在《三十年前的一次長跑比賽》中寫到類似的細節。老師在作文本點了許多點，這篇作文好像對你的影響挺大。

莫言：是的。有一天，放學後，老師讓我留下來。嚇得我屁滾尿流。因為根據以往的經驗，放學後老師讓留下，就是要接受懲罰了。老師把我帶到辦公室，將我的作文簿拍在桌子上，問我，你這篇作文是哪裏抄的？我說沒抄，是我自己寫的。老師說你能寫這樣的作文？我再給你個題目，你寫一篇作文給我看看。就是〈抗旱〉。我要來紙筆，坐在他的對面，當場開寫。連謅帶「炮」，雲山霧罩，一會寫小夥子往地裏推冰塊，一會寫老頭子打深井，堆砌了很多形容詞，什麼「雙臂一撐，車輪飛轉，一聲吶喊，冰塊翻滾」。老師看了，點頭說，真是「人不可貌相，海水不可斗量」，就你這副氣死畫匠的模樣，竟然還能寫出一手好文章。你這個作文確實寫得不錯。第二天就把我的作文拿到旁邊一個農業中學去，作為範文讓中學生朗讀。我當時在我們的學校有點小名氣，每週上兩堂作文課，老師都要點評我的作文，老師還寫了不少的批語，一直到八〇年代中期的時候，作文本還保留著，後來生爐子沒紙，就當了引火。

王堯：應該留著，那是很珍貴的資料。

莫言：沒有那麼珍貴。魯迅的手稿珍貴，莎士比亞的也珍貴，我的手稿，沒有什麼價值。這個世界上垃圾已經夠多，還是讓它化為灰燼好。這個老師，也就是用彈弓打我肚臍的那個，我很難評價他好壞，但是他確實發現了我作文方面的才能。他把很多他保存的小說，借給我看。還去做我的家訪，對我父母說，允許我看「閒書」。去年我還去看過他，他已經退休，很有感慨。他說現在好像所有人都教過你作文，就是我沒有教過你。我說所有人都沒有教過我作文，就是你教過我。他說我也沒有別的要求，把你的書拿兩本給我看看。

王堯：看了你的書他有什麼反應？

莫言：他說看不懂，主題模糊，還不如我在小學時寫得好。

王堯：哈哈哈……

莫言：別的老師找我辦事情呀！幫孩子調動單位呀！這個老師從來沒提過要求。「文革」期間，我們是鬧翻了的。「文革」期間我組織了一個「蒺藜造反小隊」，造老師的反，把課程表都燒了，老師跟我不是一個派的，他當時是學校「革委會」的委員。

王堯：「文革」期間，學生和老師構成了一種緊張的關係。這是中國當代教育中一個值得研究的問題，它與教育體制，與意識形態有關。

莫言：我小學畢業以後，初中沒撈到上，我心裏面一直以為是這個老師不讓我上的，後來別人告訴我與這個老師沒關係，是另外一個老師。當時我們家裏是富裕中農，因為我是跟我一個堂姊一塊上的，那老師說他們家上一個就行了，就讓姊姊上了，剝奪了我上學的權利。雖然我知道與他沒關係，但是和這個老師心裏頭總是疙疙瘩瘩的，警告處分的事情呀！「文化大革命」的事情呀！實際上我還是感謝他在語文方面對我的培養，當時我寫作文，他也批評我，我當時不理解什麼意思。我們寫一件難忘的事情，往往寫出真事來，千方百計地找一件真實的事情來寫，人物嘛！也都是用真人物，像飼養員李大叔，像隊長王大海啊！全都寫這種真人和真事。後來他說為什麼非要這樣寫呢？你可以不寫真事的，他實際上在啟發我們，完全可以虛構的。後來我就想這怎麼可以虛構呢？他說你看了那麼多的小說，其實都是編的，你只要編得好，就行了，作文並不是讓你完全寫真實的事件。

王堯：老師在啟蒙你寫小說。

莫言：我想他是最早啟蒙我寫小說的，作文要當小說寫。孩子當然意識不到這一點，以為都要寫真事，寫假的可能不對。我真正的學校經驗，也就這麼五年。那些老師，他們的許多故事後來都在我的小說裏出現。我寫的《三十年前的一次長跑比賽》，裏邊寫到一個朱總人朱老師。

王堯：你在《我們的七叔》中也寫到這位朱老師。

莫言：這個老師，前幾年我回家還看到的，家庭是富農，他本人又是右派，但他寫一手極好的毛筆字，籃球打得很好，乒乓球也打得很好。他腰是彎的，可能是年輕時候受過什麼傷，殘疾了。我們村上有個姓郭的人，跑得非常快，據說能追上野兔子。學校要搞基建，操場上堆著木頭，從東北運來的松木，散發著香氣。姓郭的人去偷，第一夜偷到了，第二天夜裏又去，一到操場，就被陳老師發現了，然後他就跑，陳老師當時百米跑十秒零七，一伸腿，就把他絆倒，抓起來了。這個姓郭的飛毛腿和我也很好，後來我的小說裏也出現過這個人。他跟我說，因為那天夜裏他拉了肚子，速度受到影響，否則，是不可能被捉住的。他一直不服氣，想跟陳老師賽跑。就像我在小說裏寫那個張大力非要跟學校的老師比賽跳高一樣。

王堯：在小說裏這人叫「郭元」，老師叫「李鐵」。

莫言：小偷非常機靈，但是家裏出身不好，弟兄兩個都是身高一米八左右。他會當裁縫、修自行車、當泥瓦匠、木匠。偷木頭被抓後，感到沒臉見人，下了東北，去林場抬大木頭，下煤礦挖煤，幾年後被當成盲流遣返回來。從東北回來後，他講了很多的傳奇故事。過了幾年，這個人又下了關東，據說在那裏闖得很好，老婆有了，孩子一大群。

王堯：喜歡寫作文的人一般都喜歡讀文學書籍，那時學校的書並不多。有些老師家裏藏的書比學校還多。

莫言：我生長在一個比較偏僻的農村，能看到的書很少。當時在學校裏也是比較愛讀書的，文學類的書在我們那裏被稱為「閒書」，讀「閒書」自然是沒有用處的，村子裏有幾個喜歡讀「閒書」的人在人們的心目中大都是遊手好閒、不務正業的人。我的父親是一個十分嚴肅方正的人，在村子裏威信很高，他對我讀

「閒書」十分反感。我的班主任老師是個文學愛好者。他看了很多的書，自己也有十幾本書，像《苦菜花》、《青春之歌》、《烈火金鋼》、《紅旗插上大門島》、《呂梁英雄傳》等，還有蘇聯的《鋼鐵是怎樣煉成的》。那時學校條件很艱苦，老師的床就在教室後邊一個角落上。老師的書也都壓在枕頭下邊。我每天下午都主動地留下當值日生打掃教室，為的就是能夠利用這個機會偷看老師的書。我記得看的第一本書是《呂梁英雄傳》，後來被老師發現了，我自然嚇得要命，但老師並沒有批評我的。但他認為像《呂梁英雄傳》這樣的書小孩子看不合適，因為書裏有些色情的描寫，譬如說那個地主與他的兒媳婦通姦的情節。後來他就把別的書借給我看。拿到書後我也不敢公開地在家裏讀，通常是把書藏在草垛裏，然後找個機會鑽進去，冒著出來挨揍的危險，一口氣看完了再出來，身上被螞蟻咬得全是紅點。我母親知道我的祕密，經常為我打打掩護。後來我的班主任老師到我家家訪，跟我的父親談到我喜歡讀書的事，老師把我誇了一頓，說讀「閒書」對提高作文水平是有幫助的，從此之後，我父親對我的管制就少了些，我可以公開地在家裏讀「閒書」了，當然是在幹完了我該幹的活的時候。我記得兩個關於讀書的情節。一個是那時候農村還沒有機器磨，每家都有一盤石磨，我們吃的麵全靠人力拉磨來粉碎。我放學之後最主要的工作就是與我的母親推磨。但我借了人家的書必須限期還回去，無奈，只好把書放在磨盤上，一邊推磨一邊歪著頭看，這樣實在是不方便。我母親很同情我，就放了我的假讓我把書看完，她一個人拉磨。我在讀書的時候心中感到十分內疚，眼前老是晃動著母親彎腰拉磨的身影。還有一件事就是，那時農村沒有電，煤油也要憑票買，許多人家連這兩斤憑票供應的煤油也點不起。所以，一到晚上，村子裏一片漆黑。但晚上做飯時還是要點燈的。我家那盞油燈就掛在堂屋的門框上，燈火如豆，我個子很矮，只有腳踏在門檻上才可以就到燈火。天長日久，那條門檻竟然被踩出了一個豁子。當然，踩壞門檻並不是我一個人的罪過，我的二哥也是個書迷，他也經常踩著門檻看書。就這樣，我仗著小孩子臉皮厚，到處借書，在幾年裏，把這批「紅色經典」差不多看完了。同是「紅色經典」，但感覺到其中有些書的寫法跟別的書不一樣。譬如吳強那本描寫孟良崮戰役的《紅日》，一開始寫的是我軍失敗，寫到了陰霾的天氣和黑色的烏鴉，寫到了部隊的悲觀情緒和高級幹部的沮喪心情。我當時感覺到他不應該這樣寫，這樣寫不太革命。孩子還是希望英雄永遠勝利。像《林海雪原》那樣，《敵後武工隊》那樣。《紅日》一開始寫悲觀，失敗，我覺得很不舒服。走上文學創作的道路後，才知道當初那些讓我看了不舒服的地方，恰是最有文學意義的描寫。

王堯：你的這班主任老師能夠借這些書給你，在當時是不容易的。少年時期讀的書對人的影響是最深刻的，一輩子都會影響你。

莫言：少年時期讀過的書印象深刻，終生難以忘懷。《紅岩》、《紅旗譜》、《林海雪原》、《保衛延安》、《踏平東海萬頃浪》等。當時最激動人心的閱讀是讀歐陽山的《三家巷》，讀得如癡如醉，讀到區桃犧牲時，我感到世界末日到了，趴在牛欄裏就哭起來。我在語文課本的所有空白處寫滿了「區桃」，被一個同學發現告訴了班主任。這個班主任不是原先那個喜歡文學的班主任，他說：「你這小孩，思想這樣複雜，長大以後怎麼辦？」

王堯：教科書和小說的英雄人物通常都是叛逆者，但現實生活中，教育的另外一面又教你循規蹈矩，這就是教育本身的矛盾。「文革」中青年學生的表現其實也是這種矛盾的產物。你在「文革」中的記憶是什麼？

莫言：我覺得印象最深的就是「文化大革命」剛剛爆發的時候。爆發前期，我們學校實際上已經存在了一個宣傳隊，天天演一些小節目。我記憶力比較好，六一兒童節讓我上去背書。我小時候最大的問題實際上是褲腰帶的問題，不會紮腰帶，繫死疙瘩，解不開，而且是那肥腰褲。上去背誦課文，背著背著，褲子就掉下來了。後來種麥子要普及良種，就要去宣傳。過去老是種那種「和尚頭」，一種低產的無芒麥。老師教我編快板，到集上去宣傳，我就編那種順口溜，攻擊「和尚頭」，宣傳新品種。「貧下中農聽我吼，今年不種『和尚頭』

『魯麥一號』新品種，蒸出餑餑冒香油……」純粹胡編，餑餑冒香油，怎麼可能？「文革」一開始我們也是跟著寫大字報，編順口溜呀，當時我們誰也不知道什麼是「文化大革命」，當時批「三家村」，老師又讓我寫快板批「三家村」，我就寫「三家村，四家店，都是一些大壞蛋。鄧拓吳晗廖沫沙，三人合夥去偷瓜。」有一天老師說你這個都過時了，「文化大革命」開始了。而後我看到一個老師戴了一個大袖章，上邊寫著「紅衛兵」。緊接著天下開始大亂，學校裏的老師馬上分成兩派，一派是「高密紅衛兵團部」，一派就是「魯迅戰鬥隊」，老師之間就互相打起來了，然後就打校長，鬥出身不好的老師，到處貼大字報。學校站隊，家庭出身貧下中農的學生站在一塊，家庭出身地富反壞右加上富裕中農站在一塊。

王堯：你們家是富裕中農，就是上中農。下中農可以站到「革命」那一邊。

莫言：真是不一樣，我們這些富裕中農家庭出身的人，確實處在一種很尷尬的狀態，敵人也不是敵人，革命的依靠物件也不是依靠物件，是團結物件，所以謹小慎微，我們這代受到很多這樣的教育。

王堯：有一種「不准革命」的痛苦。

莫言：當時就感覺到這種歧視是極其痛苦的。後來上面又改變了，把這些老師批評了，說富裕中農的孩子應該和貧下中農站在一塊，我們又轉到這邊來，地富反壞右的孩子我就看著可憐。後來我就不上學了，回去放羊。我上小學五年級的時候，語文課就是背《毛主席語錄》，背得滾瓜爛熟。學校就開始鬥家庭出身不好的或者是當過右派的老師，老師這時候已經比較痛苦了，大家都在圍著一個老師批鬥的時候，如果你不鬥，你就覺得不對，大家都在抓起泥土投老師的時候，你也必須投，我每投一下，心裏邊就一緊縮。因為一回家，家裏的教育和社會上的教育是完全兩碼事，家裏父母親包括姊姊對我的教育都是傳統式的，老師怎麼可以打呢？你們這個朱老師、王校長是多好的人呀！人家王校長的女兒，跟你大哥是同學，你千萬不要去鬥他。但是他們一到了社會上，他們也是紅衛兵，也是喊口號。我的大奶奶因為是地主成分，也被拉去批鬥，我姊姊上去領人喊口號，我大奶奶很憤怒，跟我們四叔說，嫚領著喊口號，竟然說要我滅亡，氣死我了。我四叔說這是做給人家看的，但我大奶奶不理解，幾十年都不跟我大姊說話。我姊姊說，我不是為了要表現進步嘛！你們應該明白我心裏什麼意思。他們都在教育我，千萬不要揍老師。我也面臨這個問題，大家往老師身上吐唾沫，如果你站在一旁袖手旁觀，那馬上就有人白眼看你，所以也就別人揣一腳，自己也過去按一下，裝模作樣的。批鬥校長夫人尚老師，大家都打，我也上去按了她一下，她猛一抬頭看到是我，那眼神，哎呀！我心裏面慌死了。因為這個老師對我很好，我哥哥在華師大讀書放暑假的時候，經常帶著我到她家玩，這個老師平常也經常表揚我，說我的作文寫得好。她抬頭看了我一眼，我就立刻退到一邊去了，心裏真是非常害怕，也非常難過。學校分成兩派，我大哥當時是華師大的紅衛兵，回來就嘲笑我們，說你們是什麼破紅衛兵呀！就知道拍老師的馬屁，缺少獨立性，一下子激起了我的憤怒、自尊心，我說我們也不怕老師的馬屁了，我們也另外成立一個紅衛兵組織，就找了幾個同學成立了一個「蒺藜造反小隊」，蒺藜是一種植物，有刺的，扎腳，我們雖然小，但是我們有刺，能扎人。

王堯：這個名字有紅衛兵的造反精神。你們真的造反了嗎？

莫言：把學校的課程表放到爐子裏燒了，把學校黑板報上寫的「造反有理」的大字擦掉，編了「蒺藜造反小報第一期」。我記得我就寫了一首詩叫〈造反造反造他媽的反〉。但第二天，跟我一起參加「蒺藜小隊」的全都叛變了，全向老師交代了，那老師也不認為我在挑頭，他們認為我大哥支援了我出來和學校的老師對抗。

王堯：那時喜歡查背景，挖後臺。

莫言：實際上我大哥根本不知道這事情。我父親特別恐懼，說如果他們告到你大哥的學校，會影響你大哥的前程。我感到壓力很大，寢食不安。後來我就不上學了，幹活又幹不了，家裏有羊，我就放羊了，非常無聊，然後就給生產隊裏放牛。過了一年，小學時的同學都去上農業中學了，學校就在我們家前邊，兩排瓦房，叫「農業聯合中學」。只要是貧下中農子女全去，中農子女擇優錄取。我堂姊也去了，不過她很快也不上了。我趕了羊回來，看到過去的同學們站在桌子上打架，玻璃砸得沒有一片是完整的，自己心裏很感寂寞，非常痛苦，想起高玉寶半夜雞叫這些事情來，在田野裏一上午看不到人，就唱歌啊！喊叫啊！感覺到了很多難以言傳的東西。

王堯：孤獨與寂寞對一個孩子來說是殘酷的，不能讀書就意味著被這個社會拋棄，無疑還限制了他以後的生路。

莫言：最強烈的願望，還是想上學，真是太想上學了，我一定要上學。我對我父親提出了這個要求，我父親說沒辦法，你在學校瞎折騰，自己造成了後果。當時感覺到前途一片渺茫，村裏的人也很少有人了解我，因為我在學校時比較調皮，村子裏很多壞事都找到我頭上來，實際上跟我沒關係。明明是我進大隊部叫我父親吃飯，恰好聽到兩個幹部在審問村裏的一個「壞分子」，我抬頭往窗內一看，也沒什麼惡意，就想看熱鬧，而後他們就出來了，一腳就把我踢倒了，說，走啊！進去聽。我立刻就意識到，他們肯定是認為並不是我要聽，而是我父親指示我來聽的。這個我就不敢回家說，我父親當時當個大隊會計，已經提心吊膽了，他們以為我是探子。而後我們鄰居家裏一隻小雞死掉了，我也恰好從他家出來，他們就說我把他們家的小雞捏死了。反覆辯解，他們也不信，說小雞剛剛還好好的，你一走就死掉了，我說冤枉啊！在我家裏邊，我嬸嬸也把很多事情栽在我身上，我堂弟爬樹把腿摔壞了，栽下來了，我嬸嬸問他怎麼回事，他說是我把他從樹上推下來的，我說我沒有，誰推下來誰是狗。我母親就說你還強，就打我，真是冤枉的，恨不得把心掏出來說，我沒推他。他是個小孩子，他掉下來，我嬸嬸就打他了，他就推卸責任了，說是我推的。我嬸嬸回家就當著我母親的面罵我，說你從小就這麼壞，你什麼時候能壞到死啊！這麼刻薄。我母親臉色馬上就變了，就打我。我不服氣，就辯解了。其實也辯不清楚。

王堯：你成了個受氣包。我覺得這些刺激可能對你的心理產生了影響。你後來不太喜歡與人打交道，大庭廣眾之下不喜歡說話，有時還有自卑心理，可能都與當時的被歧視、被壓抑有關。而一旦進入創作，你則是完全相反的風格。

莫言：那時候我就非常壓抑，非常不想說話。一說話別人就罵我，任何一句話好像都是多餘的，明明是滿心好意。這個時候是很天真的。我記得當時有一個本家的哥哥他原來在外縣教書的朋友來看他，他的朋友穿得很破很破，我就問，你來做客，你為什麼不穿得新一點呢？當然這句話是很傷人家的自尊心的，我是很傻的。所有的人都說，真是的，自己也穿得破破爛爛的，還嘲笑人。

王堯：真是童言無忌。

莫言：一次村裏失火，我恨不得把起火的消息告訴所有的人，跑到一個鄰居家裏說起火了，他的老婆就出來看。再回家一看，家裏的一塊肉被貓叼去了，她就問我是不是你讓貓把肉叼給你了？我娘也說所有的壞事都跑不了你，所有的好事都找不到你。你是貓頭鷹報喜，壞了名頭了。當時牛是不准殺的，但是沒有飼料，很多牛都變成野牛了。有一天有一頭牛，不知道被誰用細鐵絲捆著嘴巴弄死了。我姊姊回家就審問我，說肯定是你弄的。我們家有一個破掃帚，上面有細鐵絲，是不是你把牛捆死了？我說我沒有，我晚上都沒出去。後來才知道是一幫大孩子晚上在田野裏追牛，田野一望無際，月光明亮，很有意境。追上了，把牛弄死，他們想把牛燒著吃。我當時一到人前就緊張，一見人就說不出一句完整的話來。

王堯：這是被「迫害」留下的後遺症，你原來不是這樣的。

莫言：我想我小時候還是很有表達能力的，聽人家講故事我可以非常完整的、甚至是添油加醋來複述。經過「文化大革命」這一折騰，我一見人就緊張，一講話馬上就變成結巴了。當兵的時候慢慢好一點了，當政治教員時就慢慢地有意識地改過來，恢復了講話的能力。

王堯：小說存留了你少年時的個性。

莫言：寫作的時候就像少年時候的胡言亂語了。

王堯：你不上學了，還能看書嗎？

莫言：主要是勞動，但畢竟還是有一些空餘時間，像下雨陰天啊！逢年過節呀！這些空閒時間還是讀了一些書，當時整個高密東北鄉十幾個村莊裏面，還是有幾部經典，像《三國演義》、《水滸傳》、《儒林外史》、《西遊記》啊！通過各種方式，幫人幹活兒，拿書跟人交換，把這些經典弄到手讀了。再一個就是我大哥讀初中、高中時候的語文課本，語文分成漢語和文學兩種，尤其那個文學課本，裏邊有很多的古今中外名著的節選，茅盾的《林家鋪子》、魯迅的《鑄劍》、普希金的《漁夫和金魚》、曹禺的話劇《日出》、郭沫若的話劇《屈原》，孫犁的《荷花澱》、《蘆葦蕩》，趙樹理的《李有才板話》、《小二黑結婚》。外國文學，除了一部《鋼鐵是怎樣煉成的》之外，再就是在我大哥的文學課本上讀了上邊所說的那幾篇。我覺得這一套文學課本對我幫助很大的，起碼使我知道古今中外有這麼多名著，而且又產生了想把這麼多書都找到讀一遍的欲望。

王堯：我有類似的經歷。我一個表姊是六六屆高中畢業生，她的兩隻木箱子裏全是語文書和小說，我常去翻。我記得陸定一的《老山界》，那篇散文就在語文課本上。我拿了她的小說再去換別人的，換到了《三家巷》、《野火春風鬥古城》、《紅旗譜》等。

莫言：後來我就進一步擴大了借書的範圍，周圍的幾處村莊都知道有這樣一個特別迷書的小孩。偶爾能夠得到一本書的時候確實是不惜一切代價，家裏的羊和牛就不管了，一頭鑽到一個草垛或者是不被人發現的地方，抓緊時間讀，因為知道讀完了書很可能受到家長的打罵。從草垛裏出來以後，渾身都是被螞蟻、蚊子咬的紅包，這種讀書的快樂確實是無法代替的。當時我閱讀速度也極快，而且記憶力也好，一個下午一部長篇基本上能夠看完，看過的情節基本也都能夠記得。後來我就很難有這種閱讀的境界了，書是越來越多，看書是越來越少。這也就是說，儘管我輟學在家，十二、三歲，但是因為熱愛，還是在不斷地積累文學方面的知識。

王堯：我想你不能老是放羊，人在痛苦的時候，在被年長的人欺負時唯一的願望就想長大。我記得自己被大人打了以後就想自己快長大。

莫言：放羊就放了兩年，就像你說的非常想進入成人的隊伍，跟著大人去幹活。當時在田裏幹活，說說笑笑是很熱鬧的。我記得第一次，我四叔當隊長，我說我要割麥子，割得特別慢，麥茬子也留得特別高，而後生產隊的會計就不讓我幹了，說你割的什麼麥子，是搞破壞。我四叔就教我不要割了，到後面去撿麥穗。就是千方百計地想成為大人，而後外派民工去挖河啊！修水庫啊！我每次都要報名，回家我父母親就不讓我去。年齡漸漸大了，就開始參加成人的勞動，小時候長得就比較高，跟我同年齡的小孩子還是在學校裏打打鬧鬧，我跟著一些大青年，整勞力去幹一些大人的活。雖然幹不好還有點累，但是還是感覺到和大人在一起，比一個人放羊、放牛要好得多。在勞動的過程中，和這些成人的接觸也增長了很多知識。當時生產隊的勞動也不認真，大家幹一會、歇一會，幹個把小時抽袋菸，然後再幹個把小時再抽袋菸，然後就收工回家了。我們在地頭休息的時候，老人就講各種各樣的傳奇、鬼怪呀！妖狐啦！這些東西後來搞了文學覺得非常有用。

王堯：那時農村有不少青年特別愛好文學，想通過文學改變自己的人生道路。

莫言：「文革」後期我就躍躍欲試，想寫點東西。這種愛好或者說是文學的幻想，可能受了家庭的影響，我大哥在外地上大學，留在家裏許多中學的語文課本，還有幾本雜誌，像《萌芽》什麼的。到了七〇年，我的鄰居家遣返回來一個老大學生，山東師範學院中文系畢業的，在校讀書時即被劃為右派。他儘管因為嘴巴亂說話而獲罪，但惡習難改，老是給我灌輸「三名三高」的思想。什麼劉紹棠「為三萬元而奮鬥」，丁玲的「一本書主義」等等。在他的渲染下，我感覺到作家都是了不起的人。一個人能寫出一部書來，一下子就會改變自己的命運。我問他：「叔叔，如果我能寫出一本書來，是不是可以不在農村勞動、可以吃飽飯了？」他說：「豈止是可以不在農村勞動，什麼都有了，你想吃餃子，一天三頓可以吃。」我最早想動筆寫，是七三年在膠萊河水利工地上，我參加了水利工地的勞動，發了幾毛錢的補助，買了一瓶墨水和筆記本，便模仿著當時流行的題材和創作方法，開始寫一部名叫《膠萊河畔》的長篇小說。後來因為勞動太累，幹完活已經筋疲力盡，吃著飯就打起了呼嚕，小說也就寫不下去了。假如我的作品寫完並且被發表，我被調到什麼這樣那樣的寫作組裏去，我會為此歡欣鼓舞，根本不會考慮別的問題，什麼「四人幫」，什麼「幫派文學」，這都是十幾年之後的事情，在那種社會環境下，除了像張志新這樣的極個別的清醒者，大多數老百姓是牆頭上的草，根本就沒有可能把是非判別清楚。

王堯：你後來好像是去廠裏做工了。這在當時也是很讓人羨慕的，怎麼會有這種機會的？

莫言：一九七三年，當時我的叔叔在縣裏的棉油加工廠當主管會計，我就找了我的叔叔，在他的幫助下，進了這個棉油加工廠當了合同制工人，又叫季節工，就是棉花收購以後就開始來做工，到棉花加工完畢回家。在工廠做工期間，每天可以賺到一塊三毛五分錢，交給生產隊一半，而後生產隊又給你記一個整勞力的工分，這也就是說我每個月出來能夠掙到工分以外，還可以賺到二十塊錢。在七〇年代初期，二十元人民幣是了不得的一個數目。如果一個家庭每個月能夠拿到二十塊錢的補助，能夠解決很大的問題。當時能夠去棉花加工廠做臨時工的，都是有一點後門，有一點背景的，農村青年都非常嚮往這件事情。

王堯：這是你生活轉折的開始，工廠是另外一種世界，你的眼界肯定有變化了，心思也不一樣了。

莫言：眼界是要比在村子裏開闊了許多，當時棉花加工廠集中了全縣五、六百個年輕人，其中有幹部子弟，有下鄉的知青，也有外邊來的一些幹部的子女們，當然也有每個村來的一、兩個農村青年，這些人要麼有親戚在廠裏邊、縣裏邊負責，要麼父親是村裏的支部書記，必須是有一點關係的。這樣全縣五、六百個青年集合到一起，和每天在村裏與幾十個熟悉的面孔打交道大不一樣。另外呢也帶來了一些外部的資訊，有很多青島的知青，他們在勞動的間隙，就經常給我們講一些過去看過的電影，像《流浪者》啊，俄國的一些電影，講各種各樣的故事，講都市裏的一些消息，一下子就覺得大開眼界。棉花加工廠裏的青年打扮得要比農民時髦得多，這些人一出門，一眼就能看出來，因為整天跟棉花打交道，棉花的絨毛沾滿了全身。像我們這種農村去的青年穿一件黃軍裝的上衣，穿一條藍的確良的褲子，穿一雙白底的、上面帶鬆緊扣的懶漢鞋子，留了一個大分頭，帶一個大口罩，就感覺到太時髦太漂亮了。那麼冷的天穿著薄薄的鞋、尼龍襪，滿腳凍瘡也不穿棉鞋。

王堯：這時你再回家，感覺不一樣了。

莫言：村子裏很多人刮目相看了，有的人也嫉妒也嘲諷，年輕人都很羨慕。我當時是借了村子裏一個小夥子的一件的確良軍裝，在廠裏邊穿著晃來晃去的。為了漂亮，不到二十天，就跑到公社的駐地去理一次髮。棉花加工廠給我留下了很多美好的記憶，我的第三篇小說〈售棉大路〉就是寫一群農民賣棉花的故事。在棉花加工廠我幹了三年半的時間，由於我叔叔的關係，我每年都不下放，棉花加工完了，也留在廠裏面，需要留下一部分人維持廠裏的衛生啊、保衛廠裏安全啊！我就留下來站崗，也去縣城學習過棉花檢驗。這個時期我認識了很多朋友，眼界開闊了，想離開農村的願望越發強烈，我覺得再不能回到我那個村裏去了，不能再跟那一幫人混到一起去了，那裏毫無前途，一回去前途就斷送了，我只有想辦法離開這個村，才可能有出路。

王堯：文革後期許多農村青年都想往外走。我一九七五年到鎮上讀高中時，想到的是高中畢業後如何不回鄉。但當時並沒有多少可以選擇的道路，現在我們的孩子已經無法理解我們那時無法選擇人生道路的痛苦。

莫言：當時最好的結局就是能夠轉正，從臨時工轉為正式工人。在我們前面確實轉過幾批，雖然不是全民所有制，是集體所有制，但是它也很保險了，第一永遠不會被下放，第二退休可以吃勞保，每個月能夠拿三十三塊錢，而且每個月有固定的口糧，農業是豐收還是歉收已經不影響他了。當時很多轉正的小夥子馬上和農村的姑娘解除了婚約，再找一個吃國庫糧的姑娘，這樣就是「雙職工」，生出的孩子就是「非農業人口」，長大了國家就會給安排工作。當時農村和城市之間的差別實在是太大了，農業人口和非農業人口之間，簡直就是天壤之別。我們這些合同工，夢寐以求的就是能夠轉正，大家也紛紛傳言說四屆人大一開，馬上要把這批人轉正，又有些人說不可能。這段期間，儘管我是一個小學沒畢業的學生，但很虛榮，進入棉花加工廠需要填寫表格，一個負責登記的老頭就問，叫什麼，多大了，什麼文化程度？我猶豫半天，說小學五年級，也太丟人了，說高中，沒這個膽量，就說初一，初中一年級。

王堯：但是許多高中生可能也沒有你看的書多，沒有你那樣的文化水平。在工廠有表現的機會嗎？

莫言：在一九七五年的時候，批林批孔，評《水滸》批宋江，農村根本沒人管這個事，棉花加工廠是一個公家的單位，廠裏邊必須聽上面的號召，組織批判活動。我記得有一段時間裏，每個週末的晚上都把全廠的臨時工、正式工集合起來開會，搞大批判。大會發言就落實到三個人身上，其中有兩個高中生，我也算一個。因為我當時在廠裏做的是司磅員工作，撥拉算盤子，也算是個有點文化的人，字還寫得可以。沒人懷疑我不是初中生，沒人相信我是個小學生。我是個重要的發言人，但是實際上不會寫什麼文章，在報上東抄一段，西抄一段，而後就是引用詩歌，像我引得最多的就是「青山遮不住，畢竟東流去」、「沉舟側畔千帆過，病樹前頭萬木春」，誰的嗓門大，誰朗讀起來不結巴，說明誰的水平高。至於你念的什麼，誰也不去關心。就在這一段時間，我多少出了一些風頭。廠辦公室裏的人議論，幾百個臨時工裏邊老管的姪子最有才華。老管就是我叔叔。我在棉花加工廠幹得不錯，威信很高。剛到這個廠時，我勞動非常賣力，因為在農村經過七、八年的鍛鍊，不怕吃苦。我想一定要好好幹，不能給叔叔丟臉。有一次廠裏割草，廠裏的黨支部書記開會表揚說，小管一個人頂三個，這是我一輩子第一次受到當眾表揚，過去的十八年裏，除了罵我的，除了批評我的，除了奚落我的，從來沒有人重視、表揚過我，我感到一種激動和幸福。我覺得在外面的單位才能夠進步，在村裏無論怎麼幹，誰也不會表揚你。但在這個工廠裏頭，我割草多割了一點，書記就表揚了我。

王堯：你第一次感覺到了自己的存在價值。人有時就是這樣，領導的一句表揚話會讓你心裏溫暖，其實你的真實處境並沒有改變，你的人生道路仍然在原來的軌道上。

莫言：後來工廠又辦起了夜校，要職工學文化，還讓我當夜校語文教師，儘管我狗屁不通，但我找了本語文基礎知識，煞有介事地上去給他們講，講的時候也很有點幽默。亂舉例子，舉到我們廠長女兒頭上，把她得罪了。我道了很多歉才得到了她的原諒。後來的情況就是，大家認為我這個人完全可以去教中學，放在棉花加工廠裏浪費了。

王堯：這些評價是否使你重新思考自己的人生道路？

莫言：在棉花加工廠裏的鍛鍊，使我敢在人前講話了，以前見了人就躲，現在知道怎樣表達自己的想法。更重要的是知道了：要實現自己的理想，必須動腦筋，躺在被窩裏幻想是不行的，靠父母是不行的，他們在農村幫不了你，要有一個好的前途必須自己努力，必須行動起來。

王堯：我們都曾經是路遙小說《人生》中的高加林。

莫言：我一回村就會想起郭沫若《鳳凰涅槃》中的詩句：「在這個污穢的環境裏，即便是一把金剛石的寶刀，也要生鏽。」一回去就是一團漆黑，家裏的活不願意幹了，嘴饞了，人懶了。有一次回去揹糧食，跟我母親講人家都吃白麵饅頭，我母親就說那你也拿點去吧！就把缸裏剩下的三斤白麵給我裝去。我投到伙房裏換了糧票，食堂會計說你拿來這麼點白麵幹什麼呀！我滿臉發燒，說我們家只有這點白麵。一方面也是想吃，也是想滿足虛榮心。打飯的時候那些正式工，就用筷子插著兩個小饅頭耀武揚威，那麼得意。家庭貧寒的臨時工們，就自己煮兩個地瓜、窩窩頭，悄悄地躲在一邊吃。我想要插兩個小饅頭耀武揚威一次，但想到母親把家裏捨不得吃的三斤白麵，給我拿來了，心裏又非常內疚。我第一次打了兩個饅頭，吃完了還覺得不飽，然後又打了一個吃掉，還是不飽，後來就想，索性一次吃個飽算了，所以我一頓飯就用了三斤糧票，六個饅頭都吃光了。他們都很驚訝，說真是個大肚子。一頓飯吃了三斤饅頭，當時就覺得很內疚，現在想起來，更覺得自己不可原諒，我真是對不起我的母親。因為不久後我母親生病住進了公社醫院，醫院裏沒有飯，那三斤細糧被我一頓吃了，只剩下粗糧。跟我母親同病房的是一個公社幹部的老婆，每天變著花樣吃，我只能給我母親窩窩頭吃。那正是中秋節前，幾個親戚來探望，帶來了幾斤月餅，我心中稍微好受了一點，就讓我母親天天吃月餅。我母親得的是膽囊炎，怕油膩，我不懂，以為月餅就是好東西。幸虧我一個在磚瓦廠工作的表弟來看我母親，問我母親想吃點什麼，我母親說想吃點饅頭。他跑回去打了兩個饅頭送來。我母親吃了，身體立即好轉了。後來我母親說：月餅雖好，但不能當飯吃啊！現在，一看到月餅，我就心中難過。

王堯：我曾經問我的一個表舅，你為什麼去朝鮮當志願軍，他說當志願軍能夠吃飽肚子。你前天也講到，我們共產黨的兵動員國民黨的兵投誠，手段就是告訴他們這邊有饅頭吃。

莫言：在那時候，轉正遙遙無期，我想當兵也許是我的一條出路。

王堯：那時的農村青年最好的選擇就是當兵。如果能夠提幹，身分就完全變了，也不怕找不到老婆。我的印象，我們那兒的女民辦教師，鎮上的姑娘，大都嫁給軍官。

莫言：這個時候我就認識了我們廠裏的兩個職工，他們是我們公社的武裝部部長的兒子、武裝部副部長的姪子，我有意識地向他們靠攏，有意識地跟他們搞好關係，為當兵作準備，爭取參軍入伍。這很小人，但沒有辦法，因為前兩年都是在村裏參加體檢，貧下中農的孩子成群結隊的，根本就輪不到我。一九七六年年初，全縣的人都去挖膠萊河去了，村裏的支部書記、大隊長、民兵連長所有的整勞力都到工地上去了，而且這個水利工地離我老家二百多里路，他們回不來。這時候徵兵工作開始了，上邊就說在工廠做臨時工的可以就地參加體檢，我就鑽了個空子，在公社的駐地參加了體檢，然後寫了幾封信給公社武裝部副部長的姪子，武裝部長的兒子，讓他們幫我送給他們的爸爸和叔叔，而後自己也往公社跑。過了幾年後，我聽我叔叔說，我們廠的黨支部書記也跟武裝部部長說了，說這個小孩去部隊會有出息的。武裝部長是書記的老朋友，兒子也在廠裏工作，他說話很管用。有一次我在路上，碰到一個幫助徵兵工作的轉業軍人，這個人就把我叫去，他也曾經在棉花加工廠作過臨時工，他就告訴我你今年有希望了，已經定了，你先別說。我真是興奮啊！就想到沒人的地方大哭一場。過了春節，有一天，我們村的民兵連長，這時候他們從水利工地回來了，騎自行車到棉花加工廠，大喊我的名字，一見面就把入伍通知書「唰」的一下給我扔過來了，扭頭就走了，一句話都沒有說。我捧著那張硬紙，心中悠悠忽忽，就像做夢一樣。拿到入伍通知書後，心裏邊還是忐忑不安，生怕夜長夢多，再出什麼變故，就盼著趕快走。村子裏宣讀應徵入伍青年名單的時候，有些貧下中農大發牢騷：憑啥我們貧下中農的孩子當不了兵，讓老中農的孩子當兵？

王堯：階級觀點、出身論即使在最基層也是用來維護一些人的利益。

莫言：本來每個村的新兵入伍都要送一朵大紅花，敲鑼打鼓來歡送，我們村沒有。我走到橋頭時，小學裏的一個民辦老師拿著一朵紙紮的花追上來說，還是給你一朵花吧！

王堯：你難受嗎？你一直對別人的歧視特別敏感。

莫言：我當時沒有難受，因為我知道你即使給我花也是虛假的，我根本不需要你的花。臨走的頭天晚上，親戚們也來到我們家，母親做好吃的給我吃。父母親很高興，兒子當了兵，我們家也成軍屬了，社會地位也提高了。臨走的時候，我父親讓我去看看我爺爺，他那時已經八十多歲了，他說過去「好人不當兵，好鐵不打釘」，不過現在年代不一樣了，出去混幾年，好歹也要混個什麼職務。

當時全縣一年徵收一千八百個新兵，新兵換衣服前，要洗一次澡，就把我們幾百個新兵攆到橡膠廠裏去，縣裏當時只有一個公共澡堂，橡膠廠也有一個，那個澡塘很小，是橡膠工人洗澡的地方，地面上、池子裏面都是黑黑的一層焦油，其實是越洗越髒。幾百個青年往池子裏一跳，池子裏的水全部冒出來了，我聽到一個青年大喊：阿基米德定律！我用毛巾擦了擦身體就換了衣服。而後下大雪，我們被攆到一個公共汽車上去，是部隊來的那種軍用卡車，三十八人擠一卡車，開了車一直往東北方向走，下午兩點，到了，下車了，我想這就到了嗎？這麼近，才幾百里路，他們說，這就是你們當兵的營房，離我們高密縣才三百多里，叫黃縣。我覺得很失望，這麼近，最好能到新疆、到內蒙、到西藏、到雲南這些天涯海角去。

王堯：一上軍用卡車，你的身分變了，人生道路變了。一個人在離開故鄉時，感情一定特別複雜。我記得自己考上大學去報到時，心裏有說不出的感覺。我們這一代人其實是被故鄉的那個社會遺棄的，如果對那個社會充滿信心，他是不會離開家鄉的。

莫言：是的，我想我終於離開這裏了。而後就開始新兵生活，剛開始住在黃縣的丁家大院，大地主的院子裏。九九年我又重新回到丁家大院去，現在已經改成一個民俗展覽館了，黃縣也沒有了，改成「龍口市」了。當時地面全是石板，我們鋪了一層稻草在上面睡，我們是農村孩子，吃過苦的，不在乎。一到部隊，我就想豁出去了，絕對不能落後，一定要爭取進步。他們帶兵的也知道我，因為我不斷給部隊帶兵的寫信，表示我到部隊一定好好幹的決心。所以一到部隊，他們也好像知道我能夠寫點東西，來找我寫黑板報。我在棉花加工廠畢竟也寫過嘛！我就寫黑板報。而後要歡迎新兵，找新兵代表講話，他們就說你來講吧！我就寫了個草稿，讓指導員看看，然後代表新兵講話。團長講話是坐在一個桌子前，有一個麥克風，我也一屁股坐下了，而且講得還是不錯的。講完下臺後我們班長就踹我，說你小子「稀稀」了，「稀稀」就是完蛋的意思，班長說你怎麼能坐呢？那是團長、政委坐的！一個新兵蛋子講話，你不站著，你還坐著，簡直是犯上作亂！我當時一下子從興奮的極點掉到冰窟窿裏去了。我說有什麼辦法可以彌補？他說沒什麼辦法彌補，你就等著兩年復員回家吃地瓜乾子去吧！過了十多天，突然有人告訴我，我們四個人，被分配到了國防部的一個保密單位去了，說我分配得很好，可見未受那次講話的影響。這個單位在龍口附近，當時叫北馬公社唐家泊村。去一看，心裏就涼了半截。營房跟老百姓的村莊連在一塊，西邊就是老百姓的飼養棚，裏邊全是牛圈、豬圈，右邊就是一個大的臭水坑。這個村呢，有生產龍口粉絲的最大的一個廠，前邊是一片麥田，我們的營房只有三排房子，也沒有暖氣，就是一個小煤爐子。跟濟南軍區一個單位合用一個小小的操場，只有半副籃框。有一個露天廁所，有一個破破爛爛的伙房。老兵說你們來這麼個單位算是倒楣了，因為它是屬於總參系統下面的一個最小的單位，技術幹部多，入黨也特別難，我們後勤戰士只有八個人，兩個做飯的，六個站崗的。後勤幹部沒有編制，只有一個管理員，那是一個老同志。他說你們在這裏幹得最大也只能幹到警衛班的班長，我們的上級機關遠在北京，這個小單位就由黃縣的一個團代管，儘管只有十來個人，但是矛盾重重，幾乎每天都打架。我們沒有什麼事，就是每天兩班崗，我們也不知道警衛什麼東西，有一個小小的辦公室，經常傳出發電報的聲音，那就是我們的保衛物件。下了崗，前面有幾十畝空地，教我們種地，栽白菜呀！割麥子呀！幹各種各樣的農活，比在農村幹活還要累。也不訓練，沒有地方訓練。我們剛去，班長說老百姓結婚，我們鬧洞房去。我們在新兵連裏受到嚴格的新兵教育，三大紀律，八項注意呀！要和老百姓保持魚水關係，男女有別之類的。他竟然帶我們去鬧洞房，而且是地主家娶媳婦。這事後來傳到代管我們那個團的團長那裏，他發火道：這真是解放軍裏少有的現象，簡直是奇恥大辱，居然由班長帶著戰士鬧地主家的洞房去！黃縣在渤海邊，夜裏的風特別大，深夜兩點起來站崗就站在一個木板釘成的小崗樓裏，黃豆大的石子被風吹得飛起來，打得崗樓「啪啪」響。遠處就是大海澎湃喧嘩的聲音，穿兩件大衣腿都凍得冰涼冰涼的，非常地絕望。

王堯：這和你想像中的部隊不一樣。不過，部隊應該有文化生活啊！

莫言：部隊也放電影，像《春苗》啊！《決裂》啊！也會讓我們去搞一些批鄧的活動，而且濟南軍區也出現了幾個反鄧小平的英雄。有一個排長，就在鄧小平剛剛出來工作的時候，寫了一封信給中央軍委，說鄧小平是復辟倒退，後來就說這是一個反潮流的勇士，一下子提拔到濟南軍區副政委的高位上去了，這個人給我們作出了很好的榜樣。我們幾個戰士就聯名寫信給上級領導機關，由我執筆，要他們來處理這個單位的問題，我們說我們都是農村青年，抱著滿腔熱情來保衛祖國、追求進步，結果來到這個單位，作風不正，軍容不整，幹部天天吵架，根本沒有一點軍人素質，讓我們非常絕望，希望上級領導能來調查解決我們的問題，或者把我們調到別的連隊去，當時也有幹部簽名，一直往上告。上面領導機關看我們這個單位確實很亂，就派了一個工作組過來。青島海軍的一個吉普車把他們送過來，住又沒地方住，把我們戰士擠在一個大房間裏，給他們騰出一個小房間。他們就天天調查，了解情況，開會，開會也吸收了我參加，因為我簽名了嘛！雖然儘管有人對我寫信持不同意見，但是上級的領導發現這個戰士的字寫得很漂亮、文筆很好，是有文化的，給他們留下了好的印象。工作組走了以後，就把兩個主要幹部調離了，而後工作組又來了一個幹事，就是我們局幹部部的江幹事，常州人，他當我們的代理教導員。這個人真是太好了，他很欣賞我，他認為我是有才華的，他待了一年，又調了一個新的教導員來。我就和江幹事一直保持著聯繫，希望通過他調到局裏去。這時候他就告訴我，上邊給了一個考大學的名額。當時是一九七八年，解放軍鄭州工程技術學院電子電腦系招生，從各個基層單位招收一批戰士。我的學歷又是個大問題，我的表格上寫著初中，但是他們都以為我是高中。

王堯：你一直想讀書，有了考大學的機會，興奮嗎？

莫言：聽說讓我考大學，心裏複雜得飯都吃不下去，非常矛盾。我感覺到這確實是天賜良機，如果我能夠考上大學，成為軍校的大學生，就滿足了我畢生的追求。但要是考不上的話，那就丟大醜了。但是不管怎樣，既然機會來了，我想還是試一試吧！

王堯：那是考理工科，你是文科基礎好，理科不行。

莫言：是啊，我只上過小學五年級，語文還能馬馬虎虎對付，政治我也能對付，數理化怎麼考啊？我在小學裏邊，只認真學了兩年算術，分數都不會算，二分之一加三分之二我以為等於五分之三。這個時候就教家裏把我哥初中、高中，甚至小學的書都寄給我，一大包，我就開始了艱苦的自學。我們單位有個無線電技師，他的數學是不錯的，他就教我，從通分、約分開始學起。六個月的時間要把初、高中的全部數理化學會，這怎麼可能，完全不可能，但還是咬著牙學。我也沒時間做習題，這個地方看明白了，就繼續往下看，就這樣一點一點地，把數學課本全部看完了，物理大概把初中物理的部分看完了，高中物理我是確實看不懂，化學就根本看不懂，沒來得及弄。而且有人也告訴我，說你們這個考試麼，就是走過場，是要提拔一批條件比較好的戰士。村子裏有一個中學，我經常去請教這些老師。單位裏有一個小倉庫，裏面放滿了勞動的工具，我下了班，整夜在那裏熬，熬了半年，地面上，牆壁上也畫滿了數學和物理的公式。我記得到了七月份的一天，教導員來通知我，說你出來吧！上面來電話了，沒有名額了，你不用考了。

王堯：儘管失去了機會，但是體面地解脫了困境。

莫言：我心裏面當時感覺到一塊石頭落了地了，我要考的話，肯定考不上，但是也許還有機會蒙上了呢！所以心裏面半是欣慰，半是難過。我們教導員當時就跟我說，你自己決定，你這個水平，回地方上也可以報考，考文科，也有可能考上，如果你留下，我們也歡迎，在部隊入黨，然後再想辦法找機會。我想我回地方上也考不上呢？還是要在部隊繼續幹一年。到了第二年的七月份，我就回家結婚了，結了婚大概一個星期，部隊就拍電報來說，立刻歸隊。我知道可能有什麼事情，心裏知道應該是一件好事。一回部隊領導就告訴我說，立刻打背包到保定去，先去了再說。一九七八年不讓我高考以後，我們局裏的政委又來視察，這時候號召學習學習再學習，部隊也搞業餘學校，我們的教導員讓我當語文教員、數學教員。語文還可以蒙兩天，人家那些幹部都是老高中生，六八年的兵，我只有硬著頭皮講。後來這個政委說，我要聽聽這個小管講課。教導員對我說明天王政委要聽你講課，你要好好講。當天晚上我就好好地準備了一下，第二天講三角函數，那是高中的課程，上面有三道例題我確實看明白了，背得滾瓜爛熟，就那麼一個多小時，他們也不太懂，也無法提出一些我解決不了的問題，就聽我一個人說了。我們政委是老大學生了，他旁邊的一個幹事是大學數學系畢業的。他聽完了就問我，小管你是哪個大學畢業的呀？我說我哪上過大學呀，我農村來的。我心裏想，我要上過大學我還在這裏幹什麼？我可能給他留下了很好的印象。我記得我們單位的大卡車到龍口附近的磯砑角，拉政委他們去看海景，我們都爬到後車廂裏去了，駕駛員旁邊有兩個座位，政委上去了，還空著一個座位，政委就喊：小管，你下來，把我叫下去與他一起坐。我們的主任、教導員披了大衣坐在露天車廂裏邊。我當時有種說不出來的感覺，受到一種至高無上的禮遇，一方面是受寵若驚，一方面是膽戰心驚。而勞動嘛！他們也看到了。我們有三十畝麥田，收割的時候，那些城市來的戰士，是不會用鐮刀的，我在農村正好是鍛鍊過的，所以我一個人割的和我們全站十二個人割得一樣多。我說我習慣一個人割，他們十二個人，每人一行，從西頭往東割，我一個人跑到東頭往西割，然後在中間會合，那麼一會合就發現，我一個人割的和他們十二個人割的一樣多。這種想法的確也很卑劣，但這是我們那時的真實想法。固然我在村裏是個不稱職的農民，但是到了部隊變成了一個勞動專家。政委一看，這個戰士文能講三角函數，生產勞動又這麼棒，能文能武，他實際上當時就有心把我調出去了。第二年呢，我回家結了婚。他說正好有個機會，把我調到一個訓練大隊。

王堯：在這個訓練大隊主要幹什麼？

莫言：當時，解放軍鄭州工程技術學院在江蘇和四川招了一批高中畢業生，是一批落榜生，就是高考分數不夠，但是他們的數理化成績很好，文科不好，招這麼一批學生。因為學院內教室不夠就下放到各個局的訓練大隊來代培，教員有的是從工程學院派下來的，有的是各局自己選拔的。調我去當班長，讓我像訓練新兵一樣訓練這幫學員，其實我在新兵連只待了十五天，佇列技術是很差的，我心裏很慌。我剛到部隊的時候，老覺得自己是個文人，在佇列方面也沒有下功夫，但到了這個環境呢，我想我必須好好表現。所以我就晚上自己練習佇列，白天咬牙切齒地訓練這些學員，有一次把一個學員訓哭了。新兵訓練結束以後，我自己感到進步很大。大隊長告訴我，你不用回去了，你已經調過來了。

我這才知道，局裏把我調來，是想把我提幹，但局裏沒有名額，訓練大隊缺幹部。訓練大隊的領導對局裏說我，他剛來一個月，我們也要考察一下，明年再提吧！這恰好是一九七九年的年底，總政治部發來文件，不允許再從戰士裏面直接提幹，必須經過院校或者訓練大隊的培訓之後才能提。這個時候我已經是二十四週歲，年齡也大了，到八〇年就一下子擱淺了。怎麼辦呢？這時候江幹事就千方百計地給我想辦法。佇列訓練結束了，工院沒有這麼多教員，缺政治教員，他就問我，你能不能講政治？這可是個機會。我一咬牙，說我試試看。

當時講的是哲學、政治經濟學、科學社會主義三門課。我就找了艾思奇的《辨證唯物主義和歷史唯物主義》，找了政治經濟學的讀本，死背硬記。那個時候記憶力比較好，而當時的政治課只能是照本宣科，你不可能發揮，發揮不好還發揮錯了。誰能夠在課堂上脫稿講，滔滔不絕，大家就認為這個人的水平高。我年輕，記憶力好，是可以做到脫稿演講。每週只有兩堂課，又提前三個月就告訴我了，有時間準備。當時還讓我兼任了保密員，有一段時間還讓我負責分發報紙信件，負責燒開水，非常忙。河邊有一片白楊樹林，我一大早就跑到樹林裏對著樹練習演講，背誦要講的內容。試講了兩次，反映還不錯。剛開始很緊張，普通話也不會說，滿口高密話。在這段時間裏，他們一直想把我提幹，但是一直提不了，一直拖到了一九八二年夏天才破格提拔。這時候我當兵已經七年了，每月津貼費已經到了二十六塊錢，當時幹部才五十二塊錢，而且幹部還要交伙食費。再提不了幹，我怎麼辦？我確實感到前途一片渺茫，這時候就開始寫小說。

3. 發現民間

他說他講的時候後邊站著一位穿著中式服裝的老頭，臉上帶著微笑，他以為是一個普通的觀眾，想借光聽一聽，就越講越來勁。

這老者就上前來說，解放軍同志，你學問很好，但是你講的，有兩個地方不對。

我們副主任就問他，請問老先生尊姓大名，這個老先生就說，鄙人沈從文。

王堯：我們現在可以討論你的創作歷程了。如果不談「文革」當中的寫作，你從什麼時候開始寫小說？

莫言：一九七九年在黃縣的時候就開始寫，調到保定後，起初是一門心思想提幹，後來一看提幹無望，就再次寫，寫了就往保定的刊物《蓮池》投，一九八一年的第五期發了一篇〈春夜雨霏霏〉，一九八二年第二期發了〈醜兵〉，緊接著第五期又發了一篇〈因為孩子〉。

文學跟我的個人前途是聯繫得很密切的，如果沒有這兩篇作品，提幹的可能性就小許多。回到農村，你多大的才華也沒用。不可能人家下地勞動，你關在家裏寫小說呀！那不現實。如果一九七八年我真的被招收到鄭州工程學院去學電子電腦的話，那我現在可能就是一個修電腦的，或者是修電視機的，能不能稱職還是另碼事。

兩篇小說一發表，《蓮池》的一位老編輯毛兆晃先生就到我們部隊來看我，然後他帶著我去白洋澱深入生活，這件事在我們部隊引起很大的反響。每一篇小說就有七十二塊錢的稿費，兩篇就是一百四十四塊錢，一時也傳為美談。當時一個連級軍官每月工資才五十二元，他們說我如果每月能發表一篇小說，就能頂一個營級幹部了。我們局裏也知道訓練大隊有這麼一個戰士，幹著幹部的工作，還能夠寫小說。

王堯：你的命運開始悄悄改變。

莫言：我們局政治部肖里千副主任和宣傳科王科長，到訓練人隊來視察工作。我在保密室聽到訓練大隊的政委向局裏的首長彙報工作，提到了我的問題。我們政委說，這個戰士，水平還是滿高的，能講政治，能講數學，而且發表了小說，被地方的刊物認為是很有潛力的青年作者。作為戰士，二十五歲已經很大，但作為幹部還是很年輕的。這是個人才，能不能作為特殊的例子照顧一下？肖副主任就對宣傳科長說，老王，我們明天去聽這個戰士講課，不要提前告訴他，明天講課的時候進去就行了。我在保密室聽到了，晚上我們大隊政委也悄悄對我說了，讓我好好準備一下。我知道勝敗在此一舉。本來第二天應該是講新課，但是我覺得把握不大，臨時作了調整，就是複習，講生產力和生產關係，最熟的一節。第二天我就講了，兩個班的大課，一百多個學員，我一去就看到肖副主任和科長坐在後面。剛開始的五分鐘很緊張，舌頭都感覺到不靈光，後來一想，有什麼好緊張的？該怎麼講就怎麼講吧！生產力和生產關係，我幾乎是倒背如流，非常熟，一堂課五十分鐘，嘰哩呱啦從頭背到底，嗓子大得讓別的教室都抗議，說管教員一上課我們旁邊教室就無法上課。宣傳科長跟我們政委說，水平果然不低，但有待規範，假以時日，前途無量。後來我就回家探親了，暑假期間，突然收到了一封信，是大隊政治處幹事的一封信，說提幹的命令下來了。一般的幹部提幹要體檢、填表，很多程式，我什麼也沒有，直接下了命令。後來知道是局政治部肖副主任拿著我的小說，帶著我們局幹部科的科長，專程去了總參幹部部，說這個戰士確有水平，不提太可惜，總參幹部部就說你們打個報告，我們特批，這樣就提幹了。這是一九八二年暑假，提幹命令上的日期是一九八二年七月二十八日。當時我大哥帶著我姪子正好也在家探親，我把信給他看，他看了，也很高興，正好我父親從外邊回來，我大哥對他說：「謨業（我的原名）提幹了！」我父親把信接過去看了看，一句話沒說，扛著鋤頭就下地去了。我們知道他心裏特別高興。他就是這樣，如果遇到不痛快的事，就拚命幹活；碰到了高興的事，他也拚命幹活。

王堯：這很有戲劇性。

莫言：提了幹以後，繼續當政治教員。這時候的心思就慢慢地往創作方面轉，和保定文學界建立了很好的聯繫，河北省文學界也知道了保定地區有一個當兵的寫小說。到一九八三年六月，就來調令了，讓我到局宣傳科去報到。我不願意去，我給局幹部科江幹事打電話，說我剛剛在保定文壇有了一些影響，希望不要調我走。他說這是局裏定的，他說了不算。他接著勸我，說北京的刊物更多呀！北京的天地更寬廣啊！你老在保定待著，有什麼出息呀！眼界要開闊，爭取到更大的刊物去發表更多的作品。聽他這麼一說，我就只好去了。部隊在長城外邊，距離龍慶峽很近。夏天很涼，經常有震耳欲聾的雷聲和雞蛋大小的冰雹。因為這附近有官廳水庫，背後是高山，形成了一個獨特的小氣候。每年為了防雹，要發射很多土火箭，當烏雲密布，雷聲隆隆時，那些土火箭，就如一道道鐳射，直射到雲層中，然後爆炸。我那時是兩地分居，每到週末，就和我教出來那些學員們，翻到山後去玩，那裏的風景非常獨特，非常優美，人跡罕至，魚和鳥都不怕人。這個地方就是後來大名鼎鼎的旅遊聖地龍慶峽，說起來，還是我們發現的呢！

在宣傳科讓我擔任理論幹事，負責幹部和戰士的理論教育。剛到的時候，大概是要摸摸我的底吧！科長讓我寫了一個政工簡報，我寫完了以後，交給科長，科長送到了主任那裏。過了一會兒，就是那個副主任肖里千，他已經提升為主任並兼任了副政委，打電話教我到他的辦公室去。他說你這篇文章寫得還是不錯的，但邏輯上有些地方是不通的。他就給我講邏輯，大概念要管小概念，大詞要管小詞。他沒像語文教師那樣講，他有一套很實用的理論。他是解放前武漢大學的畢業生，老學底，號稱我們總參系統的文件大王，給他一句話，他能寫出一篇文章。他就給我講了半天，跟我講學無止境，人要謙虛，當然也沒有批評我什麼，就是講人要謙虛，要好學。他說，世界上沒有天才，那個寫〈滕王閣序〉的王勃，說是下馬之後，一揮而就，他說那是騙人的，王勃一路上都在打腹稿。他講自己年輕時去參加一個親戚家的葬禮，知道到了那裏肯定要寫對子，一路上就絞盡腦汁構思，到了那裏，已經胸有成竹，自然拿起筆來就寫，對句公正，詞義貼切，贏得一片讚譽。他講「文化大革命」期間，他有一次到歷史博物館去參觀，帶著我們政治部的幾個幹事。他是武大歷史系畢業的，自然對歷史很了解。在歷史博物館，就面對著展品講給我們的兩個幹事聽，他說他講的時候後邊站著一個穿中式服裝的老頭，臉上帶著微笑，他以為是一個普通的觀眾，想借光聽一聽，就越講越來勁。講了半天，這個老者就上前來說，解放軍同志，你學問很好，但是剛才你講的，有兩個地方不對，這個東西是什麼朝代，那個東西是什麼朝代，你剛才講的是不對的。我們副主任就問他，請問老先生尊姓大名，這個老先生就說，鄙人沈從文。

王堯：遇到高人了。

莫言：肖副主任說他從此再也不敢亂講了，講的時候先要看看旁邊有沒有老頭。不要老是以為自己懂得很多，山外有山，人外有人，人不可貌相，很多有學問的人是看不出來的，沒有學問的人才咋咋呼呼的。

王堯：這是個不錯的領導，他實際上是告誡你。

莫言：告誡我要謙虛，不要以為發了幾篇小說就了不起。他對我的影響是很大的。八三年冬天，我給全局的戰士講中國近代史，那時沒有現在這麼多影像資料，全憑一張嘴，我的一個學生跟著給我錄音。反映還不錯，戰士們說像聽評書一樣。在這期間，我還請假出去參加了一些文學的活動，去保定參加討論我的〈民間音樂〉的會議，到石家莊參加《長城》的筆會，還到任丘參加過河北青年作家創作會議。局裏邊呢！感覺到我全部精力沒有放到理論工作上來，就讓我兼任新聞幹事。　九八四的夏天，派我出去學習科學社會主義理論，為幹部理論教育作準備。在學習的期間，我就發現也是我們總參系統的一個幹部，老在那裏複習現代漢語呀！漢語語法呀！我就問他，你複習這個幹麼？他笑而不答。後來一直到七月份。他說，我告訴你吧！解放軍藝術學院成立了一個文學系，向全軍各大單位發了通知，要招收一批幹部學員。他說他要報考解放軍藝術學院文學系，我說我可不可以報。他說好像是營以上的幹部才能報吧！你好像不行。又過了一段時間，他說我打聽了，你也可以報。我一聽這個消息，立刻趕回局裏去了。我們宣傳科長說，確實有這個事，但是得跟政委、跟主任商量。主任說，捨不得讓你走，你剛上來一、兩年，很有前途，希望你能留在這兒。我說還是讓我去吧！我估計我也當不了個好幹事，而且我說我能當個科長又有什麼呢！假如我能寫出小說來，那不是比當宣傳科長還好嗎？他就說跟政委商量商量。後來主任說你要報考就報考吧！不過現在有點晚了，報名早就結束了，而且你也沒有時間複習了。他讓我自己到總參政治部負責院校招生的地方去問問。我當時電話都不會打，不知道什麼叫蜂音，什麼叫忙音，我不會用這種撥號電話。進城後，也不會坐公共汽車。但是我這時是豁出去了，打聽著到了總參幹部部，找到一個徐幹事，他說你自己去軍藝問問吧！看看還能不能報名。他告訴我怎麼去軍藝，怎麼坐車，然後又把我送到車站。去了以後，一進走廊就碰到了劉毅然，他穿了一件灰色的襯衣，英俊瀟灑；我穿著一身的確良軍裝，帶著軍帽，汗流浹背，揹著個挎包，一見他，「啪」地一個敬禮，說報告首長，我是總參來的，叫什麼名字，來報名考軍藝。他說報名早就結束了，怎麼才來報？我說我剛聽到消息。他說你帶作品了嗎？我說帶了。他說我們研究研究，他說徐主任很忙，今天就不見你了。我看到徐懷中主任坐在辦公室裏寫什麼東西，印象很深的就是兩道很長的眉毛。過了段時間我就打電話問，劉毅然說，徐主任看了你的作品很高興，同意你參加考試，你趕快準備文化考試去吧！後來我知道這次軍藝文學系招生，從每個大單位招兩、三個人，像李存葆、宋學武、錢鋼、李荃，都得過全國獎。當時李存葆的《高山下的花環》已經轟動了全國，而錢剛的報告文學也得過全國的獎。另外很多人呢！都有很多作品。因為我講過政治課，又參加過黨政幹部基礎科的考試，一年考了四門，底子較好，雖然沒有複習，但文化考試考得很好，是我們局裏的最高分，後來知道我的文化考試成績是我們三十五個學員中的第二名，專業課是第一名，所以很順利地進入了解放軍藝術學院文學系。

王堯：解放軍藝術學院文學系人才濟濟，進了文學系，你的文學道路才真正開始了。

莫言：到軍藝使我的創作產生了一個巨大的轉折。剛進軍藝我也不知道什麼是好小說，什麼是比較差的小說。當時也覺得小說應該配合形勢，記得我寫過一個名叫〈黑沙灘〉的小說，發表後成為整黨的形象化教材。我覺得很興奮，但是後來我們同學就批評，說你這是圖解政策，好的小說不應該是這樣子的。

王堯：不知道小說為何物。

莫言：系裏請了北大、北師大等大學的教師來講課，腦子才漸漸開竅了，開始知道了應該寫什麼東西，但怎麼寫還是不太清楚，不知道什麼是小說的結構、語言，完全憑著一種直覺在寫。當時是一股狂氣呀！我寫了一篇課堂作業叫〈天馬行空〉，裏面包含了許多對同學的不滿，對他們的猖狂不服氣，因為他們當時在軍隊系統都很有名，瞧不起人。像我這種從農村來的，沒有發表過幾篇小說，被他們蔑視。他們早就參加過各種筆會，有的在「文革」期間就發表過作品，這個管謨業是誰，他們根本不清楚。我們系裏組織過一次討論會，討論李存葆的小說《山中，那十九座墳塋》。我確實感覺到不好，把這個小說貶得一場糊塗，話說得很過分。我現在有點後悔，說人家那根本不是一篇小說呀！有點像宣傳材料一樣，就這麼直接講的。而李存葆《高山下的花環》是上一屆中篇小說的首獎，改編成電影、話劇，名聲大得不得了，是當時全國最紅的作家，被我當頭打了一棒，座談會沒人說話了。李存葆表現出老大哥的涵養，一聲不吭。主任說莫言同志應該再讀讀這部作品，你的看法太片面了，這個還是一篇悲劇性作品，還是一部力作。緊接著第二屆全國中篇獎又拿頭獎了。

王堯：當時普遍認為沒有《高山下的花環》寫得好。但你把話講過頭，等於把自己逼到死路上去了。

莫言：我自己把自己逼到一個懸崖上了。很多人都說你既然把人家得全國頭獎的小說貶得一文不值，那你寫一部作品出來讓我們看看。我緊接著就寫了〈透明的紅蘿蔔〉，然後《爆炸》、〈枯河〉、〈白狗鞦韆架〉等一系列作品也出來了。當然我還是努力想跟李存葆恢復關係，我覺得很後悔。這件事情當時文壇傳得很廣的，說明我當時很幼稚，一點也沒有城府，現在你就是寫得再差，我也不會這麼說了。後來李再也沒有寫小說，一篇也沒有寫，而寫報告文學，寫散文，成就很大。

王堯：那會不會和你的發言有關係呢？

莫言：我不知道有沒有，反正李存葆寫了那篇《山中，那十九座墳塋》後，再也沒有寫過一篇小說。而假如我後來沒有寫出來的話，就成了一個笑柄。

王堯：當時你是不是覺得自己有把握寫出好作品來？

莫言：我確實覺得有股氣在那裏撐著，而且我覺得我能寫出很好的東西來，寫什麼我也不知道，所以寫這個〈天馬行空〉時也非常狂妄。

王堯：李存葆對你的小說有沒有什麼反應？

莫言：李存葆還是比較客觀的，〈透明的紅蘿蔔〉出來以後，他也沒說什麼，但是看到我的〈白狗鞦韆架〉以後，他說，這小子還是有點造化的。所以，我覺得李存葆是個大男人，有胸懷。

王堯：徐懷中老師對你的發展起了作用，你現在跟他還有聯繫嗎？

莫言：聯繫很少，外界可能以為我是徐老師的高足啊！實際上聯繫很少，我非常怕打擾他。

王堯：作品有沒有送給他？

莫言：也沒有，不好意思送，不願意打擾他。但是這兩年，因為我離開了軍隊，不必再避嫌疑，有時候也見見面，我太太倒是經常說的，你也不給你老師打個電話，算什麼學生？我說我真是不好意思，見了他就緊張，兩個手心直冒汗，還是一九八四年第一次見的那種感覺，非常強烈，我沒有跟他講過這種感覺。儘管我想我也快五十歲了，我家鄉的年輕作者看到我也是局促不安的，但我在徐老師面前，依然是那種做學生的感覺，感覺到局促，不知道該說什麼話。

王堯：他是個真正懂文學的作家。他對你創作有沒有說過什麼話？

莫言：他沒有說過什麼，但是《豐乳肥臀》這件事情讓我感覺到非常對不起他，出版社的人非要拉他作這個首屆「大家文學獎」的評委會主席。評委們又把那個獎給了我。後來這本書招致了眾多的批評，而我們部隊不少對他有看法的老同志，就把我和他聯繫到一塊了，就說我是徐懷中培養出來的所謂的高足，竟然寫出了這樣的作品，而且還把這樣的大獎給了這部作品。我感覺到我自己很對不起徐老師。

王堯：他也從來不提這件事嗎？

莫言：他後來還說《豐乳肥臀》是部有價值的作品，儘管有值得商榷之處，但還是有價值的。第一屆「馮牧文學獎」中的軍事文學獎項，據說是應該給我的，後來為了避嫌，先給了別的人。我轉業離開軍隊以後，第二屆的給了我。對我的評語裏面，說我一直在堅持不懈地探索，儘管有過猶不及之處，但成績還是很大的，精神還是值得讚賞的。這評語不知是誰起草，但最終是徐老師定稿，我想這個評語也代表他對我的創作的看法。

王堯：對文學的重新理解，喚醒了你對故鄉的一些記憶。這對你來說，具有「革命」意義。

莫言：假如我生下來就一直在高密東北鄉，到四十歲、五十歲，我還在這個地方，那我就非常麻木，一點新鮮感都沒有，而且根本想不到這些東西竟然會和文學產生關係，甚至會直接地變成你文學裏邊的部分。

王堯：你突然就覺得這就是文學本身？

莫言：這有個漫長的認識過程。剛開始創作的時候，也沒有意識到這些東西可以變成小說。當時認為「文革」期間看的那些東西才是小說，想不到我身邊的這些普通的事情也能變成小說。我當時的想法，小說應該像《林海雪原》那樣的，《紅岩》那樣的，《野火春風鬥古城》那樣的。身邊那些雞毛蒜皮的，雞鴨鵝狗，爺爺、叔叔、兄弟姊妹，這些零零碎碎的東西怎麼可能和文學有關係呢？這個過程是非常漫長的，一直到一九八四年考上軍藝，我想是八四年的冬天，我才覺悟到，如果我想搞文學，這些東西對我來說是最重要的。

王堯：在〈透明的紅蘿蔔〉之前，你的小說寫軍營生活的，並不是你的特長。

莫言：現在回頭一看，初期的習作，是依靠翻字典、依靠看很多外國作家的書，依樣畫葫蘆的模仿，起碼有兩部作品是這樣的，〈售棉大路〉、〈民間音樂〉，有很明顯的模仿的痕跡。當然也有可能把一些編輯給唬住了，但自己回頭看，知道寫這些東西，自己有多麼的艱難，一個字一個字的往外擠，沒有個人生命體驗在裏邊。

王堯：〈透明的紅蘿蔔〉讓你發現了童年生活的意義，發現了童年的夢境。

莫言：這和後來學到的文學知識結合在一塊了。〈透明的紅蘿蔔〉中調動的某些真實事件，應該發生在六〇年代末期。我十二、三歲的時候，在一個橋梁工地上當過一段小工。白天打鐵，晚上就睡在橋洞裏。洞外是生產隊的黃麻地，黃麻地外是一片蘿蔔地。

王堯：我看到你在文章說，因為飢餓，嘴又饞，就偷蘿蔔了。

莫言：偷了一個蘿蔔就被人抓住，哭著認錯了，向毛主席請罪。我二哥看到，告訴了我父母，我被父親痛打一頓。

王堯：〈透明的紅蘿蔔〉是你第一次寫童年的記憶？

莫言：此前的〈大風〉也算一個嘗試。那天晚上寫了三個短篇，一個〈大風〉，一個〈石磨〉，還有一個是〈五個餑餑〉。晚上寫的，教室裏沒暖氣，披著大衣寫了三個短篇，每個五千多字。〈大風〉寫和爺爺去割草，我爺爺不是發誓永遠不給生產隊幹活麼！他就割草賣。我們村子旁邊有個膠河農場，「文革」以前，是改造右派的地方。到了九〇年代，我寫過一個《三十年前的一次長跑比賽》，反映過這段生活。省直機關的所有右派在六〇年代初期都在膠河農場勞改，這右派當中有《大眾日報》的總編輯，省建築設計院的總工程師，省醫學院的歸國華僑、校花，還有畫家、省民族樂團的首席二胡演奏家，還有水利局的幹部，大學生。我們經常去那裏，膠河農場對於我也是意義非同一般的。這麼一幫人集中在那個地方，而且當時我們村也劃在裏邊，是國營農場的一部分。我父親、我姊姊也是那個農場的，不是農民，是農業工人，每月發工資。還有長跑運動員，省裏邊的運動健將，跳高的，全山東省跳得最高的那個人就在膠河農場。這麼一批人，對高密東北鄉的文化發生了重大影響。比如一個右派，是山東大學中文系的教授，在農民夜校給農民講課，在黑板上寫了一個「人」字，講了三個晚上還沒講完，從甲骨文開始講，一直講到人民公社，學問真大，把我父親他們佩服得五體投地。還有《大眾日報》總編輯，這個人學問也大，農場分派他辦黑板報，他揹著個糞筐子，在田野裏晃了一圈回來，拿起筆來就往黑板上寫，根本不用打草稿。農工們佩服極了。其實，堂堂的省報總編輯，寫個黑板報，還用寫草稿嗎？農場還有個畜牧組，養雞的、養羊的，一群新疆細毛羊，而且還有兩匹馬，一匹是日本大種馬，還有一匹也是進口名馬，蹄子大得像腳盆一樣，大概是蘇聯的輓重馬。這個膠河農場不得了。

王堯：一些文化人下放，實際上也改變了下放地的文化，他們帶來了現代文明的某些東西。

莫言：當時我們村建了一個倉庫，就是那個右派——山東省建築設計院的總工程師設計的。建了一個兩層的倉庫，紅磚紅瓦，是整個高密東北鄉最高的建築物，也是高密東北鄉土地上第一次出現樓房。農民哪見過這個啊！說，瞧人家右派，真是有膽量，有想像，竟然能在房子上面摞房子。這個膠河農場的存在，使我們意識到這個世界上能人太多了，認識到行行出狀元，任何一行幹好了都是不得了的事。拉二胡的那個人，那時不敢拉〈二泉映月〉那種酸曲子，但他拉當時流行的革命歌曲，也能拉得人熱淚盈眶。還有唱呂劇的，那嗓子甜得啊！簡直是紅瓤西瓜蘸蜂蜜。我每到放學以後，牽著羊就往那邊跑，要不就揹著簍子去，我站在膠河農場後邊的河堤上，看著農場裏那一片紅磚瓦房，癡癡迷迷，一棵草也割不回來。當時我想，長大了，我一定要做一個右派，而且要做大右派。

王堯：你不是羡慕「右派」，是羡慕他們的本領。

莫言：村裏實際上對「右派」是非常尊重的，提起「右派」，那不得了，不得了，一般的人可當不了「右派」。一說這個人是「右派」，那就意味著他本事大得不得了，學問大得不得了。場裏面養了名貴牲畜，大種馬啊！大種牛啊！因為它是畜牧場，良種場，負責配種的都是省農學院畜牧系的學生，學生「右派」，老師「右派」。還有一個專門給牛去勢的人，叫老董，也是右派。我在中篇小說《牛》裏邊也涉及到他，他手段高明啊！給我們村子閹豬，那速度快得呀！還沒看到他怎麼動手，已經把一頭小豬閹好了。要是那些農村土獸醫，那可不得了，好像要把豬腸子全部拉出來，倒一遍，才能找到牠的卵巢。人家老董只切一個小口，一按，就冒出來了，一刀鏇下來，碘酒一擦，好了，小豬跑出去繼續吃食去了。

我爺爺不給人民公社幹活，就割草賣給農場，也不賣錢，六〇年代，生活困難，就換紅薯乾，一百斤草換兩斤紅薯乾，紅薯乾是半爛的，發黴的。爺爺割草，我放學就幫著拉車。碰上一場大風，龍捲風，看到龍掉尾巴。農村說「龍掉尾」，也可能是說「龍調雨」，現在一想就是龍捲風，我看到過好多次。很怪很怪，雲彩下邊，整齊的雲下沿彎彎曲曲地伸出幾條尾巴來，彎彎曲曲的形狀，不斷地扭動著，非常形象。我爺爺說是龍掉尾，龍調雨。我爺爺說他有一年去割草，大風颳起，車子、草全部給捲跑了，他急中生智，緊緊抱著一棵柳樹，才沒被捲走。看到身邊河溝裏的水嘩嘩地往天上沖，河底、池塘馬上就乾了，乾乾的，滿池塘的水、魚，都沒有了，被龍捲風全部吸上去了。而後突然就是傾盆大雨，狂風暴雨。我爺爺確實看到過。因為我們東北窪方圓五、六十里，沒有村莊的，生著很多野草，很多水泡子裏有水、有魚。小說〈大風〉就是根據這個來的。這個小說寫完以後，我沒信心，投給了保定的《蓮池》，他們發表了，過了不幾天，《小說選刊》選載了。我們當時認為，能被選載的，水準肯定是比較好的。我隱隱約約感覺到，這種東西如能被大家認可的話，那就太容易了，這樣的事情很多。

王堯：接下來就是〈透明的紅蘿蔔〉。

莫言：這篇小說實際上使我信心大增，野心大增。

王堯：這是你的成名作。還能記得當時的創作情景嗎？

莫言：一天早晨，天剛亮的時候，我迷迷糊糊做了一個夢，眼前出現了一片很廣闊的紅蘿蔔地，北方的大紅蘿蔔，很鮮豔的。太陽初升，一輪紅日，很大的一輪紅日從地平線上冉冉升起，蘿蔔地中央有一個草棚子，草棚子裏出來一個紅衣少女，很豐滿穿紅衣的姑娘，手裏拿了柄魚叉，叉起一個蘿蔔，舉著，朝太陽走過去。這時起床號響了，我醒了。起床後，對同學說，我剛才做了個夢，能不能寫小說啊？我同學說，好啊！寫啊！然後我就寫，就把我少年時代在水利工地上當小工，幫人家打鐵的一段事情寫進去了，故事自然放到了「文革」背景中。寫完以後，我自己也拿不準，這個小說能發表嗎？而且裏邊很多是通感的東西，像小男孩奇異的感受，超出常人的嗅覺、聽覺，以及在鐵匠爐看到的蘿蔔的變幻啊！紅蘿蔔在他眼睛裏變成一個很神奇的東西，是透明的，裏邊活潑著汁液。拿給徐老師看，他很快看完了，第二天很高興地告訴我，很好很好。他的夫人于老師，是總政歌舞團的一個舞蹈家。她也看了，說，這小說寫得很好。起初題目叫〈金色的紅蘿蔔〉，徐老師給改成〈透明的紅蘿蔔〉。

王堯：這個細節鮮為人知。

莫言：我當時還感覺有點不太好，覺得「透明的」不如「金色的」好。多少年以後我才感受到改得太巧妙了，「透明的紅蘿蔔」要比「金色的紅蘿蔔」好得多了，意境一下子就出來了，有種空靈感。然後就發表在一九八五年第二期的《中國作家》上，這個雜誌剛創刊，馮牧老先生主編的，《中國作家》一個編輯叫蕭立軍，到我們系組織一個座談會，配合著小說發表。那天颳大風，他說能不能請來徐主任主持一下座談會。我說，我怎麼好意思請。他說，你還是請一下。我就給主任打電話，主任就說我去我去。過了一會，他騎了輛自行車，穿著件棉大衣來了。我們一幫同學座談，整理出來配合小說發表。發了以後中國作家協會在華僑大廈開了個討論會，馮牧主持。當時開討論會和現在也不一樣，很少有，比較隆重。馮牧先生是作協的領導人，德高望重，他親自主持，北京的評論家大多數都去了。儘管會上也出現了一些爭論，還是對把我推上文壇起到了重要作用。緊接著很多報紙、雜誌發出這次討論會的消息。這篇小說的成功增強了我的信心，使我意識到原來這就是好小說。接下來很快就出來了一批，像《爆炸》、《築路》、〈秋水〉、〈三匹馬〉、〈白狗鞦韆架〉、〈老槍〉，都是這個時期寫的。這一批小說基本上奠定了我所謂青年作家的地位，文壇上知道了有這麼個人。

王堯：給你帶來更大聲譽而且具有文學史意義的作品，是《紅高粱》，這部作品讓人感覺到莫言橫空出世了。

莫言：在軍藝學習，對軍事文學是很關注的，而且系裏面也希望同學能寫出來幾部有影響的軍事題材的小說。寫農村題材當然也好，可你能寫一篇和軍事、戰爭有關的小說更符合解放軍藝術學院部隊作家的身分。一次我們去西直門的總政招待所，開一個軍事題材小說座談會。當時座談會不是為我們開的，但把我們軍藝的幾個比較活躍的學員吸收進去了。會上一批老軍事作家對中國軍事文學創作現狀憂心忡忡，他們拿著蘇聯的戰爭文學做比較，蘇聯的衛國戰爭只打了四年，可反映衛國戰爭的文學層出不窮，描寫衛國戰爭的作家也是一批一批又一批，說有五代描寫衛國戰爭的蘇聯作家。我們中國共產黨領導的戰爭歷史和共產黨差不多是一樣長，二十八年新民主主義革命歷史，但是真正的反映戰爭的文學，像《戰爭與和平》、《靜靜的頓河》這樣的經典著作一部也沒出來。他們馬上分析到是由於「文化大革命」和極左路線，扼殺了老作家的才華。現在改革開放，老作家創作的黃金時代已經耽擱了，年輕作家雖然精力旺盛，但是沒有戰爭考驗，沒有經歷過戰爭，所以他們對中國軍事文學創作，很憂慮、很著急。我當時就說我們實際上也能寫，寫我們心目中的戰爭。我說我們固然沒有見過日本鬼子，但我們可以通過查資料來解決。我們雖然沒有親身的打過仗，但間接的經驗還是有的。我們畢竟當過兵，也搞過軍事演習。沒有親手殺過敵人，但看過殺豬、殺雞的，都可以移植到小說中來。對我這看法，一些老作家不以為然，年輕人呀！狂傲。當時我就憋著一股氣，一定要寫一部戰爭小說，後來就開始寫《紅高粱》，一九八五年春天寫的，還是一九八四年底寫的，我記不清了。發表在一九八六年三月份《人民文學》上，這是準確的。

王堯：我看你以前寫的文章、演講，應該是一九八四年年底寫的。

莫言：是一九八四年年底寫的。寫了個草稿，我當時也沒有把握，放了一段時間，然後就把它謄抄出來了。出來以後，給我幾個同學看了，他們搖頭說不怎麼樣，一般化。但此書走紅後他們的觀點也變了。這是《人民文學》編輯朱偉約的稿，我剛把稿子抄出來，《十月》的一個老編輯來了，說要拿回去看看，看了以後要發。朱偉給我打電話問，稿子呢？我說給人拿去了。朱偉聽了很生氣，說你不是給我寫的嗎？我說，他要拿過去看看。《十月》這樣的大刊物，對我也很有吸引力。朱偉找到《十月》的鄭萬隆，硬把稿子給追回來了。結果那個老編輯對我很有意見，朱偉對我也有意見。這當然是我的錯誤。我八五年回家過年的時候，收到朱偉的一封信，說王蒙看了《紅高粱》，很喜歡，決定明年第三期頭條發表。王蒙當時是《人民文學》主編。朱偉在之前看過我的作品，在發《紅高粱》之前，《人民文學》發過我的《爆炸》，這個中篇，許多人評價比《紅高粱》還要高，然後就是《紅高粱》。我記得因為《爆炸》修改的問題，《光明日報》社的馮立三先生帶我去王蒙家，王蒙家當時住在虎坊橋，他正在和鮑昌、唐達成商量事情，也沒說幾句話，王蒙就說改一改。馮立三說為什麼要改，你認為好就不必要改啊！我覺得他說得也有道理。朱偉給我寫信，說王蒙看了《紅高粱》很感嘆，說莫言是寫什麼有什麼。原話記不得了，反正是兩句讚賞的話。被王蒙讚賞，我心裏面沾沾自喜，信心大增。

王堯：那時能被王蒙肯定就像五、六〇年代被茅盾先生肯定一樣。《紅高粱》一發表，確實是影響很大。

莫言：馬上就有從維熙先生在《文藝報》上發表一篇文章，叫〈五老峰下蕩輕舟〉，五老峰就是指老套子、老框子等等。接著李清泉也寫了評論文章題目叫〈該說的和不該說的都說〉，有批評有肯定，主要還是表揚。李陀、雷達等先生也寫了讚揚的文章。本來也沒想過寫長篇啊！寫個中篇就拉倒了。緊接著有約稿的，繼續往下寫麼！《高粱酒》、《高粱殯》、《狗道》、《奇死》，連續寫了四篇。那時記憶力比較好，能夠記住那些細節，就那麼個故事，反覆地講，同時把一些零零碎碎的東西弄進去。所以《紅高粱家族》是沒有結構的結構，本來是一個系列中篇，人物是一貫的，故事是有關聯的，所以就變成系列中篇組合成的長篇。

王堯：後來有人認為，你的《紅高粱家族》系列作品受到了《百年孤寂》的影響。

莫言：這是想當然的猜測，《百年孤寂》的漢譯本一九八五年春天才在中國出版，或者是我一九八五年春天才看到，那時根本沒空逛書店，更捨不得花錢買書。《紅高粱》完成於一九八四年的冬天。我寫《紅高粱家族》第三部《狗道》時，才讀到《百年孤寂》。假如在動筆之前看到了《百年孤寂》，《紅高粱家族》可能是另外的樣子。

王堯：韓少功寫《爸爸爸》，別人也說他受了《百年孤寂》的影響，少功說他那時還沒有看到《百年孤寂》。不過，在八〇年代外國文學對作家的影響還是很大的，這未必說哪部作品受到了國外哪部作品的具體影響。

莫言：作家受到的影響其實是身不由己的，你是一個五〇年代開始寫作的人，不可能不受到蘇聯文學的影響，你是一個「文革」期間寫作的人，不可能不受到「四人幫」文藝思想的影響。你是一個八〇年代開始寫作的人，如果說沒有受到過歐美、拉美文學的影響，那就是不誠實的表現。

從五〇年代開始，包括「紅色經典」時期，文藝界提倡的一些東西其實也有幾分道理。譬如他們提出文藝工作者要向老百姓學習，學習他們生動活潑的語言。當然一九五八的民歌運動和「文革」後期小靳莊的詩歌運動，就是純粹的瞎鬧了，那些東西並不是老百姓的，有好多是文人代寫的。向老百姓學習語言，這個提法本身是沒有錯的，因為很多老百姓的口語和生活中的語言是非常形象、非常生動的。一部文學作品之所以能在當時與其他文學作品區別開來，實際上是得力於向老百姓去借鑒語言。但是把這個東西提高到高於一切的地步，也是一種狂熱症。在這種思想的指導下，命令作家下去「體驗生活，深入生活」，好像不如此就無法寫作了，結果也成了形式化的東西。這種強制性的、口號式的東西，形成了逆反心理。你讓我下去，我偏不下去，我就要躲到書齋裏閉門造車。你要我向老百姓學習語言，我偏要向外國作家學習語言。所以我說我們受外國文學的影響不是偶然的，而是時代的必然。

從五〇年代到八〇年代這段時間中，我們對西方文學基本上是不了解的。西方的文學家在這三十年裏發明了什麼文學思想，掀起了那些文學的浪潮，創作了哪些文學作品，我們幾乎是不知道的。我們知道的只是蘇聯的一點點東西，日本的我們知道一個名叫小林多喜二的《蟹工船》，因為他是日本的共產黨。其他國家的，我們幾乎全都不知道。「文革」後期好像也在內部發行過、供批判用的外國文學讀本，有白皮本藍皮本什麼的，但能夠讀到這些書的人，都是當時的貴族或者是貴族的後代，與一般的讀者沒有關係。八〇年代開放後，這些東西鋪天蓋地地壓了過來。大家拚命閱讀，耳目一新，感覺到小說表現的天地一下子寬廣了許多。許多作家在閱讀當中被啟動了許多的靈感。每看幾行字，腦子裏浮想聯翩，勾起了我們以前的許多生活。過去深藏在記憶裏的許多東西，以前認為是不能進入小說的，現在都可以寫到小說裏去了。在這些記憶被啟動後，你就想馬上把別人的書丟掉，自己來寫。在這種衝動下寫出來的東西，肯定會帶有借鑒甚至是模仿的痕跡。像我早期的中篇《金髮嬰兒》、《球狀閃電》，就帶有明顯的魔幻現實主義色彩，因為我那時已經看過馬奎斯的一個短篇小說集，裏邊有〈巨翅老人〉等具備魔幻特徵的小說。這個過程也是非常正常的，甚至是十分必要的，如果沒有這個近乎癡迷地向西方學習的階段，中國作家也沒有今天的冷靜和成熟。我們在三、五年間把人家三十年間的東西全都接受了過來，就像中醫學裏所謂的「惡補」一樣，正面的作用是巨大的，副作用也是巨大的。

到了八五年，韓少功寫了〈文學的「根」〉，阿城寫了〈文化的制約〉，實際上就是一種反思和覺醒。他們的文章的深層意蘊我不可能理解，但根據我的粗淺理解，那時候我也意識到一味地學習西方是不行的，一個作家要想成功，還是要從民間、從民族文化裏吸取營養，創作出有中國氣派的作品。是否存在一個「文學尋根」運動，我看了一些不同的說法，有人說有，有人說無，但他們的文章在當時引起了強烈的共鳴是肯定的。當然，所謂的「尋根」很快又走向了反面，那就是出現了一批專門描寫深山僻壤、落後愚昧、癡呆病態、潑婦刁民的作品，好像這就是我們的根子，其實這是巨大的誤解。但就是在這樣的翻來覆去的過程中，作家們都慢慢地找到了自我，各自的面貌在這個過程中越來越清晰了，優秀的作家都漸漸地具有了自己的寫作面孔。

王堯：《紅高粱》當然是你自己的「面孔」，有些年輕作家在向西方學習上把自己的面孔變了。

莫言：後來出道的一批年輕作家，單個看都很不錯，但放在一起看就有問題。他們的語言風格是一致的，基本上都用一種腔調在說話，我覺得這是一個要命的問題，一個作家怎樣使自己的作品具有鮮明的個性，在當今作家成群結隊湧現的時代顯得尤為重要。許多年輕作家不愛寫對話，這也是西方作家的特點，他們不擅長中國的白描。因為白描是要通過對話和動作把人物的性格表現出來。西方就直接運用意識流來刻劃心理。後者的難度實際上要比前者小。我認為學習我們的古典小說主要就是學習寫對話，擴大點說就是學習白描的功夫。這有點像初習書法者練習正楷。我在《檀香刑》後記裏講的所謂「大踏步的撤退」，實際上是說我試圖用自己的聲音說話，而不再跟著別人的腔調瞎哼哼。當然這也不可能一下子就能與西方的東西決裂，裏面大段的內心獨白，時空的顛倒在中國古典小說裏也是沒有的。在現今，資訊的交流是如此的便捷，你要搞一種純粹的民族文學是不可能的。所謂純粹的民族語言也是不存在的。

王堯：讀《紅高粱》，不少人覺得你很殘酷，像「剝皮」等細節描寫受到一些人批評。我想，這恐怕也表達了你對人性的一些看法？

莫言：我覺得人要是真的壞起來會超過所有的動物，動物都是用本能在做事情，而人除了本能以外，還會想出許多辦法來摧殘自己的同類。人一方面可以成佛、成仙、成道，可以是無限的善良，但要是壞起來就是地球上最壞的動物。在《紅高粱》裏，一個中國的屠夫在日本兵刺刀的威脅下，活剝中國人的人皮。有人批評說這是自然主義的描寫，不美，我當時的辯論是如果不寫日本士兵對中國老百姓施加的無與倫比的殘暴的酷刑的話，就不會激起老百姓強烈的反抗情緒。實際上，中國的老百姓確實是最能忍受苦難，最能委曲求全的。如果還有口飯吃，如果生命還可以保全，他一般是不會反抗的；只有到了要麼是餓死要麼是被敵人殺死的時候，才會奮起反抗。用魯迅的話說，就是連奴隸也當不成了時就會反抗。與其今天夜裏餓死，不如下午去搶一家飯店，吃飽再說了。所以像《紅高粱》中的那些描寫，我覺得還是需要的。再一個就是這些土匪本來也沒有這麼高的覺悟，在沒有外敵入侵的情況下，他們也是破壞社會安定的力量。多數的土匪都是真正的貧農，吃不上飯了，要餓死了，沒有辦法，只有當土匪去；還有很多是人戶，日子過得很好的，被土匪糟蹋得沒有辦法了，索性毀家拉起杆子，也當上了土匪。所以如果用階級觀點的方法來分析土匪就會陷入到困境裏去。現在的這個社會裏還有沒有土匪？我覺得還是有的，不過是換了稱謂。社會腐敗， 些幹部橫行霸道，欺壓老百姓，他對社會極端不滿，鋌而走險，活不下去，只有當土匪去。九〇年代的土匪與三〇年代的土匪有什麼區別？理論家說不清楚，其實性質是一樣的，土匪是超階級、超社會、超制度的一個產物。我們共產黨對待它的態度也是如此，在革命的初期是想利用他們，把他們轉化成革命的力量；革命一旦成功以後，我們也是要剿匪的。解放初期，我們的解放軍也是在剿匪的，那時的土匪有的與國民黨的殘餘部隊有聯繫，有的與他們沒有聯繫，就是一種不帶黨派政治色彩的危害社會的力量。他們在國民黨時期，危害的是國民黨的政權；在共產黨得了天下以後危害的是共產黨的政權。所以我覺得這是一個超階級、超制度的現象。現在稱為「黑社會」。他們有錢之後就要爭取社會的承認，花錢買一個這樣那樣的委員，為的是取得更大的權益。

王堯：不分黨派，不論英雄還是土匪，常常都是江湖中人。《紅高粱》也是江湖的歷史。

莫言：江湖在金庸的小說裏是存在的，在我們的現實生活中也是存在的。所以江湖也是超階級超制度的。江湖是一種若有若無的社會存在，與其說它是物質性的，毋寧說它是精神性的，它有一套自己的遊戲規則。寫《紅高粱家族》的時候也沒有想到寫江湖。

王堯：土匪成了抗日英雄，余占鰲成了人物，文學的人物譜系和讀者的閱讀心理都發生了變化。後來用「新歷史主義」來解釋，很有道理。

莫言：寫土匪抗戰，事實上也是有一點歷史根據的。在抗日戰爭初期，我們的膠東地區冒出了幾十支游擊隊，一幫土匪搖身一變，樹立一個旗號，我不是土匪了，我是抗日游擊隊，實際上還是按照過去的生活方式在生存。當時是遍地的司令，有的給八路軍轉化了，有的給國民黨收編了，有的投靠了日本人，有的跳來跳去，有奶就是娘，今天是國民黨，明天是共產黨，後天又投靠日本人了。剛開始寫的時候，我想寫的是農村生活，是寫高粱地，如果你從裏邊讀出了江湖，那也是我迷迷糊糊，誤入江湖。

王堯：你在日本演講時，提到了「紅高粱」的紅與「紅太陽」的紅，兩者象徵意義當然不同，但我覺得主要還是涉及到描述歷史的不同方式，也是一種歷史觀的問題。

莫言：我們這些經過「文化大革命」的人都知道「紅太陽」有一種特別的涵義，是指毛主席；紅高粱是民間的。紅太陽是天上神聖的東西，紅高粱是野生的、民間的，植根於土地的東西。

王堯：《紅高粱》一改成電影，你成了家喻戶曉的人物。

莫言：也沒有那麼誇張。一九八八年春節期間，當時我在高密東北鄉的一個供銷社倉庫裏寫作。我一個在供銷社工作的堂弟，拿了一張報紙，跑來跟我說，你看你看，《人民日報》副刊整整一版，〈紅高粱西行〉，寫電影《紅高粱》在西柏林得獎的經過，是中國電影第一次在世界三大電影節上得獎。我回北京以後，深夜就聽到一個小夥子的吼叫聲：「妹妹你大膽往前走啊！」滿大街在唱這個電影的插曲。

王堯：有沒什麼感覺？

莫言：覺得莫名其妙的，有一種浪得虛名的感覺，難道這樣就成為一個作家了嗎？這麼容易，寫了這麼點東西就成為作家了嗎？這就產生疑問了，也不是瞎謙虛，確實感覺到浪得虛名，心裏越來越沒有底，這時候創作上就越來越野蠻了，我只能用野蠻這個詞來形容當時這種創作狀態。我當時在寫《歡樂》，然後就是《紅蝗》。

王堯：在張藝謀改編《紅高粱》的時候，你和張藝謀沒什麼聯繫嗎？

莫言：沒什麼聯繫。一九八六年暑假，我還沒走，其他同學都回家了，我當時正在寫《築路》這個中篇。有一天樓道裏有人喊我的名字，我看到一個人，穿著一雙老百姓穿的那種用輪胎縫的簡易的涼鞋，可能在公共汽車上，鞋帶被人踩斷了，提著個鞋找我來，曬得黑黑的，可能當時正在西北拍《老井》。他說自己是張藝謀，想改編《紅高粱》為電影，我說隨便改吧！無所謂的。我當時很明確地告訴他，我又不是什麼名作家、名人，你絕對不要忠實原著，你願怎麼改就怎麼改。當時也沒有版稅意識。一切按規定去辦，當時小說的電影版稅是八百塊錢。後來我就參加了兩次討論，執筆的叫陳劍雨，當過福建電影製片廠廠長，這位老先生執筆的，我和朱偉參加討論。到了一九八七年暑假，到高密拍攝的時候，因為高粱是種在我們高密東北鄉的，我正好回去休假，到現場看了一眼。拍電影對高密縣來說，是一件很新鮮的事，很多老百姓都來看，但他們很失望，說拍電影一點不好玩，半天也拍不了一個鏡頭。我帶著女兒看了一眼，就不管這個事了。高粱，我認為種得太少了，長得也不好，天太旱，拍出來也是捉襟見肘的。

王堯：《歡樂》在這個時候受到批評。

莫言：一九八七年《人民文學》一、二期合刊發表了《歡樂》，一發表馬上就有人批評，很多老作家感到惋惜，說這個作家太可惜了，寫這個東西。但極個別人認為《歡樂》確實好。

王堯：你自己認為怎麼樣？

莫言：我認為《歡樂》是我寫作狀態非常好的一個中篇，九天寫了將近七萬字，而且是實打實的，沒有分行的。感覺分不了段，更別說分行了，一連貫下來，一氣呵成。寫到興奮狀態了，覺得筆根本趕不上思維，一大堆好句子滾滾而來，自己控制不住。我弟弟說，在窗外能聽到我腿哆嗦的聲音，和喘粗氣的聲音，我自己意識不到。當時我帶耳機聽音樂寫作，音樂放什麼我不知道了，就是一種節奏感很強的東西，好像是京劇唱段。這個小說的創作狀態至今是我懷念的，後來再也沒有出現這樣一種狀態，寫得那麼順暢，一瀉千里，而且信息量很大。其實這個故事很簡單，講一個連續五年參加高考，到第五年依然落榜的這樣一個人。家庭條件非常差、非常貧困的一個學生，連續五年落榜，要去他女朋友的墳墓自殺，這樣一個故事，整個是他的意識流。我覺得這個小說有很強烈的社會性，反映高考對農村青年的壓力，反映農村這種麻木不仁的生活，有很多華彩樂章在裏面，那麼多的形容詞，那麼多的東西堆砌到一塊，現在肯定是沒有那種狀態了。所以《歡樂》還是值得我經常回憶的一篇小說。我並不認為這部小說比其他小說高到哪裏去，而是這種狀態再難找回了。

王堯：閱讀這篇小說很累。

莫言：把《歡樂》分分行，差不多可以分成九萬字的版面字數，稍加演繹，就是一個現在流行的小長篇。記得當時上海的評論家吳亮說，這個太難讀了，簡直像心電圖的符號。當時罵聲很多，幾家報紙整版的批判《歡樂》，對我進行了很多人身攻擊，說這是一個帶著作家桂冠的壞人啊！說小說在褻瀆母親啊！之前我已經預感到了在我這部小說發表以後，會有很多的批評。《人民文學》還是有膽量，有膽識的一批人，既然作家這麼寫了，就這麼發表，也沒提意見讓我修改。劉心武當時是《人民文學》主編，八七年《人民文學》一、二期合刊，因為這期刊物，他下了台，真是抱歉。

王堯：那一期因為馬建的小說出了問題。

莫言：《歡樂》應該沒有政治問題，小說描寫了一般認為小說不能描寫的東西。然後到六月份的時候，第四期《收穫》就發表了《紅蝗》，是八六年寒假寫的。當時我的同學就說，就怕莫言回高密，一回來肯定帶回重磅炸彈。我暑假回去帶回《歡樂》、《棄嬰》兩個中篇，寒假帶回《紅蝗》。老家當時找不到一個有爐子的房間，春節就在我們家廂房裏面寫，徹骨的寒冷，我穿著大衣、棉鞋，戴著棉帽、手套寫作，寫著寫著鼻涕水就流下來了。春節結束回學校，同學們就看到我兩耳的凍瘡，流黃水，手上也是凍瘡。我的同學裏面沒有一個像我這種家庭環境的。錢鋼當時已經是解放軍報記者處處長，師職幹部了，他問你怎麼還起凍瘡，你們家沒暖氣嗎？我說我們高密縣都沒暖氣。但也有家在農村家庭條件比我好的，我們家太冷了。放在屋裏的水缸裏都結了厚厚的冰，我母親起來做早飯，要先用鐲鍋鏟子把冰敲開。好處就是在寒冷的環境裏面，頭腦特別清楚，感覺腦袋像一塊透明的冰一樣，一切清楚，你想寫的字句好像在你腦袋透明的冰塊上印著。當時唯一的痛苦就是手不聽指揮，字寫得很難看。

王堯：手稿還留著嗎？

莫言：手稿都不知道到哪裏去了。那時也沒有手稿的意識，當時也沒有影印機，更沒有印表機，當時就給了編輯。雜誌社早把稿子燒掉了吧？那麼多爛稿子，誰還保留著啊！《金髮嬰兒》也是在廂房裏寫的，當時我女兒才兩、三歲，旁邊就晾著很多尿布，有電燈了，但老停電，一直到晚上十二點才來電，用電高峰的時候全停電，沒電的時候就點蠟燭，不捨得老點蠟燭，蠟燭貴，多數是點油燈，冒黑煙，一夜下來，鼻孔裏全是黑的。每次寒假暑假回去，都能寫一點東西。

王堯：在老家你有底氣。

莫言：那時老家也沒什麼人知道我在寫作。

王堯：第一次面對那麼尖銳的批評，緊張嗎？

莫言：《歡樂》、《紅蝗》，引起了很大的批評，尤其是《歡樂》。《紅蝗》使得一些以前吹捧我的人也發出了懷疑的聲音，這個作家在揮霍自己的才華，浪費，感覺泛濫，揮霍才華，表示擔憂。這個時候實際上已經寫完了《天堂蒜薹之歌》，《歡樂》、《紅蝗》之後，第二部長篇。

王堯：這個長篇的寫作好像與一起蒜薹事件有關。

莫言：山東蒼山縣確實發生了震驚全國的蒜薹事件，是因為當地的幹部玩忽職守、不負責任，導致農民的蒜薹賣不出去。對外地來拉蒜薹的車亂收費，把人家外地客戶都嚇跑了。農民一怒之下，就把大量的蒜薹推到了縣政府，把縣政府的門都用蒜薹堵住了。人民要去見縣長，縣長躲著不見，讓人把自家圍牆加高，上邊還拉了鐵絲網。然後導致了更過激的行為，農民衝進縣政府，砸了縣長辦公室，放火燒了縣政府辦公大樓。後來領頭鬧事的給抓了，縣裏的主要領導也撤職了，調到別的地方去了。這在當時算很大的事件，《大眾日報》發了整整的好幾版。我一看報導，各打五十大板，第一批評農民沒有法律觀念，過激行為，政府是人民的政府，樓是人民的大樓，人民怎麼能砸自己的政府呢？反過來就批評官僚主義、玩忽職守，不為農民負責。我看了這個報導以後，內心馬上就很衝動，當時感覺到是想替農民說話，實際上我是替我自己說話。直到現在我一直認為自己和農民有千絲萬縷的關係，在一九八七年我更感覺我就是一個農民，家裏都是農民，農村的任何一個事情都會影響到我的生活。我寫《天堂蒜薹之歌》，實際上是把我積壓多年的、一個農民的憤怒和痛苦發洩出來。寫的時候我也沒去過魯南的蒼山縣，地理環境我也不了解，故事的環境自然又回到高密東北鄉，包括那條河流，河邊的槐樹林、桑樹林，包括那些胡同，寫我生活的那條胡同，前邊那片黃麻地，那條河、橋梁、集鎮、火車站的候車室、四叔的家，我覺得都是我身邊的那些家庭、房子，按照那個樣子寫的。寫的時候我腦子裏有一個完整的鄉村，就是我們的村莊。當然沒有那麼大面積的蒜薹，但在我們村也是種過的。裏邊寫到一個四嬸、四叔，就跟我那個四叔的遭遇有點像。我四叔和他的親家，每人趕了一輛牛車，到縣城裏送甜菜。回來的路上，迎面而來的一輛汽車，把我四叔的車給撞翻了，把他一下子撞死了，牛也撞死了，一頭懷孕的母牛，小牛在母牛肚子裏當然也死了。賠了大概三千塊錢，司機沒有駕駛證，原先是個開拖拉機的。三千塊錢，一條人命，兩條牛命。是給鄉黨委書記送蓋房子材料的汽車，那個黨委書記是我姨夫的親姪子，原來是我們公社的黨委祕書，和我父親很熟，還沾親帶故的。這邊是我四叔，我回去被我四嬸一哭，心中悲憤，當然是站在我四叔這一邊的。我父親考慮的多一點，這個黨委書記一直對我們很好，事情他也沒想到。他也託人來說情。但後來他一句話把我惹得很惱，他說要告就告去吧！我們不怕。縣裏面交通大隊處理這個事情的時候，肯定是偏他那邊的，司機無證駕駛、酒後開車，應該要判刑的。我的四嬸也很大度，她說我也不要他判刑，只要他來看一看我，我就滿意了，我甚至可以拜他做乾兒子的。但這個人心虛，不來看，書記也不露面，我當時就給他寫了一封信，措辭很激烈，你一個公社黨委書記，一個小芥菜子那麼大的官，撞死一個人就像撞死一條狗一樣。我說我四叔固然是農民，但也是一條命，你竟然置之不理，賠三千塊錢就拉倒了，兩條牛命值多少錢啊？一個農民的命在你們手裏只值一千塊錢？他們看了這個信也不知道什麼反應，後來也不露面，我還想往上鬧。但我那些堂弟的表現也讓我很不滿意，完全就是為了鬧錢，想多要一點錢，本來也不孝順，然後也沒有多少同情心。他爸爸屍首停到了鄉政府的院子裏，兄弟兩個還到鄉政府裏邊看電視去，父親的遺體就在院子裏停著，兩個人就去看電視。我二哥說，真是不懂事，你們看什麼電視，還看得下去嗎？所以後來我父親說，算了算了，你不要為他去鬧了，這邊也是你姨的親姪子，固然你姨沒說什麼，把司機鬧到監獄去，讓他黨委書記當不成了，又能怎麼樣呢？就算了吧！然後他們送了一捆帶魚來，我說扔到大街上去。我父親說那不好。這件事，就這樣了吧！父親就把這個事給抹平了。我四叔一死，我原想他那些孩子就落到地上了，怎麼活下去？結果就像催化劑一樣的，一夜之間這些孩子就長大了。我就在這樣一個外來事件的刺激下，重新回到那個村莊，以四叔家的遭際作為故事的原型，大概是三十五天還是三十四天就寫好了，一九八八年春天在《十月》發表的，然後作家出版社出的單行本。出版以後，無聲無息的，一篇評論文章也沒有，當時還有人要搞電視劇，後來一看，這個怎麼拍呢！這是農民暴動啊！怎麼能拍呢？而且用的是比較傳統的手法來寫的，與原來風格不一樣，有區別的。

王堯：那時注重小說實驗，寫實手法不是很受歡迎，直到新寫實小說有影響後才有改觀。

莫言：當時在文學界，還是以追逐新潮為時尚，我在《紅蝗》和《歡樂》之後，寫了這麼一篇，他們感覺我這一步也倒退得實在太大了，幾乎沒人來評價。

王堯：這和當年《歡樂》受批判沒關係吧！

莫言：這我就不太清楚了，毫無反響，過了幾年以後，反而有人重新來考慮《天堂蒜薹之歌》的結構問題，也有人研究小說的語言問題。

王堯：到了寫《十三步》這部長篇小說，你的探索又變得非常前衛了。

莫言：《十三步》這部小說我想真正看懂的人並不太多，確實寫得太前衛了，把漢語裏面所有的人稱都實驗了一遍。寫《十三步》讓我認識到了所謂的人稱變化、視角變換，實際上就是小說的結構。

王堯：《紅高粱》已經在人稱上有了變化了。

莫言：《紅高粱》通過「我爺爺」建立了「我」和祖先的一種聯繫，打通了過去和現在的一個通道。如果我用全知人稱寫歷史，那麼和一般歷史小說差不多，第一人稱寫顯然你是沒有親身經歷過，一旦用「我奶奶」、「我爺爺」，就使我變得博古通今，非常自由的出入歷史，非常自由的、方便的出入我所描寫的人物的心靈，我也可以知道他們怎麼想的，我也可以看到、聽到他們親身經歷過的一些事情。說起來很簡單的，雕蟲小技，《十三步》就是在這個基礎上做了更大膽的，更頻繁的變換。

王堯：《歡樂》是用「你」來寫的，七萬多字都是用「你」來寫。

莫言：寫得很彆扭。但是我想用第二人稱寫成《歡樂》這麼長的東西，也是達到了一個極致，我的極致，做了巨大努力。《十三步》索性把所有的人稱都試驗一遍。我記得這篇小說發了以後，林為進發了一篇評論文章，他可能比較喜歡這個。還有一些零星的文章，認為比《紅高粱》還要好。再就是無聲無息了。《十三步》後來被翻成法文了。這部小說前邊很多閒筆到後來突然發現都是有用的，剛開始沒有意識到，後來突然發現都是有用的，前後呼應起來的。再版的時候名字改成過《籠中敘事》。

王堯：為什麼要改呢？

莫言：我覺得《籠中敘事》的題旨更貼近這部小說。《十三步》裏邊最後有一個寓言故事，講麻雀是跳躍的，不會單步走，如果一個人看到麻雀像雞一樣一步步走，看到一步能夠走鴻運，看到兩步能夠發大財，看到三步能夠升高官……一直看到十三步。《十三步》每部有四個章節。籠中敘事更符合我寫這個小說的本意。就是想在敘事上作一些試驗，籠中敘事實際上是有一個超級敘事者來講的。就是有一個關在籠子裏的人來講故事。關在籠子裏的人就象徵一個中學教師。《十三步》寫完以後，一九八八年，開始寫《食草家族》中的幾篇，〈復仇記〉、〈馬駒橫穿沼澤〉，斷斷續續地把這幾篇寫完了。到結集出版的時候，已經是一九九〇年了。

王堯：文學也是只籠子，就看作家能不能跳出來。

4. 小說氣味

寫著寫著，《酒國》就變成了語言的狂歡節，進行了各種文體實驗，有「文革」大字報那種文體，也有當時流行的所謂新寫實小說，也有對魯迅早期小說的模仿。

你可以不看我所有的作品，但你如果要了解我，應該看《豐乳肥臀》。

王堯：九〇年代與八〇年代是有很大差異的，包括文化語境等。你的創作經歷了八、九〇年代，怎樣看待差異和變化，哪些因素對你自己的創作可能會有影響？

莫言：我真正走上創作道路應該是一九八四年以後了。到軍藝以後，發表了〈透明的紅蘿蔔〉，得到了社會的承認。一九八六年發表《紅高粱》系列，名聲到達一個高點，得到了很多讚譽，當然也有批評的。一九八七年發表《歡樂》、《紅蝗》，毀譽開始參半，這是我個人的情況。從整個的文學界來看，一九八九年是一個坎。八九年以後別說是作家的心態，老百姓的心態也發生了一個根本性的扭轉。老百姓的政治意識一下子淡化了很多，作家紛紛下海經商。談起文學，一時之間彷彿是一種恥辱的事情。很多作家也用這樣的方法來安慰自己：「寫什麼呀，幹點別的吧！」我的一個同學的牆上就貼著「莫談文學」的帖子。到了九〇年代初期，「陝軍東征」，文學開始復蘇了，賈平凹的《廢都》，陳忠實的《白鹿原》等，掀起了新時期長篇小說創作的高潮，然後慢慢的，形勢越來越好，一大批年輕作家也在這時候冒出來了。八九至九三年這一段是非常消沉的，這一時期我雖然一直在堅持寫，但心態也受到了影響，寫了很多遊戲的文字，但一直堅定不移地知道自己還是要靠文學吃飯，不可能幹別的。其實作家的創作即便沒有外來因素的干擾，本身也有高潮和低谷，不可能每一部作品都那麼好。以我的經驗，假如一個作家出來就是完美無缺的，他的作品第一篇或連續幾篇都完美得讓人挑不出毛病來，他的創作生命一般來講也比較短，要突破是很難的。一開始站到一個相當高的高度，出手時已非常成熟，然後他只能是在一個平面上擴展，一篇一篇水準不下降就相當不容易了。而一個作家一出來帶有非常明顯的個性特點，很難說是優點，也很難說是缺點的特點，這類作家在他不斷地跳動的過程中連續發生蛻變，像蛇一樣不斷地蛻皮，不斷地拋棄一些東西，吸收一些東西，逐漸地走向成熟。我想這樣的作家可能潛力會大一點。

王堯：從八〇年代到九〇年代，不單是時序的轉換，許多作家的創作也發生了大的變化。根據我的閱讀、觀察和交談，我感到在八〇年代末九〇年代初當時不少作家是很困惑的。現在的研究，對新時期作家本身的變化重視不夠。「六四」風波當然是影響作家的一個因素，但事實上許多作家在此之前已經開始有了變化。

莫言：一九八八年我去魯迅文學院讀書。在魯院期間，《十三步》和第二個短篇小說集《歡樂十三章》都由作家出版社推出來了。

王堯：還是想讀書，讀學位。

莫言：上魯院本來是想學點英語。我個人認為，還是應該學一點，去了以後發現不行。我們是一九八八年秋天去的，到第二年四、五月份，社會已經很不安定，整個上半年都這樣。「六四」風波以後，都沒心寫作了。這期間我寫了一個中篇，叫《你的行為使我們恐懼》，發表在《人民文學》一九八九年第六期上。

王堯：那段時間看作品的人少。在做這次對話前，我找來這篇小說看了看，我覺得不錯，是個比較成熟的中篇小說。作家出版社的《莫言中篇小說集》收了這篇小說。

莫言：這個中篇我個人還是比較滿意的，但是在那個時候發表，再好的作品，誰還看呀！這篇小說也沒什麼反響。但我自己認為還是一個比較成熟的中篇。整個中國新時期文學應以一九八九年作為一個分界線。八九年以前大家對文學熱情很高，八九年以後整個社會調整過來，進入商品社會，很多文人下海。文學突然從社會的熱點、變得邊緣了，沒人再理睬了。我預感到我不可能像別人一樣去下海經商做生意，我知道我肯定還要寫作，但也很難坐下來。

王堯：這時候是你創作的低潮期。我印象之中，當時文學界有些人似乎對你往後的創作前景頗有疑慮。你自己一定非常困惑。

莫言：非常困惑。一九九〇年的暑假五十天，我住在高密縣城的家裏。買了一個舊房，院子很大，大概有二百平米，種了一片葵花，葵花長得比人還高。

王堯：你在一九八六年的《棄嬰》中曾寫到成片的葵花地，黃色的葵花地裏藏匿著紅色的嬰孩，這一印象很深。現在很難看到大片的葵花地，新疆的朋友寄來照片，那是大片的葵花，但是油葵。

莫言：我白天沒事就在葵花地裏轉來轉去。手裏拿著一個蒼蠅拍子，葵花地裏很多巨大無比的蒼蠅，都是綠的黑的，像杏核那麼大的蒼蠅。一下午能打幾百個蒼蠅，我拿著蒼蠅拍了天天在葵花地裏打蒼蠅。我想到了《靜靜的頓河》葛裏高利和阿克西尼婭幽會的那個葵花地。那個葵花還很矮，只能在裏面蹲著，我想這個時候我盡在葵花地裏轉來轉去，外邊就是縣城的生活，院子裏還有一條小狗，到了晚上，非常的安靜。月光照著，有時候月光下還在葵花地裏轉來轉去，想寫作但心無論如何靜不下來。

王堯：有這樣的葵花地，一篇東西都寫不出來？

莫言：我記得當時寫過一個中篇，名叫《革命樣板》，用一種戲謔的筆調來寫《沙家濱》，寫成武俠小說了。郭建光、阿慶嫂都是武林高手，身帶暗器，能夠飛簷走壁，在蘆葦尖上奔跑。寄給《花城》的文能，他給退稿了。他今年碰到我問《革命樣板》還在不在？我說退稿以後給燒掉了。你退稿，我自己也覺著不好，就燒掉了。現在很遺憾，改改也許是很有意思的東西。將一個革命樣板改編成一個武俠小說。阿慶嫂是武林高手，擅長使迷藥。郭建光身藏十二把金錢鏢，出手即可傷人。還會輕功，在荷葉上跑來跑去。文能就給退稿了。我也覺得是個不合時宜的稿子，生爐子時燒掉了，四萬五千字。現在再也寫不出來了。

王堯：這很有意思，是「戲說」革命歷史。「樣板戲」應該說也是「紅色經典」，在後革命時代對這類作品是否可以改寫，我覺得是可以探討的。你可能也有印象，八〇年代楊子榮打虎上山的音樂就用來跳迪斯可舞了，誰也沒有說那是褻瀆革命英雄。但你把樣板戲「武俠化」，別人就覺得不合時宜。這是一個有意思的文本，可惜你把它燒了，當時的心情看樣子是很糟糕。轉機在哪呢？

莫言：九〇年這個暑假五十天，陷入一種創作的困惑，腦子裏似乎什麼也沒有了。找不到文學的語言了，我想我真是完了，我的創作能力已經徹底沒有了。一九九〇年我在魯院期間還去了一趟香港，訪問香港中文大學。到了一九九一年春天，我去了一趟新加坡，又去了馬來西亞。在新加坡，碰到了臺灣作家張大春、朱天心，大家在飯店裏講故事。張大春就向我約稿，你說的故事能不能寫成每篇四、五千字的小說寄給我，我在臺灣幫你發表。我說好啊！回去試試。一九九一年的暑假，我母親生病，接到縣城裏，上午用自行車把她馱到醫院裏，打吊針兩個小時，打完以後，再把她從縣醫院馱回來。去是上坡，步步艱難；回來時下坡，風馳電掣。到了醫院門口，自行車不讓進，離我母親打針的地方大概還有半里路，我母親走路走不動，她肺氣腫一走就喘，我就揹著她上樓。有一天碰到縣辦公室主任，他說：哎喲，你還挺孝順的嘛！我把母親接回來以後，就開始寫小說。在這個暑假期間，我寫了十六個短篇，〈神嫖〉、〈地道〉、〈魚市〉、〈翱翔〉、〈夜漁〉、〈瘋瘋的兒子〉、〈屠戶的女兒〉、〈姑媽的寶刀〉、〈糧食〉、〈初戀〉等。

王堯：〈夜漁〉寫得美一點，〈神嫖〉是一個真正的傳奇故事。寫完這組短篇小說，你又找到了感覺。

莫言：這組短篇寫完以後，我感覺到恢復了寫作能力，我突然感覺到我又有了講故事的興趣和能力。當時寫的時候實際上也沒有信心，放一段時間回頭來看，覺得還不錯。在高密的環境裏，短篇一天寫一個，最多兩天寫一個。寫了一個又一個。寫完十六個短篇，我感到自己又可以寫作了。緊接著回北京，到了春節又回來過寒假，在寒假期間，寫了五個中篇。《白棉花》、《戰友重逢》、《紅耳朵》、《懷抱鮮花的女人》，還有一個我忘記了，寫了五個中篇小說。

王堯：好像是《模式與原型》吧！

莫言：可能是。這五個中篇也是越寫越順，到了《懷抱鮮花的女人》，三、五天寫完了，這個中篇寫得非常快。因為我哥哥住在中學，我白天沒事兒，就騎自行車到他家裏去，穿過一個鐵道的隧道，全是水，隧道旁邊的人行道，高高的離開地面，一下雨隧道裏全是避雨的人。我看到裏面一個穿得很洋的很時髦的女的，站在那個地方，抱著一束塑膠花，我想假如這個女人抱著一束真花呢？假如一個解放軍幹部回來探家，在避雨的時候碰到這個女人，會發生什麼事情呢？我寫了個中篇小說。一九九一年就這麼過去了。

王堯：這時你又開始寫長篇小說，作家有信心時往往要寫長篇小說。一九九二年你完成了《酒國》，這部小說的重要性直到現在還沒有引起充分的注意，這是一部真正意義上的先鋒小說。我知道，你自己也認為這是你最完美的一部長篇小說，而且只有你才能寫出的長篇小說。我看得出，你最大的委屈之一，就是別人不懂你的《酒國》。

莫言：談不上什麼委屈。一九九二年《酒國》就最後完成了。一九八九年我在魯院就開始動筆寫了。當時是因為痔瘡，非常痛苦地跪在椅子上寫，余華說我是勞動模範。一九九二年寫完這五個中篇以後，《酒國》後面的十萬字我就一鼓作氣寫完了。《酒國》這部小說它最早的動機還是因為強烈的社會責任感。看到一篇文章〈我曾經當過陪酒員〉，作者已經退休，他是大學中文系畢業的，因為家庭出身不好，分配的時候被貶到了東北的礦區，教小學。很苦悶，一個大學生分配到偏僻山區，找物件也找不到，天天和一幫礦區的蓬頭垢面的孩子在一起，就喝酒。有時候就想，醉死拉倒。但從來沒喝醉過，慢慢喝酒的名聲越來越大，礦區宣傳部聽說小學裏有個千杯不醉的怪才，請來試驗，果然酒量無邊。以後來了客人就要他去陪酒，他大學中文系畢業的，嘴巴又會說，能編各種各樣的有文采的勸酒詞，酒量又大，慢慢變成了人物，離開了子弟小學，變成了宣傳部的副部長。我讀報導時想，假如這人找到一個特別能喝酒的女的，兩個人喝酒，每天他們馬桶裏一股酒味，生出的小孩也是個酒孩，生下來不吃奶，喝酒，一旦離開酒就不行了，那會非常有意思啊！緊接著我想起了很多關於酒的傳說和我自己喝酒的經歷。

王堯：這和《紅高粱》就接上線了。

莫言：是的。我家鄰居地主家就是開燒酒鍋的，我爺爺年輕的時候在這家幹過。村子裏洋溢著一股濃濃的酒香，還有酒糟的氣味。到了冬天，燒酒鍋熱氣騰騰，全村瀰漫著酒香。那真是好酒，不加任何水勾兌的。還有關於酒蟲的傳說，說一個人特別能喝酒，一次能喝一罈，說他肚子裏有一個酒蟲，必須每天喝。後來人家把他騙出去，關了三天，不讓他喝酒，也不讓他喝水。等他渴得實在不行了，突然把他拉到一個酒缸邊，說你喝吧！他一低頭，那酒蟲突然從他嘴裏鑽出來，跑到缸裏去了，紅紅的，像個小河馬一樣的東西，這也是神話傳說。一旦確定這個想法以後，真實的事情、魔幻的傳說都來了。寫著寫著，《酒國》就變成了語言的狂歡節，進行了各種文體實驗，有「文革」大字報那種文體，也有當時流行的所謂新寫實小說，也有對魯迅早期小說的模仿。我讓小說中的人物李一鬥始終處於一種半醉的狀態，思維不太正常，醉話連篇，用他的嘴把我不便於說的話說出來。當然作家敘述這個小說故事的時候是清醒的。小說中的李一鬥不斷地和作家莫言通信，並把自己的習作寄來，李一鬥所有的通信和他的小說，都是醉話連篇，醉意朦朧，似真似假，然後把對社會強烈的批判、毫不留情的批評就放到了李一鬥身上和他的小說裏，這是一種技術措施。

王堯：我認為《酒國》是關於當代中國的一則寓言。酒在中國，不僅是物質的，也是精神的，酒文化成為觀察中國社會轉型的一個重要方面，酒文化中包含的人與人的關係，太豐富複雜了。這個社會的許多奧祕就在酒中。

莫言：這個小說應該有一些話題可以探討，文體方面的實驗，酒神精神、狂歡精神，再有社會批判意義，以及對酒文化本身的一種探索。

王堯：另外關於這部長篇小說的結構，也值得研究。

莫言：有一些批評家也注意到了這一點。

王堯：現在很多作家沒有長篇小說的結構意識，或者沒有這樣的能力。

莫言：現在很多小說的結構意識不強，那些為有閒階級、有錢階層服務的消閒文學更沒有結構意識。我對長篇小說的結構的追求從《紅高粱家族》之後才比較自覺。

王堯：寫作《紅高粱家族》時如果有比較自覺的長篇小說結構意識，《紅高粱家族》可能是另一個樣子。

莫言：在八〇年代末的時候，《解放軍文藝》組織了一批人座談，當時批評界那匹著名的「黑馬」劉曉波也參加了。他提出了一個觀點：假如《紅高粱家族》不是由五個中篇組合而成，莫言一開始就把它當成長篇來寫，或許會產生石破天驚的效果，但是用五個中篇的方式發表，就使讀者感到重複，前後的敘事風格、語言風格沒有變化。但如果作為長篇一次推出，就不存在風格重複的問題。八六年時，大部分的作家還沒有開始寫長篇小說，那時正是中篇小說的黃金時代，大部分作家是靠中篇成名的。長篇只有張煒的《古船》等。

王堯：你是否覺得在寫長篇小說時最困惑的就是結構問題。

莫言：通常是這樣的，現在我手邊的幾個長篇構思難以動筆，就是因為結構的問題沒有解決。我不願意四平八穩地講一個故事，當然也不願意搞一些過分前衛的、讓人摸不著頭腦的東西。我希望能夠找到巧妙的、精緻的、自然的結構，這個難度是很大的，甚至是可遇而不可求的。現在我寫中篇、短篇感到很輕鬆，但寫長篇卻感到很沉重。寫長篇要有毅力、有體力，既是複雜的腦力勞動，又是沉重的體力勞動。

王堯：你真正意義上的長篇小說應該是？

莫言：《天堂蒜薹之歌》算我真正意義上的第一個長篇，這部小說也是從不同的角度來講同一個故事。以前也有作家用過這種方式。卷首用民謠，用一個瞎子的口來唱一遍，正文用作家的客觀敘述，結尾用報紙的官樣文章，把一個故事講三遍。寫《十三步》時我認識到視角就是結構，人稱就是結構，認識到一旦人稱確定之後，你就不是在敘述故事，而是在經歷故事。如果用傳統現實主義小說筆法來寫，很容易變成作家敘述故事，但是你一旦賦予小說特殊視角，就變成經歷故事。我確定了物理教師的視角，就變成了我跟著物理教師經歷他的冒險傳奇故事，這個物理教師的所聞所見，所經歷感受到的事，是跟作家一致的。

王堯：《十三步》讓你意識到小說敘述視角的奧祕。

莫言：實際上，人稱的變化就是視角的變化，而嶄新的人稱敘事視角，會製造出來一個新的敘述天地。像《紅高粱》中的「我爺爺」「我奶奶」的視角，就是人稱與視角的結合，是一個複合的敘述時空，「我爺爺」「我奶奶」確定了「我」用一個後人的角度來敘述前輩的事蹟，但又是非常自如、非常方便，全知全能，一切都好像是我親眼所見。這種視角同時也是一種對歷史的評判態度。為什麼後來出現許多「我爺爺」、「我奶奶」的小說，就是因為敘述起來太方便了，感覺似如魚得水，所以一個視角的確立就能使一部小說水到渠成，如果《紅高粱》沒有這種獨特的人稱敘述視角的話，寫出來就是一部四平八穩、毫無新意的小說。

王堯：《酒國》又有新的變化。

莫言：《酒國》更多地考慮到故事敘述者與作家之間的關係，分幾層敘述，最高一層敘述是作為作家的我在敘述，當這個我變成了「莫言」出現在這個小說裏，他就成了我的分身，他既是小說中的小說敘事者，又是小說裏的人物。他和小說中的另一個重要人物酒博士李一鬥是平級的。最高敘述者是拿著筆的我，我的分身變成了小說裏的人物，由我寫「我」，由「我」觀我。這會產生一種幾分調侃、幾分荒誕、幾分深刻的獨特效果。這跟那所謂的「小說」敘事還不太一樣。

王堯：你對小說的敘事學已經鑽研得很深。

莫言：過獎！從某種意義上講，這是逼出來的。對社會極端黑暗和醜惡的現象，如果不用這種方式來處理的話，寫出來也難以發表。這實際上是一種帶著鐐銬的舞蹈，反而逼出了一種新的結構方式，從這個意義上看，結構也是一種政治。

王堯：結構也是一種政治，這個說法非常深刻。這是你最重要的文學見解之一。以前我們用西方的話表述，講形式的意識形態性。以你的這一觀點來看，我們對新時期文學的一些重要文本可以作出新的解讀。

莫言：到了小說的中部，李一鬥敘述的故事和作家敘述的故事越來越像，兩個人各自講述的故事漸漸融為一體。假做真時真亦假，真做假時假亦真。最後寫作者莫言也到了酒國，去了以後的莫言和莫言寫的小說裏的偵察員的命運是一模一樣。莫言到了酒國，立刻把李一鬥和莫言兩個人營造的小說瓦解了。李一鬥在自己的小說裏扮演了一個桀驁不馴的角色，好像徹底看破了紅塵，看破了官場黑暗，是一個為了藝術獻身的人。但莫言一到酒國就發現，李一鬥其實是黨政機關裏的一個小公務員，是巴結領導幹部、功利熏心的那種小人物，根本不是什麼「酒博士」。莫言一到酒國立刻就和那裏的腐敗官員同流合污，沉浸其中不能自拔。莫言小說裏的偵察員一到酒國就沉醉不醒，最後稀里糊塗地掉到茅坑裏淹死——這個大茅坑是欲望的象徵——莫言也是這樣，他到了酒國就被灌醉，連澡盆裏都加了酒，在加了酒的澡盆子裏面醉得迷迷糊糊，漂亮女人也來了，他的意志被徹底瓦解，如果酒國裏真有吃人筵席，他也會像偵察員一樣，成為那些食人者的同犯。我想，《酒國》可以從多個角度供讀者來想像、再創造，如果新時期真有一個先鋒派，那我就是第一先鋒。可惜那些先鋒的愛好者，多半是葉公好龍。

這部小說發表時也頗費周折，先是讓北京幾家刊物看，不能發表，後來讓余華揹到浙江去，也不能發表。一九九三年湖南文藝出版社出了一套「當代著名青年作家長篇系列」叢書，《酒國》混在其中面世。出版以後，一直無聲無息，很多評論家都不知道我寫過這麼個長篇。後來李陀在國外讀到了。一幫評論家說「六四」以後中國沒有好長篇，李陀說《酒國》就很好。美國的楊小濱有一篇《酒國》的評論，寫得很到位。上海的張閎也注意到這個作品，寫了很長的、有獨到見解的文章。這時候才有一些作家、批評家看到《酒國》。後來南海出版公司又重新出版了一次。

我的書從《十三步》開始沒有什麼好的命運，到《豐乳肥臀》就更糟糕了。這個沒有辦法，很多書出來以後有個重新發現的過程，一本書放了十年、二十年，也許才會被人重新發現。很多書當時非常紅，非常熱，過了十年、二十年，又是另一番景象。

王堯：文學史是需要時間的，時間可以去掉非文學、非藝術的因素，凸現出經典之作。我注意到，很多新歷史主義小說家幾乎都在寫舊的歷史，我也不想像其他人那樣說這是回避現實。但我覺得，你在文壇常常是例外，其實你現實感很強，責任感也很強，是個血性男兒。包括後來《豐乳肥臀》引起一些人的非議，總感到有些人是誤解了你。

莫言：我覺得我還是一個有幾分血性的農民，在小說裏有強烈的干預社會的意識。

王堯：《天堂蒜薹之歌》就充滿了憤激之情。但你在表達這種意識時用的是比較虛幻的筆法。

莫言：對，不像寫實小說、官場小說那樣。

王堯：官場小說的流行，反映的是一種社會心理，讀者是在閱讀小說中確立與現實的關係，包括對現實中一些現象的批判、嘲諷、鞭撻。

莫言：我想我這種現實意識與農民，與下層人，與老百姓息息相關，正義感很強烈。

王堯：你去年「小說家講壇」演講時，說自己是作為一個老百姓在寫作，而不是為老百姓寫作。這是一個重要的文藝觀，還沒有引起足夠的重視。作家如何確定自己的文化身分從來就是個問題，有人說自己是知識分子作家，也有人說自己市民作家，現在確實有些人是在為中產階級寫作。你說自己是老百姓，別人相信，賈平凹說自己是農民別人也相信，但有些人一說自己是老百姓、是農民，別人就覺得太矯情、太虛偽了。現在一些「小資」常常說些虛偽的話。所以還是要看一個人骨子裏的東西。

莫言：我想還是會有人明白我的寫作方式，我是一個不入流的作家，不是一個主旋律作家。

王堯：我想，入流的作家從來不是最好的作家，中國從來也不缺少入流的作家，那些真的是入流的作家幾乎也不說自己是入流的。其實，對主旋律的理解有點狹隘化了，林建法講過一句很有意思的話，他說只要反映了先進文化的發展方向，就是主旋律。

莫言：這聽起來像江澤民的話嘛！實際上我想了很多的問題。中國延續幾千年的封建制度使我們社會主義體制產生了先天不足的缺憾，但這些問題你一旦明說出來的話，就會遭到一些人的批判。

王堯：知識界從八〇年代開始也探討這一問題，像歷史學家黎澍他們都發表過這方面的意見，有些人的說法甚至很尖銳。但是，誰也不能不承認，我們是在幾千年封建歷史的基礎上，或者說是在半封建半殖民的歷史上建設社會主義的，這種歷史的影響根深蒂固，無所不在。理論寫不了小說，口號也不能變成小說。小說還是要寫人。

莫言：小說就是要寫人嘛！寫人性的東西；圖解口號，教訓慘重啊！

王堯：你始終保持自己的思考，但又不破壞自己的感覺。

莫言：《酒國》寫完以後，我搞了一段影視，當時也是迫於經濟的壓力，要養家餬口，搞了一段影視。很快就感到後悔，固然可以賺錢，但丟掉了很多人的尊嚴。

王堯：為什麼搞了影視就曾「丟掉了很多人的尊嚴」？令人思考。電視作為一種媒體，作家參與其中是不是也與權力、資本發生了不正常的聯繫？我在和李銳交談時，他也對電視劇創作的負面影響提出了批評。我想，文學的不同樣式並不決定一個作家會不會丟掉人的完整性，即使是寫小說，個別甚至是為數不少的小說家也損害了人的完整性。關鍵還是看創作背後的東西。如果再寫電視劇，可能就沒有《豐乳肥臀》。

莫言：搞電視劇，為人家寫劇本，必須犧牲個性，他給你錢，你就必須按他的要求寫。電視劇本和電影劇本，其實都可以寫，但要為自己寫，我想寫，我才寫。你要拍，必須按照我寫的拍，要把關係顛倒過來。一九九三年底，我終於從一個電視劇組裏解脫出來，真是焦頭爛額，身心疲憊。不久，我母親去世了。那是一九九四年一月廿九日，農曆甲戌年臘月十八日。

一九九四年秋天我已經開始構思這部《豐乳肥臀》。我和好幾個人講過，我在北京積水潭地鐵站，看到一個農村婦女，估計是河北一帶的，在地鐵通道的臺階上，抱了一對雙胞胎，一邊一個，叼著她的乳房在吃奶，夕陽西下，照著這母子三人，給人一種很淒涼也很莊嚴的感受。婦女滿面憔悴，孩子們卻長得像鐵蛋子一樣。

王堯：你當時的感覺這位母親就像受難的聖母。

莫言：這時我意識到圍繞哺乳、生殖應該寫一部很大的書。母親呀！土地呀！祖國呀！都是重大的文學母題。但是當時我沒想那些宏大主題，就想寫一個男人從小被溺愛，吃奶到老大，一吃別的東西就嘔吐，有過敏的反映。結婚以後，跟自己的孩子爭老婆的奶吃，最終導致家庭破裂。我起初就想寫這麼一部有現代派意味的，有象徵意味的小說。但開筆以後小說自己就膨脹起來。

王堯：我注意到，在談《豐乳肥臀》時你就提到你母親，是不是你母親的經歷影響了這部小說的寫作？

莫言：母親去世後，我就想寫一部書獻給她，但不知道該從哪裏動筆。這時候，我在地鐵出口看到的那個母親和她的兩個孩子，我大概知道該從哪裏寫起了。小說先從母親生育最後一胎寫起，一直寫到她去世，這個老太太活了九十五歲。這個小說裏有我母親的影子，我母親也是三、四歲的時候我外婆去世了，然後在她大姑姑的撫養下長大成人，很小的時候就裹腳，一輩子也是飽經苦難。這個過程有點像，其他的情節都是虛構的。我們的家庭也和小說裏完全不一樣。《豐乳肥臀》繼承了《紅高粱家族》的很多東西，也是用民間的視角，民間的觀點，來寫民間的歷史，但它比《紅高粱家族》豐富，廣闊，多義。

王堯：「高密東北鄉」的歷史就這樣呈現出來。一個母親受難的歷史，幾乎涵蓋了一個民族的歷史。另一方面，那個有戀乳癖的上官金童，也以他的獨特方式呈現了我們這個民族的一種文化心理。就像你所講的，上官金童性格中的缺陷幾乎可以在我們每個男人身上找到，我們每個人心中都隱藏著一個小小的上官金童。

莫言：上官金童是中國文學中從來沒有過的一個人物形象，這樣說會讓那些恨我的人痛心疾首，但我是這樣認為的。

王堯：上官金童是小說中的母親和一個傳教士生的，這部小說一開始就和宗教有了聯繫，宗教生活成為這部小說的一個不可分的敘述內容，這在當代小說創作中是很特別的。據我所知，當代還沒有一部長篇小說像《豐乳肥臀》這樣寫了宗教與人生的關係。這與你老家的社會狀況可能是吻合的。

莫言：天主教在我們高密東北鄉確實有較長的歷史。一八九四年，瑞典和挪威的傳教士就到達了高密地區。隨著一九〇〇年膠濟鐵路的開通，周圍鐵路沿線各個鄉鎮和縣城紛紛建成了天主教堂、基督教堂。我做過一些調查，德國人在中國修建那麼長一條鐵路，好像是他們掠奪了很多財富，其實他們沒賺多少錢。當時農村經濟還是一種自然經濟，交換的貨物很少，膠濟鐵路列車每天跑一次，根本坐不滿客。那時候什麼人會去坐火車？儘管我們村距離青島一百多里路，但我們村子裏的人，七〇年代時，絕大部分人都沒坐過火車，何況清朝末年？所以德國人幾乎是年年虧損。上個世紀一九〇〇年的時候，從青島修到濟南的一條鐵路，投資這麼巨大的一個工程，他們得到的回報實際上是很低的，德國人的目的大概不是為了賺錢，而是通過這條鐵路把山東變成他們的殖民地。膠濟鐵路的開通，對開啟山東老百姓的心智發揮了巨大作用，一下子就把視野拓展了，把彷彿一潭死水的農村自然經濟和農村日常生活給攪動了。形形色色的人隨著鐵路來了；形形色色的思潮，隨著鐵路的開通活躍起來。為什麼抗日戰爭時期膠東地區一下子冒出幾十支隊伍？我想都和鐵路有關係的。整個膠東半島那麼多在外邊做買賣做生意的，也出了那麼多有見識的走南闖北的知識分子，都和鐵路有關係。它除了提供一種交通便利之外，我想還是因為鐵路來回跑，本身就是一個文化現象。火車一響，黃金萬兩；火車一跑，天下通曉。不僅僅文以載道，而是道以載文，鐵道承載文化啊！膠濟鐵路的開通，讓山東老百姓知道原來世界如此之大，外面的世界很精采，外面有很多新奇的東西。

王堯：一個世紀過去，交通在今天對人的意義還是同樣重要。交通的變化，改變了時間和空間的概念，人對世界的認識對自身的認識都發生變化。

莫言：帝國主義在中國修建鐵路，目的是要霸占地盤，賺錢，掠奪，但實際上帶來的結果不是那麼簡單。除了負面以外還有很多積極的意義。這些我在寫《豐乳肥臀》時也都考慮到了。基督教進入膠東半島，進入山東各地，老百姓知道除了佛教之外，世界上還有這麼一種教派。教會也並不完全像一些近代史教科書寫的那樣，都是幹壞事的，姦淫民女啊！把嬰兒做成丸藥啊！假洋鬼子依仗教會的勢力搶男霸女，霸占良田，這種行為當然有，但並不是普遍現象。

王堯：就本質而言，宗教也是帝國主義侵略的產物。

莫言：大部分教會還是比較規矩的，你像我們高密那個瑞典傳教士，和挪威的傳教士，他們生活非常簡樸，就像我們鎮上那個瑞典的女傳教士，她完全是自己勞動，開了兩畝荒地，養了一頭奶山羊，每天擠奶，非常吃苦，戴著斗笠披著蓑衣，在地頭上和老百姓一邊幹活一邊講解上帝的教義。加入教派的人有很多遊手好閒的地痞流氓，也有善良的農民。我有個同學的爺爺加入了，他給孩子起名，大孫子叫摩西，二孫子叫馬太，三孫子叫約翰，四孫子叫大衛，他們一家子全都是洋名。我們當時也不知道為什麼有這樣怪的名字，後來才知道他爺爺是教徒。

王堯：這在當時有點不倫不類。

莫言：有很多的笑話。地裏長草了，他就跑到地頭祈禱：「主啊，幫助我除草吧！」地裏生了蟲子，「主啊，幫我來滅蟲吧！」但上帝不管這些事。別人的莊稼長得很好，他們的莊稼全都荒死了，或者被蟲子吃光了。別人就說，你把上帝當成你的長工啊？幫你除草？幫你滅蟲？

王堯：這和一些人拜菩薩沒有區別，這不是信仰。解放以後一些教堂被關閉了。我讀大學的這座城市也這樣，八〇年代以後一些教堂又開始活動。

莫言：八〇年代以後死灰復燃了，過去教堂的產業，都還給他們了，他們自己也成立了一些組織。我們縣一中的辦公室的房子最早就是教堂的。這是當年高密最大的一所房子，北歐的那種建築風格。八〇年代教會又恢復活動了，還是過去那些人，還有他們的兒子孫子。

王堯：那個叫摩西的也參加了？

莫言：摩西在外地工作，摩西的父親成了一個片的負責人，到處發展信徒。我到縣城那個教堂去看過，就是一個普通農家院子，一到禮拜天上百個人來做禮拜，多數是老年婦女，也有些年輕婦女，也有小夥子，小夥子一看就不是真正的教徒，坐在那裏用兩枚硬幣拔鬍鬚。我看過韓少功的短篇小說〈西望茅草地〉，描寫一個生產隊長，用兩個硬幣往外拔鬍子。小夥子在下邊用硬幣拔鬍子，牧師在上邊傳道講經。有很多老太太看樣子是從很遠的地方過來的，風塵僕僕，包袱裏揹著窩窩頭、大蔥，一邊吃一邊聽。

王堯：你的小說裏也寫到這個教堂。

莫言：是的。當小說裏的母親皈依了天主教，確實是因為她感覺到在塵世中沒有任何出路。她這一輩子，和八個男人睡過覺，為了借種，為了生一個男孩，為了在這個家庭中取得地位，非常痛苦，非常無奈。最後她只有在牧師馬洛亞那裏得到了真正的愛情。

王堯：對這位母親來說，這是一種苦難，而不是淫蕩。分歧或者說誤解就在這裏。小說出來以後，這個母親形象，受到了很多詆毀。

莫言：很多人說你寫什麼啊！寫了一個蕩婦，寫了一個破鞋。這是我非常痛心的。我想一個社會一個制度對女人的迫害，除了肉體的迫害以外，更大的迫害是精神的迫害。對一個婦女來說，最大的痛苦莫過於把自己的身體交付給她不愛的人，為了一些別的目的跟人睡覺。一個封建時代的婦女，你跟人家結了婚，不能生孩子，你作為一個女人是不完整的。別說你在家裏沒有地位，在村裏面也是很難抬頭見人的。你的婆婆可能罵你說養了個母雞不下蛋。如果你能生孩子，如果只能生女孩，生不出男孩來，你一樣無法在家裏取得地位，你的婆婆，你的公公，你的丈夫還是要瞧不起你。在幾十年前的山東農村裏，在那種封建制度下，一個家庭哪怕有十個女兒，沒有一個男孩，這個家庭依然被稱為絕戶，因為這家沒有人來繼承香火。

王堯：多數地方是這樣的，即使現在也未完全改觀。一個女人如果不能生產，特別是育子，別人對她的歧視和欺負就變得合情合理了。所以，小說中的母親反抗的不是一個家庭，而是一種倫理秩序。我記得小說中的上官壽喜罵魯璿兒說，母雞不下蛋，反倒埋怨起公雞來了。

莫言：女孩兒是不算孩子的，是人家的人，不能繼承香火的。小說裏的母親不生孩子，實際上是丈夫的問題，她丈夫是性無能，她為了生孩子，在她大姑姑的啟發下，不斷的變換男人睡覺，但每次都是生女孩，她的婆婆丈夫聯合起來虐待她，到最後把她的身體燙傷了，生命垂危。在這個時候她聽到了村子裏教堂傳來的鐘聲，她爬到教堂裏去，然後聽到牧師講經，她突然感到來自心靈深處的一種感動，這個女人到了這個地步，唯一支撐她活下去的力量就是來自於上帝的召喚。

王堯：人有了創傷後，很容易走向宗教一途。

莫言：我覺得對小說中的母親來說，最深重的痛苦莫過於被逼不斷和自己毫不相識、更不愛的男人去睡覺。戰亂、病痛、飢餓，相比之下還是能讓人承受的。他們不是號召我們反對封建道德嗎？我覺得這是對封建主義最沉痛的控訴。很多道德批評家如果連這一點都沒有看懂的話，如果不是「數典忘祖」，就是別有用心。

王堯：你對封建制度的揭露這一筆是最有力量的，是最深刻的一筆。有些人是出於意識形態的原因，有些人是衛道士，智商應該沒有問題，但是由於這些原因，一些人失去了正常思維的能力。好多人的智商是這樣才有了問題。

莫言：如果是那些搞大批判出身的人這樣看，我還可以理解，但有一些中文系的教授，也這樣看，並且用一種邪惡的腔調、用一種幾近人身攻擊的方式來批判我，這讓我感到不可理解。

王堯：睜眼說瞎話一直是部分知識分子的做法。這部小說人物眾多，關係複雜，結構也宏大。

莫言：我想長篇小說都應該有一個別出心裁的結構。因為小說比較長，五十多萬字，歷史跨度也比較大，描寫人物也比較多，如果玩得太花俏的話，勢必影響閱讀。所以這部小說前邊還是按部就班，按照順時針的方向敘述，從一九三八年日本人進攻村莊寫起。在日本人進攻村莊的同時，母親在生她的最後一胎，雙胞胎，生下了本書的男主人公上官金童，和他的姊姊上官玉女。這個時候在廂房裏，她家的毛驢也在生騾子，丈夫和公婆對母驢的關注遠勝於對難產的兒媳婦的關注。兒媳婦前面已經生了七個女兒了，最後一胎他們依然不抱希望，他們費盡周折請來獸醫幫助毛驢接生，都圍著母驢在轉，母驢也是難產。這時在河堤上，母親的七個女兒在大姊的帶領下在河裏摸蝦，河堤邊的柳叢裏面埋伏著游擊隊，橋頭上司馬庫布下了燒酒陣，擺了很多乾草，灑了大量燒酒，準備用火攻的方式攔截日本人。對面是日本人的馬隊正在向這個村莊逼近，小說一開始就兩條線齊頭並進，非常緊張。母親生下了本書的主人公，日本人也占領了村莊。日本人殺死了母親的公公婆婆，她的丈夫也被殺死了，但日本人救活了上官金童和上官玉女。小說進入第二卷，母親已經成為家長，帶領她的一群孩子，開始了艱難的人生旅程。緊接著是戰亂、飢餓、動蕩的社會，然後是孩子們自己的命運，女兒們在這種動亂的環境中長大、戀愛、結婚、生子。緊接著是解放戰爭時期的大逃亡，接下來是土地改革，三年困難時期，文化大革命，改革開放，九〇年代商品社會，小說是按照這個歷史的脈絡走下來的。

王堯：在這部小說中，關於戰爭的撤退場面的描寫堪稱經典。

莫言：這個撤退場面，我覺得我是放在一場宏大的戰爭之中寫的。我是把淮海戰役挪到了高密東北鄉來打，這也是我提出的用小說擴展故鄉的一次實踐。淮海戰役當然是發生在蘇北的，但我在寫的時候，那淮海戰役的戰場就在我們高密東北鄉的荒原上。母親推著車子，帶著孩子，跟隨著人群逃亡的那段艱難歷程，實際上也是他們人生旅途的一個縮影。她們不知道前途在哪裏，走了一段以後母親下決心不走了。母親決定回去，回故鄉，死也要死在自己的故土上。艱難的逃亡轉變成生死未卜的回故鄉之路。儘管家鄉已經被戰火籠罩，她說我們要回到家鄉去，這個回故鄉的路是一種象徵。她們回到故鄉後，村莊幾乎夷為平地，但是她家的破房子還矗立在這個地方，院子裏面落滿了彈片，牆上有硝煙烈火燒灼過留下的痕跡，但她還是回來了，立刻就在廢墟上生活。這時候儘管村前村後還是硝煙瀰漫，炮聲隆隆，但是她們在自己家裏，心裏就感覺到很安定。具體細節我也忘記了，寫過這麼多年了，但是寫的時候這個地方文思是很澎湃的。寫完這一章後，感覺到有一點欣慰的就是：我知道我能夠寫大場面了。過去我對自己是否能寫這種巨大的場面缺乏信心，寫完這一章我覺得我能夠寫這種大場面。大場面毫無疑問是對一個作家能力的考驗。有的人可以把故事的小場面寫得很精緻，故事發生在一個客廳裏，發生在一個胡同裏，發生在一個房間裏，一個小客店裏，他們可以寫得非常得心應手，真要給他一個巨大的場面，他未必能夠把握得了。寫完《豐乳肥臀》以後，我覺得腦子裏可以容納下千軍萬馬。

王堯：你這是在想像中遭遇戰爭，寫這種戰爭場面好像在寫自己的遭遇一樣。

莫言：這種戰爭場面，我沒有經歷過，我根本沒見過坦克怎樣衝鋒，飛機怎樣轟炸，成千上萬的老百姓怎樣冒著硝煙、彈片向前進，部隊像走馬燈一樣你來我往，車水馬龍，車輪滾滾，滿地都是屍首。寫這個的時候也讓我想起了《戰爭與和平》裏的巨大戰爭場面。那是經典，我確實還差得很遠。現在回頭來想，這個地方應該更加從容地展開。

王堯：修訂的時候你重寫了這一部分嗎？

莫言：沒有激情了，就像一個房子造起來以後，再怎麼裝修，也改變不了房子的結構。

王堯：小說寫到第七卷，你把讀者的感覺完全顛覆了，小說的框架也重構了。

莫言：寫到第七卷的時候，回頭從母親出生開始寫起，那是一九〇〇年德國人包圍村莊的時候，那也是一場戰爭，德國人包圍這個村莊也引發了大屠殺，然後母親的母親和母親的父親帶了一幫人去抗擊德國人的包圍，都在戰鬥中犧牲了，母親變成孤兒，孤兒怎麼樣一步步長大，母親怎麼樣一步步為了生孩子跟多個男人發生關係，前面的六卷，我塑造了一個忍辱負重、寬宏大量、無私奉獻、像大地一樣寬厚、傳統的、經典的母親形象。

王堯：到了第七卷，大家 看，這麼多的孩子來自於這麼多的父親，母親原先的形象徹底瓦解了。這實在出人意料。但這一卷是關鍵，沒有這部分內容，《豐乳肥臀》的價值就不一樣了。你剛開始構思時就是這樣想的嗎？

莫言：剛開始沒有這麼想，寫到第五卷時我意識到這些孩子應該來自不同的父親。開始想法沒這麼明顯，到第五卷的時候我突然對這部小說的整體結構非常明晰了。寫到第六卷的時候，小說當然也可以結束，但那將是一部四平八穩、司空見慣的小說，我不會這樣結束。儘管我預見到第七卷會讓這部小說飽受詬病，甚至會給我帶來麻煩，但這時我只能聽從小說的召喚了。我想大家讀完第七卷以後，會不由自主地猛然回顧，發現前面六卷建立起來的母親形象一下子土崩瓦解了。母親究竟是什麼樣一個人？這到底是個什麼樣的母親呢？你自己判斷吧！我在前面六卷中沒有透露任何蛛絲馬跡，這實際上是一個沒有結構的結構，我想五十萬字的作品，如果玩弄過多敘述和結構的技巧的話，會更加讓讀者難以卒讀，只能老老實實地寫，然後在結構上有大塊創意，玩大結構，寫大塊文章，不玩小把戲。這本書九五年年底出版，得了「大家文學獎」，獎金十萬，當時十萬元是筆大錢，影響巨大，緊接是鋪天蓋地的批判，部隊的一些老作家，進京串連，聯名給上邊寫信。我當時還在軍隊工作，我們那個領導，不時地把那些轉來的告狀信讓我看，看得我膽戰心驚。其實很多人並沒看書，他一聽那個書名就覺得這個作家低級下流，完全為了商業炒作。我也反覆回答過多少遍關於書名的問題，但無濟於事。我今天還認為這個書名是最貼切的，儘管後來為了能再版我也一度答應了出版社的要求，想把它改成《金童玉女》。但就像我當年改不了《紅高粱》裏邊王文義的真實名字一樣，我發現這個書名和這本書已經牢固地焊接在一塊了，敲不下來了，其他名字都不對了。

王堯：對這部小說的敘述風格也有不同意見。

莫言：有人批評小說的後半部分有些鬆懈，整個的敘述腔調發生了變化，前邊用的是所謂史詩的筆調，莊嚴宏大的敘事，一旦進入八〇年代立刻就充滿黑色幽默反諷的東西。我是想嚴肅到底，但小說一進入八〇年代，就嚴肅不起來了。因為社會生活中充滿了荒誕和黑色幽默的。

王堯：所以還是用《豐乳肥臀》作書名好。

莫言：小說名字是符合作品本身的。豐乳可以當作一個歌頌的東西來看，肥臀就是一種反諷，和小說的後半部分的風格恰好是符合的。八〇年代後期，政治淡化，欲望橫流，標新立異、異想天開，整個社會就像一個亂糟糟的大集市，天天都像狂歡節，各種各樣滑稽、怪誕、醜惡的現象紛紛出籠，紙醉金迷，燈紅酒綠，繁華後面充滿了頹廢，莊嚴後面都暗藏著色情。整個社會重點好像都轉移到女人身體上去了，似乎所有的男人都變得陽痿，都要壯陽；所有女人的乳房都嫌小，「沒有什麼大不了的」，「挺好」，打開電視機，翻開報刊，鋪天蓋地的廣告，多半充滿了性暗示和性意識，九○年代之後的社會，從過去那種高度政治化變成高度的色情化，高度的欲望化，瘋狂的金錢欲，變態的食欲，誇張的性欲，我覺得這是社會普遍的墮落，比所謂的「腐朽的資本主義」有過之而無不及。所有，導致這部小說中途風格變化是和現實生活有關係的，我自己也意識到這個問題，但我無法改變。

王堯：過去我們強調一部作品的整體性。

莫言：我覺得應該對「整體性」有新的理解，不能說小說風格前後統一就是整體的，中間風格發生變化就喪失了整體性。

王堯：理論家要守規則，作家非要破規則不可。

莫言：我覺得還是有很多高明的讀者，對《豐乳肥臀》給出了我非常滿意的解釋，比我想的還要充分。像張清華用新歷史主義文學的觀點對《豐乳肥臀》的研究。陝西的一個老同志，搞黨史研究幾十年，也姓黨，他寫了一部長達六萬字的文章，分析對比研究《豐乳肥臀》和《白鹿原》，文章沒有發表，是通過網路發給我的，他用一種比較傳統的寫法，和過去一些老的批評家一樣，宏大的社會批評，很難發表，但他的文章裏包含了很多對歷史的不同意見。像武漢大學哲學系教授鄧曉芒，殘雪的哥哥，他對上官金童的分析，我是很信服的。他認為我們每一個人心中都暗藏著一個阿Q，每一個人的靈魂深處都藏著一個上官金童。

王堯：是這樣，上官金童的這種戀乳症是一種象徵的東西，對乳房的癡迷眷戀實際上在很多人身上可以發現人的弱點、人的特性。鄧曉芒是位哲學家，我最早讀他的《靈之舞》印象很深。他在《靈魂之旅行——九〇年代文學的生存境界》中論述了許多作家。

莫言：每個人都有自己的眷戀。你仔細一想有價值嗎？骨董商對骨董的眷戀，官員對權力職位的癡迷，商人對金錢的追逐，每個人生命過程當中都被一些和生命無關的東西所占有。當《豐乳肥臀》在一片罵聲中被踩到地獄的時候，有一些評論家，像鄧曉芒，張清華，還有瓊州大學的畢光明，對《豐乳肥臀》作了認真的解讀。有一個叫張軍的，他也看得很準，說這是一部反諷小說，莫言是一個反諷藝術家。我覺得他對小說的後半部分概括得很準確。小說後半部分我對司馬糧、上官金童創建乳罩中心的嘲諷非常明顯，根本不是我要讚美這個東西。

王堯：好像叫「獨角獸乳罩大世界」，開張時有兩條大標語：「抓住乳房就等於抓住女人」、「抓住女人就等於抓住世界」。

莫言：有些人就把它政治化了，從社會的政治的角度來批判。有的人說我是在為國民黨唱讚歌，反對共產黨，醜化共產黨。他不允許你按照民間的觀點評價國共鬥爭這段歷史。在他們心目中，國民黨就是慘無人道的，沒有人性的，而共產黨就是沒有缺陷的。真實的歷史生活是不是這麼簡單？他們知道得比我們要清楚，但他們是不敢承認的。小說中的好多事件都是老人對我講的，都是他們的親身經歷。一九八七年八月，我去井岡山參加軍事文學座談會，和鮑昌坐一個車廂，當時他是作協的領導，他說，你的《紅高粱》寫得還真是不過分，他說他親眼看到在北平附近，一幫貧農光天化日之下把一個地主肢解了，一人搛了一塊。山東昌濰地區還鄉團如此猖獗，報復得那麼慘烈，一星期之內殺了兩千三百多位共產黨基層幹部和土改積極分子，就是因為在土改過程中，執行了康生的極左政策，把地主富農打死了很多，而且鬥爭了中農，每人都有份，每人都要來砸一下，號稱「抹血政策」，提出的口號是「打死一個富農，勝過打死一隻野兔」，打死一個富農，能分很多財產，比打死一隻野兔油水要多，這樣每個村都要殺一個地主，分配指標。很多村裏邊沒有地主，看誰最有錢，就把誰打死。當時殺人像殺條狗，抓一個地主來，拉到臺上去，然後貧農團主席對下面喊：鄉親們，窮苦的爺們兒，這個地主怎麼處理？下面說：槍斃！立刻架到臺下，「砰」！就槍斃了。又拉上一個富農來：貧苦的爺們兒，這個富農怎麼處理？下面喊：抽他五十馬鞭！就把他踹倒，抽五十馬鞭，一腳踢下臺去。

尤其是我們昌濰地區，康生在這兒抓點，搞土改復查，一片混亂，紅色恐怖。我小說裏邊寫了一個張生，實際上就是寫康生。緊接著國民黨一九四七年重點進攻山東，還鄉團跟著回來了，回來肯定要報仇，你殺了我的爹，我能不報仇？人之常情嘛！一報仇肯定要變本加厲。還鄉團的瘋狂屠殺，與土地改革極左政策有直接關係。

王堯：這在張煒《古船》裏已經有所涉及了。

莫言：為什麼《古船》遲遲得不到茅盾文學獎，一個致命的問題就是寫了歷史真實。什麼叫歷史真實，難道他們寫的歷史就是真實的嗎？你可以說我是歷史唯心主義，只見樹木，不見森林，只看到革命過程中一個片面、局部的現象，沒看到整體性的東西。我覺得一個小說家他不應該去考慮整體和片面的關係，哪個地方最讓他痛苦，就應該寫那個地方。當年蘇聯的蕭洛霍夫寫《靜靜的頓河》，頓河哥薩克為什麼叛亂？是因為布爾什維克對他們的鎮壓過分了，波及了中農，殺了很多不該殺的人，當然他們要叛亂了，很多無罪的人都槍斃了，活著的人人自危，一有機會，我當然要叛亂。《靜靜的頓河》第二部在雜誌上一發表，也是一片罵聲，討伐聲一片，說蕭洛霍夫是為白匪寫作，是白匪的幫兇。史達林還是有胸懷的，懂文學的，不管史達林是什麼樣的暴君，但他對待蕭洛霍夫的態度，對待《靜靜的頓河》的態度，還是寬容的，他說我們出版第二部。當時蕭洛霍夫搜集了幾麻袋的資料，研究頓河哥薩克為什麼會叛亂，他自認為證據在手，鐵證如山。但如果不是史達林保護，這些都沒有用處。史達林一歪嘴巴，就會要了他的小命。我們歷史上的還鄉團現象與頓河哥薩克的叛亂有幾分相似。他們批判我時，我本來也可以這樣辯解，也可以舉出很多的例子來，譬如我們大欄村的張姓地主就是個善人，樂善好施，走路都怕踩死螞蟻，他沒有罪，但貧農團把他打死了。高平莊我四叔的表弟是雇農，一直給人佃工夫，扛長工，日本人要選維持會長，誰也不願當，沒辦法，只好抓鬮，不巧讓他給抓到了。當了兩年，經常挨日本人的槍托子，低三下四，委曲求全，但共產黨還是把他槍斃了。這種現象不是個別的。這些東西我寫了，還鄉團的殘酷報復我也寫了，我已經很明確地點清了產生還鄉團的前因後果，這是一種真正的歷史，是比教科書上更加真實的、更加讓人痛苦的歷史。你可以批評我寫的是局部的現象，不是整體的現象，但我是寫高密東北鄉的小說，我不是寫中國革命史啊！我總感到這些人的批評未必是出自公心，真正的藝術批評我是可以接受的，但問題是這些人本身是一些矛盾體，他對歷史真相比我了解得要充分，有很多是親身經歷過的。批評我的很多老人耳聞目睹革命過程中的殘暴和黑暗現象要比我多得多，但他們批評年輕人作品的時候，馬上就忘掉事實，變成一個衛道士，用「文化大革命」和歷次政治運動中別人曾經對付過他們的那些方法來對付我們。斷章取義，周納羅織，欲加之罪，何患無辭。

王堯：這就是「文革」時的大批判，好在大環境不一樣了。他們的真實心理是什麼？

莫言：我很清楚這些人的本質，所以我很憤怒。我覺得你們批我如果是發自內心的，我倒可以接受。

王堯：但情況不是這樣？

莫言：我和這幫人一起開過會，一談到八〇年代以來的各種社會醜惡現象，他們也是罵不絕口，憤恨之情溢於言表。講到個體戶坐飛機、坐軟臥，他就拍桌子大罵：不就有幾個臭錢嗎？我們革命一輩子才有資格坐飛機、坐軟臥，你們憑什麼坐？狹隘的心理啊！講到貪污腐敗、買官賣官、賣淫嫖娼、橫徵暴斂，他們也是憤激之情溢於言表。但我的小說裏一旦寫到這些，他就認為我在醜化，明明你對這個現象也是恨之入骨，為什麼年輕作家寫了，你就難以忍受呢？很奇怪的一種心理。所以我就懷疑他們對我的批判裏面懷有很多不可告人的目的。他們的馬列主義都是用來打人的，骨子裏根本就不相信。

王堯：部隊裏也有一些既懂藝術也很寬容的老作家，像徐懷中老師。

莫言：徐懷中是一個能夠包容各種藝術流派的作家，他對文學的理解一直是很人性化的，他在六〇年代極左的年代裏寫的小說也是充滿人情味的。馮牧的左是表裏一致的，甚至劉白羽的左，都是與他們的信仰有關的，值得尊重。

王堯：理論界像陳湧也是這樣，堅持自己的思想。

莫言：批判我的那幫人裏，這種人很少。他們其實沒有理論，連左的理論也沒有，他們就知道找關係往上送告狀信，他們當時下手很狠，用心極毒，竟然把告狀信投寄到部隊保衛部門和地方公安部，這哪裏還是文學批評？全是「文革」那一套。後來有人說你幹麼不發言？為什麼不反批評？我對這幫人能發什麼言？我只能沉默，隨你們便吧！

王堯：你選擇了沉默的方式。這是對你傷害最大的一次。

莫言：《豐乳肥臀》之後，我沉寂了兩年，心裏面當然很不痛快，感覺到自己有口難辯，另外對這幫人不正當的手段很憤怒。他們寫給有關領導和部門的告狀信我都看了，完全是大批判，是誣陷。九六年這一年沒有寫作，當然和轉業有關係，我覺得不應該再待在部隊了，給部隊的領導添很多麻煩，手下有這麼一個作家他們也是提心吊膽。第二個我感到我的人身自由也受到很多限制，我要去海南島開個會，他們也不批，出國更不行。更重要的是一種精神上的禁錮，也沒人批評你什麼，但你知道這樣一寫很可能就被批評了，那樣一寫又很可能被批評了。我覺得我確實不適合在部隊幹了。我在部隊待這麼多年，本身也夠荒謬的，因為我的創作和部隊的要求是格格不入的，部隊能容忍這麼多年，真也不容易，所以我想得趕快走，這樣對自己也好，對部隊也好。九六年我就開始聯繫轉業的事，同時也在思考一些問題，看批判我的有沒有一些道理，有一些還是有道理的。確實充分的考慮了他們提出的一些問題，比如小說語言的粗糙，拖泥帶水不講究等。

王堯：回頭去看看，當時圍繞《豐乳肥臀》引起的爭論也是很有意思。

莫言：我堅信將來的讀者會發現《豐乳肥臀》的藝術價值，這兩年其實已經有很多評論家發表了讓我欣慰的評價，主人翁上官金童的戀乳症實際是一種象徵，每個人的靈魂深處都有污點，每個人都有一些終生難以釋懷的東西，有的人追求官職，有的人追求金錢，有的人追求骨董。總有一些東西的價值是被你放大了，其實沒有那麼重要。放大了某事物的價值，然後產生一種病態的衝動去瘋狂地追求，其實完全不需要這樣。我在寫這篇小說時，也無法左右自己，這也是作家寫作中經常碰到的一種現象：小說中的人物擺脫了你，戰勝了你，人物自己要這樣做，我無法左右他。上官金童的戀乳症，實際上是一種「老小孩」心態，是一種精神上的侏儒症。固然已經到了滿頭白髮的年紀，但他還是兒童的心態，他永遠長不大，他是一個靈魂的侏儒，最近我把《豐乳肥臀》潤色了一下，作了一些技術性的刪節，當時寫得太倉促了。在修改的過程中，我更加明確地意識到，《豐乳肥臀》是我的最為沉重的作品，還是那句老話，你可以不看我所有的作品，但你如果要了解我，應該看《豐乳肥臀》。

王堯：我發現一個有意思的現象，你一旦遇到困難，往往是出寫短篇小說獲得轉機。我覺得大家對短篇小說重視不夠，好的短篇小說幾乎也是可遇不可求。七〇年代出生的作家，好多人短篇小說沒有寫好，就認為自己能夠寫長篇小說了。

莫言：九七年開始寫短篇，寫〈拇指銬〉，寫一個孩子給母親抓藥，莫名其妙地被一個老頭用拇指銬銬起來。何向陽說這是我寫得最好的短篇。然後寫了一個中篇《我們的七叔》，寫一個革命神經病，每到八一、國慶等國家節日，他就穿上一身舊軍裝，戴上一個淮海戰役的紀念章，走來走去，寫這麼一個有一點點變態的老人。「四類分子」摘帽，「右派」摘帽，他痛心疾首，罵大街，要到天安門前去自焚，說中央出了修正主義，這也反映一部分人的心態。儘管在解放以後他也沒享受到多少待遇，實際上人家說他是俘虜兵，你別吹了，你給哪個元帥，哪個將軍當過馬夫、警衛員？你別瞎吹，你就是俘虜兵。但他自己不把自己當外人，老覺得自己是為中國革命立過大功勞的，是大功臣。對任何一個社會現象、改革措施，個體經營，土地承包，他都是深惡痛絕，說我們的革命不是白搞了嗎？壞人都摘了帽，我們和誰去鬥爭？怎麼活啊？就寫這麼一個人。

王堯：「七叔」儘管是神經病，但是反映了一些人士對現實的心態，這種心態是真實的。一些老幹部，包括普通老百姓中的一些人還有這樣的心態。

莫言：給「四類分子」摘帽時，我還在農村，連我心中都隱隱感到不解，其實我們家也不是什麼好成分。人的心態真是奇怪啊！

王堯：經常會聽作家說我喜歡小說裏這個人物，不喜歡那個人物，對你自己寫的小說你有這種感覺嗎？

莫言：我幾乎沒有想過這個問題。「我爺爺」、「我奶奶」是性格比較鮮明的人物，上官金童也是比較鮮明的，其他的人物臉孔是模糊的。但是《檀香刑》裏的人物，我在寫的時候甚至可以看到他們的容貌，臉上的一顆痣，什麼樣的鬍鬚，形象很明確。《豐乳肥臀》這部小說裏面，我最喜歡還是司馬庫這個人物，他是一個還鄉團，是一個敵人，從階級鬥爭的意義上說，喜歡他就和敵人站到一邊了。但從文學意義上，我確實喜歡他，喜歡他敢作敢為的性格。

王堯：《檀香刑》讓你真正擺脫了《豐乳肥臀》帶來的陰影。

莫言：九七年下半年開始，創作熱情比較高，從《豐乳肥臀》的陰影裏漸漸走出來了，一連串寫了幾個中篇，十來個短篇，像〈祖母的門牙〉、〈白楊樹下的戰鬥〉、〈兒子的敵人〉，中篇裏邊有《野騾子》、《師傅越來越幽默》、《三十年前的一次長跑比賽》、《司令的女人》、《藏寶圖》，連著四個中篇都在《收穫》發表了，這中間也寫過一個長篇，叫《紅樹林》，寫現代生活的，寫反腐題材的，這個時候我已經轉業到檢察系統去了，讓我寫個電視劇，出版社對電視劇做了投資，然後出了條件，就是讓莫言將電視劇改成長篇，看起來《紅樹林》

是不太成功的。《豐乳肥臀》之後我好幾年沒出長篇了，後來又聽說很多人又盯上《紅樹林》，往上面告狀，說怎麼不好，我覺得《紅樹林》還是歌頌法制建設，批判腐敗現象，是主旋律啊！

王堯：一些人不相信莫言會寫主旋律的作品。這之後的《檀香刑》是你的又一部重要作品，這部作品在結構、形式和語言上對當代文學創作有很大的啟示，也可以說是部具有標誌性的作品。

莫言：《豐乳肥臀》之後，一九九六年開始就斷斷續續地寫《檀香刑》。關於結構問題，一直沒有想好，拖到一九九九年底、二〇〇〇年初，幾個月的時間把它完成了。解決了幾個問題，第一就是語言的問題，這個時候我已經寫了那麼多的小說了，如果還是用過去那套語言，自己也感覺到沒有意思，突然想起故鄉貓腔戲來，就想在故鄉小戲的基礎上搞出新的變數，一段戲文，一段小說，發現兩塊永遠合不到一塊去，拼起來的這麼一塊東西，索性就打亂這個，完全用一種我認為的民間戲劇語言來寫，特別注意語言的音節、注意到可朗讀性，注意到文字的聲音。當然也有一種批評意見，認為小說實際上是不能朗讀的，不能朗讀的才是好小說，但我認為民間藝術的一個最大特點就是可以口頭傳誦，可以朗讀的、出聲的。

王堯：關於小說寫聲音的問題，李銳也有自己的看法。我印象中，郜元寶兄曾經在文章裏對你們兩位的寫作有批評。我想，單從音本位還是字本位來討論，不能完全說明問題。

莫言：我在《檀香刑》後記裏講的「大踏步的倒退」，實際上是說我試圖用自己的聲音說話，而不再跟著別人的腔調瞎哼哼。當然這也不可能一下子就能與西方的東西決裂，裏面大段的內心獨白，時空的顛倒在中國古典小說裏也是沒有的。在現今，資訊的交流是如此的便捷，你要搞一種純粹的民族文學是不可能的。所謂純粹的民族語言也是不存在的。這個小說結構也不是我的發明，利用了古典小說的小說理論，鳳頭、豬肚、豹尾，我看到很多人批評這是雕蟲小技。用二月河的方式來寫長篇歷史小說，肯定不是我的強項，而且三、四十萬字的篇幅不可能把這個事情講完。用現在這種方式，鳳頭豹尾變成人物的內心獨白，豬肚部分就是把所有的材料都塞進去來證明鳳頭豹尾。這個結構脈絡清晰，操作性很強，很容易寫。這種寫法我得心應手，是我的強項。

王堯：你在《檀香刑》後記裏面講到，你曾經在當時與一個人編過貓腔？

莫言：那是在「文革」後期的一個小戲，是一種革命的話語，把孫丙等人拔高到了共產黨員的地步。

王堯：我聽得出來，你對那種政治指向特別明確的作品是十分反感的。

莫言：我甚至認為作家這個職業應該是超階級的，儘管你在社會當中屬於某個階層，但在寫作時你應該努力做到超階級。你要去努力憐憫所有的人，發現所有人的優點和缺點。中國缺少像托爾斯泰、杜思妥也夫斯基這樣的作家，多半是因為我們沒有憐憫意識和懺悔意識，我們在掩蓋靈魂深處的很多東西。八〇年代的一批年輕作家的自嘲式寫作，敢於自己踐踏自己，當時也讓人覺得痛快淋漓。其實這僅僅是對流行話語一種反動，對權威的一種消極反抗，也可以說是一種高級的無賴。看起來不把自己當人，其實正是用這種方式爭取做人的權利。這種方式是對外的，是憤怒然而不敢正面衝突的變種，看起來是在罵自己，其實是在罵別人。這就像小孩子的自虐，看起來是毀壞自己的皮肉，實際上是在刺激父母的心。這樣的方式與靈魂深處的懺悔完全不是一回事。一種是宗教情結，一種是人生態度。

王堯：《檀香刑》中有很多殘酷的場面，如凌遲，你自己在寫這種場面時是一種什麼樣感覺？

莫言：我寫的時候也覺得過分，甚至有一種要受懲罰的感覺。今後還是應該節制一點。小說中關於凌遲的場面，出版社跟我商量這個地方能否刪去一點，我刪掉了一些，即使這樣，很多讀者還是難以接受。現在批評最多的就是關於凌遲的描寫，有的文章甚至說我是虐待狂，我辯解的理由就是讀者在批評小說時，應該把作家和小說中的人物區別開來。那是劊子手的感覺，不是作家的感覺，當然劊子手的感覺也是我寫的，是我想像的。應該相信一個正常的作家能夠寫出病態的感覺來。我寫一個神經病，不代表我就是神經病，我寫劊子手並不說明我就是劊子手。實際上我們很多文學批評，常常混淆了這種常識。過去就有很多人批評我別的作品，也都是很低層次的批評。

王堯：我對《檀香刑》的評價是比較高的。

莫言：這次寫完以後，我也沒有把握，不知道這次實驗有沒有成功，事實證明總的反映還是好的，得到很多讀者的認可，當然也有很多尖銳的批評，這個也很正常。如果一個小說出來，眾口一詞、眾口稱譽，這未必是件好事，有點意思的東西必然是毀譽參半，有五個人說壞，五個人說好就是一個最佳的狀態。

王堯：好像說壞的人還是少了一點。

莫言：老有人對我說誰寫了一篇罵《檀香刑》的文章，哪個網站上有一篇罵《檀香刑》的文章，我說這個很好，我願意聽到不同的聲音。罵得最徹底的是李建軍，徹底否定，我覺得能被他徹底否定也不錯了，起碼說明他還是看了這本書。起碼他還沒有在政治上給我上綱上線。如果有朝一日，李建軍讚揚我的一篇小說，反而會讓我感到不安了，因為他讚揚過的那些小說，我並不喜歡。

王堯：八〇年代曾經時興過「罵派」批評，劉曉波是代表性的人物。那時，我們已經能夠理性地看待「罵派」批評了。我不想把這種罵派批評和以前的大批判聯繫在一起，因為大批判是一種政治批判。但是，一棍子打死的思維與行為，是應該被清算的，我想應該用清算這個詞。

莫言：但從歷史上來看，「罵派」批評還是在不斷翻新，從劉曉波開始一直發展到李建軍，過兩年總會冒出一、兩個人，罵出個「黑馬」來，亮一槍，漸漸的一大批跟風的上來，過了三、五年大家把這個事忘記的時候，又來一次，依然是有效的。所以很多文學史上的重複，回頭一思考滿有意思的。

王堯：這文壇上沒有過時的手法。歷史有相似之處，但不驚人了。

莫言：我覺得，有這麼幾個人，是一件好事，就像一潭死水裏，有兩條狗魚，會讓所有的魚活躍起來。漁民運送魚苗，死亡率很高，放上兩條狗魚，活躍起來了，魚苗的死亡率就大大降低。所以，文壇需要這種狗魚批評家。但這種狗魚批評家，必須堅持到底，不畏權貴，如果見了什麼書記、主席，也是搖尾討好，滿口諂言，那狗魚就墮落成走狗了。

王堯：所以，我一直覺得應該建設一種良性的文化生態。這可能太理想化了。另外經濟因素對八、九〇年代作家的影響是很大的，現在的長篇小說寫作週期比較短，與市場經濟有關，一些作家似乎把很好的材料輕率地處理了。

莫言：這個現象可能是有的，九〇年代以後文學商品化，作家要為自己的將來做物質準備，想賺點錢養老，這是可以理解的。同時也有一些競爭的心理，不服氣的心理，看到同行們出了一篇反響很好的作品，他按捺不住了，或者說他技癢，也趕緊弄出一篇。我很少聽說小說寫了五年、八年還放在那裏的，多數是沒寫完出版社就盯上了。許多出版人把目光盯在目前比較活躍的中年作家身上。這是好事，但也有不好的一面。對我們來說，小說有市場，當然是好事，可以拿版稅，也可以滿足虛榮心，但確實很少有時間來精心地打磨一部作品。其實，一個作家寫一百部一般化的長篇，不如寫一部優秀的長篇。另外，電腦的普遍使用，技術上的進步也為寫作提供了方便，提高了寫作的速度。以前我打一遍草稿之後改一遍，抄一遍，第三稿弄好了，一部長篇，光抄兩遍半年就過去了。現在在電腦上寫作，改得方便，確實提高了生產率。

王堯：你手上還有未完成的長篇小說？

莫言：《檀香刑》之後，想作一些調整，等一等，看一看。我覺得寫到這個程度，再寫十部一般化的跟過去作品區別不大的東西，還不如不寫作。你要寫，起碼要自己感覺到有點新意，沒有這種嶄新的想法也就不必再寫了。現在長篇有兩部大概都寫了十萬字，在電腦裏放著，一努力三、兩個月就能完成一部了，但是意義不大，寫到十萬字的時候，一點興趣都沒有了。我覺得故事這樣講不對，故事本身很精采，人物形象也很明確，但我覺得敘述的腔調是不對的，不是能讓我千言萬語往外流淌的狀態，找不到那種狀態，每一句都寫得很艱澀，自己都覺得語言是那麼樣的枯燥乏味，沒有文采，所以放一下，再思考一段。

王堯：這意味著你的下一部長篇小說在敘述上肯定會有新突破。

莫言：天知道，鬼知道。這個年頭也沒必要寫那麼多，出版物太多了，我出那麼多幹麼！在有生之年能夠再寫一、兩部自己覺得很好的長篇就可以了，哪怕寫一部好長篇，不要太多，我覺得現在什麼都是過剩的，包括作家的創作也是過剩的。你說我寫這麼多東西，能夠減少一半也好，我現在有八部長篇，我覺得有四部長篇就可以，用寫成八部長篇的精力和素材寫四部長篇；有二十四個中篇，如果能精簡到十二個中篇；有八十個短篇，能精簡四十個短篇，那會很好。甚至可以更少。

王堯：這些作品其實是包括替代的。林建法先生提出長篇小說的文體問題，我覺得很重要。長篇小說的文體問題不能漠視了。

莫言：毫無疑問，好的作家，能夠青史留名的作家肯定都是文體家，我們講現代文學，首先列出來的是魯迅和沈從文，這兩個作家的不朽地位與他們的文體關係巨大。他們的文體差別太大了。一個普通的讀者一讀兩人的作品，也能判斷出這是誰的。魯迅為什麼會用這樣的語言來寫，沈從文為什麼會用那樣的語言來寫，這必須考察作家的全面。他的生活，他的家庭，甚至他的恥辱，他居住的環境，都對語言風格的形成有直接的或間接的影響。語言本身也是一個調子，一開始起調就是一個花腔，高音，那你只能唱歌劇；一開始起的調就是江南的採茶調，那就只能唱採茶戲。但是有文體意識肯定比沒文體意識好得多。比如我們倆都講同一個故事，所有的細節都一樣，對話也一樣，但敘述出來的肯定不一樣。你調動的辭彙，你的語言結構，句子的長短，這些很技術層面的問題會把兩個作家一下子區別開來，而且覺得這兩種東西有高下之分，哪一個可能好一點，哪一個可能差一點，可能有人喜歡這樣，有人喜歡那樣。當然我想還是有高下之分的，這可能就是純粹技術方面的一些東西，純粹語言風格問題。沒有做過這種實驗。

王堯：你也寫了不少散文，大家也在看，我看你的散文文體觀也很特別。

莫言：我們的散文載道的太多，每一篇散文都想講出一種哲理，這種五、六〇年代留下的散文病毒一直延續到現在。每一篇散文最後都要昇華一下，或先有個哲理，然後再找一個故事來圖解。我覺得散文就是怎麼痛快就怎麼寫。

王堯：可以虛構？

莫言：關於散文的真實與虛假的問題。我開始也認為散文必須寫作家的親身經歷，寫確實在生活中遇到讓他感悟很深的一件事。後來我發現不是這麼一回事。包括很多大家的著名的散文。我成為作家以後，發現許多貌似真實的散文虛構的成分太多了。

王堯：沈從文的湘西肯定是有虛構的成分在裏邊。

莫言：肯定有大量的虛構在裏面，基本上是用散文筆法寫的小說。我認為散文可以大膽的虛構，而且我相信百分之九十的作家已經在這樣做了，只是不願意承認而已。哪有那麼多巧事全部被你碰上？我讀《讀者文摘》，發現了一些名家散文的「原版」，從《讀者文摘》上抄了，改頭換面後變成自己的經歷，一看特別感人，其實都是一種閱讀過來的東西。所以我就說索性把散文真實性的定義徹底否定掉。虛構的散文，散文無非是一種文體，並不一定是親身經歷。愛怎麼寫就怎麼寫。

王堯：賈平凹過去認為散文的細節是可以虛構的。

莫言：細節既然可以虛構，那麼還有別的什麼不能虛構呢？比如我想寫一篇福建的散文，細節虛構好了，為了證明真實性，明天買了一張飛機票，去一趟福建回來，難道就成了真的了嗎？有些人批評三毛的散文，說像「荷西」、「撒哈拉沙漠」都是假的，因此說三毛不誠實。我說這有什麼不可以？不是感動了你們很多人嗎？有多少少男少女一時間都迷上了三毛，為三毛落淚，這有什麼不可以？三毛的目的已經達到了，你願意上當是你的事。人家三毛也沒告訴你這是真的，人家也沒說這是我的親身經歷。

5.

超越故鄉

故鄉既是一個空間概念，也是一個時間的概念。只有你離開這個地方，你才會發現這個地方的獨特，發現你的故鄉和別的地方不一樣，發現故鄉的美。

只有拉開距離你才能發現故鄉，拉開時間距離，隔了十年二十年，你再來回憶這個地方，反而更加真切。

莫言：我能不斷地寫作，沒有枯竭之感，農村生活二十年給我打下了堅實的基礎，在那二十年裏，我就是一個地地道道的農民，做夢也沒有想到以後能以寫作為業。在這種情況下體驗的東西與成為作家以後有意識地體驗是大不一樣的。後來當兵入伍，到了北京，上了軍藝、魯院，接觸了西方的小說和理論，這些後來的訓練，起到了發現自我的作用。發現自我從某種意義上說，也就是發現故鄉。

王堯：於是又超越故鄉，超越故鄉才能重返故鄉。我想，你離故鄉最近的時候應當是寫作之中。你的碩士論文題目好像是《超越故鄉》。

莫言：我必須說明，我這個碩士，是有名無實，是混的，與你們這些按部就班製造出來的不能相提並論。《超越故鄉》確是我碩士論文的題目。畢業之後，九一年，正是文學低潮期，我根本不想做什麼論文，北師大童慶炳老師動員我，你還是做吧，對你們這種人也不會像對其他那些學生那麼嚴格，大概有那麼一萬五千字就可以過關。童老師說，這個碩士頭銜，現在的確沒用，但將來沒准有用。於是我就糊弄了一篇。實際上也沒什麼新的發現，也沒有新的觀點，只是把對故鄉的認識、概念梳理了一下；文章中那些引經據典之處，都是童老師給我加上的。我覺得每個人都有自己的故鄉，並不一定都是你的父母之邦，出生長大的地方就應該算故鄉。這個地方有祖先的墳塋，更重要的是要有母親生我時候流的血，故鄉首先應該是「血地」，我出生在這個地方，跟這裏的土地建立了千絲萬縷的聯繫。

王堯：說得太好了，故鄉應該是血地，人與故鄉的關係是血緣關係。像我的孩子，她不是在老家生的，她對故鄉的理解與我完全不同，沒有那種刻骨銘心的感覺。

莫言：上個月我在臺灣做演講的時候，他們給我設定了很多題目，童年與不幸啊、作家與故鄉啊、作家故鄉的真正意義啊，反覆地講。我拿臺灣的幾代作家舉例子。像朱西寧、段彩華、司馬中原，他們這批作家都是一九四七年的時候，隨著國民黨軍隊，撤退到臺灣去的。當他們上個世紀五、六〇年代，拿起筆寫作的時候，他們到達臺灣已經十年、二十多年了，但他們筆下所描寫的全是他們故鄉的風景，全是故鄉的故事。這批作家剛開始創作的時候，我想很可能也嘗試過寫臺灣的事情，他們已經在臺灣生活了將近二十年，占了他們人生的一半，但他們沒有留下寫臺灣的作品，他們的名作都是寫故鄉的，寫對於故鄉的記憶。我聽他們說，寫臺灣沒有感覺，但當他們的筆一寫到故鄉，他們出生長大，留下了童年，留下了母愛，留下很多他少年回憶的地方，立即就得心應手。由於時間和距離，寫起來更加真切，更加歷歷在目。所以我與臺灣作家張大春對談時說：故鄉既是一個空間的概念，也是一個時間的概念。

王堯：不遠離故鄉，沒有時間和空間的概念。離開了，那地方才有了「故」的意義。

莫言：空間的概念也就是說，只有你離開這個地方，你才會發現這個地方的獨特，發現你的故鄉和別的地方不一樣，發現故鄉的美。時間的概念就是說，你只有拉開距離你才能發現故鄉，拉開時間距離，隔了十年二十年，你再來回憶這個地方，反而更加真切。如果沒有空間的距離和時間的延續，你沉浸在其中也就無所謂故鄉了。

王堯：像臺灣這批作家，寫起來的感覺和我們不一樣，他們或許更加真切，更加深切。他有家難還，只能遠望故鄉。能不能回到那個生於斯、長於斯的土地是個未知數，很可能他們此身就難以回去。這就有了「鄉愁」這一文學主題。

莫言：他們是北望家國，熱淚盈眶。他們做夢也沒想到，過了四十多年，兩岸能夠開禁，可以互相探親。剛到臺灣的時候，他們希望有一天能跟隨「國軍」反攻大陸；隨著時間推移，形勢變化，反攻大陸成為一個夢想；回家鄉幾乎成為不可能的事。所以這批作家寫故鄉要比我們這批作家寫故鄉更加有痛感。我們想回去，坐個車兩天、一天就回去了，但他們回不來，他們不是淡淡的鄉愁，是濃濃的鄉愁。

王堯：到了第二代就不一樣了。

莫言：這些作家的第二代，象朱西寧的兩個女兒朱天文、朱天心，她們書的扉頁上都寫著山東臨朐人。但她們寫臨朐的東西不可能像她們父親寫得那樣好，寫臺灣的事情她們才寫得好。儘管有人攻擊她們是外省人，不是本土人，跟臺灣人離心離德，但她們真正的故鄉是臺灣。朱天文、朱天心的故鄉不是臨朐，臨朐是她們父親的故鄉，她們的故鄉是臺灣，是高雄，他們在眷村出生、長大。那裏才是她們的「血地」。張大春父親的故鄉是濟南，但他的故鄉也是臺灣，在那裏出生、在那裏長大，這個地方有他的童年，有他的母愛，有他少年成長時期的經驗。而父輩的故鄉對他們來說只是一個傳說，他們這批人，祖籍是山東、是河南、是江西，但他們自己的故鄉都是臺灣。

王堯：當然，我們也不必把「故鄉」狹隘化，現代人有了精神問題，常常是把鄉村看成自己的「故鄉」。

莫言：只有農村才有故鄉，我覺得這是不對的。像史鐵生是北京人，出生在地壇附近，他的故鄉就是北京，城市實際上也是鄉土；王安憶儘管是在南京出生的，但是在上海長大的，兩歲時候就跟著媽媽到上海去了，所以上海應該是她的故鄉。她父親是福建的，她母親是哪兒的，這些對她都沒有意義，寫上海就是寫她的故鄉。

王堯：《紀實與虛構》是王安憶的一次「尋根」。你第一次寫到「高密東北鄉」是小說〈白狗鞦韆架〉。

莫言：小說的第一句就是：「高密東北鄉原產白色溫馴的大狗，流傳數代之後，再也難見一匹純種。」這是我的小說中第一次出現「高密東北鄉」。

王堯：此後就一發不可收拾。

莫言：過去我感覺沒有什麼東西可寫，在這之後，我感覺到要寫的東西奔湧而來。從一九八四年到一九八七年，我寫出了大約一百萬字的小說。有許多個人的經歷，小說中的不少人物都有原型。我對故鄉感受太深了。我熟悉的就是那個小村莊，如數家珍把村東頭家裏的男主人、女主人一直講到村西頭，每家每戶的人物，活靈活現的七百多口人，每個人我都能叫上名字來，他們有什麼生理特徵，有什麼愛好，說話的腔調、走路的聲音，我閉著眼睛都可以想到。即便過了多少年，突然傳來一聲咳嗽，我一聽，也能辨出這個人咳嗽怎麼這麼像我們村那個大爺咳嗽的聲音。這些都是難以磨滅的印象。

王堯：太熟悉了可能也會限制自己的創作，小說家的想像需要超出故鄉的生活。你自己很快意識到需要擴展故鄉、超越故鄉。

莫言：一個作家哪怕在農村生活三十年、四十年，他的個人經驗畢竟是有限的。這些東西長期的寫總還有面臨枯竭的一天，不可能靠這麼一點點東西支撐一輩子，可以在這些經歷的基礎上擴展、編造。當作家創作技術成熟以後，我想他就具備了擴展故鄉的條件了，這時候可以把一些天南海北的、四面八方的、古今中外的，你認為引起你創作衝動的故事材料，移植到你熟悉的故鄉背景裏來，但是這要靠個人的經驗把這些外來的故事同化，用你的想像力把它變成好像你親身經歷過的一樣，不是在敘述故事，而是在經歷故事。你要我寫製造原子彈，克隆（編按：clone，大陸譯「克隆」，台譯「複製」）一頭黃牛，這種經驗我是沒有的，我在農村生活了二十年，不可能有這樣的經驗，那時也沒有這種克隆技術。假如我來寫，我必須先做案頭工夫，知道克隆是怎麼一回事，然後我要親眼看到克隆過程和克隆出來的東西，最後借助想像力，把它變成我自己的經歷，我寫一個人在克隆黃牛，感覺到應該是我在親手做，儘管用的可能是第二人稱、第三人稱。有了這點本事以後，故鄉就是無邊無垠的，高密東北鄉只是一個方圓幾十里的地方，但它實際上是無邊的，是完全突破地理界限的。

王堯：故鄉是一個開放的概念，而不是畫地為牢。

莫言：我創造了「高密東北鄉」，是為了進入與自己的童年經驗緊密相連的人文地理環境，它是沒有圍牆甚至沒有國界的。我曾經說，如果說「高密東北鄉」是一個文學的王國，那麼我這個開國君王應該不斷地擴展它的疆域。

王堯：《豐乳肥臀》就是一個擴展了的疆域。

莫言：「故鄉」也就是文學意義上的「故鄉」，是文學的地理學。譬如我寫的高密東北鄉，在《紅高粱》時期某些故事還是有原型的。到了《豐乳肥臀》就突破了所謂的「真實」。像小說裏面描寫的一些植被啊！動物啊！沙丘啊！這些東西在真正的高密東北鄉裏是根本不存在的。《豐乳肥臀》的日文翻譯者根據小說畫了很詳細的地圖，到高密去找沙丘，找沼澤，但來了一看，什麼也沒有，只有一塊平地，一個蕭瑟的村莊。我想一個作家能同化別人的生活，能把天南海北的有趣生活納入自己的「故鄉」，就可以持續不斷地寫下去。

王堯：這個擴展是思維空間的擴展。我同意你的看法，在這個意義上，超越故鄉是一個哲學命題。你長期保持這樣一種活力，而且始終能夠提供獨特的新鮮的東西，這樣的作家在近二十年，甚至新文學運動以來也是不多的。由高密這個地方來解讀歷史，我覺得你是做得非常成功的。仔細地把一百年算下來，能夠真正成功通過創作將文學地理成為歷史空間的作家不是很多的，像魯迅筆下的紹興，沈從文筆下的湘西並不是能舉很多的。在尋根文學那段時間，有些作家努力過，但持續時間不長，像李杭育、鄭萬隆等。我覺得文學中的地域、空間，應該超越地理學的意義。

莫言：過獎了，但我自己心中有數，因此不會忘記自己姓什麼。作家大多數都有自己的這麼一塊土地，叫文學王國也好，叫文學共和國也好。每人都有自己的依託，沈從文依託的是湘西，魯迅是紹興，王安憶是上海。王安憶寫蘇北農村也可以，但給她贏來巨大聲譽還是寫上海。我覺得現代的這批作家與五四時期那批作家有點區別。魯迅寫的紹興就是紹興，連人物都能找到原型，像阿Q、閏土，很多是真實的人物。沈從文的湘西呢！也帶有某種地方史地方誌的意義。現在的作家對「故鄉」的理解比五四時期的那批作家有一定程度的超越。我的碩士論文題目就是「超越故鄉」。當然我那所謂的碩士論文基本上是胡言亂語，與規範的論文不能相比，姑且也算是論文吧！一個作家能不能走得更遠，能不能源源不斷地寫出富有新意的作品來，就看他有沒有這種「超越故鄉」的能力。「超越故鄉」的能力實際上也就是同化生活的能力。你能不能把從別人書上看到的，別人嘴裏聽到的，用自己的感情、用自己的想像力給它插上翅膀，就決定了你的創作資源能否得到源源不斷的補充。比如你作為一個作家不可能成為劊子手去殺人，但是能不能設身處地地想像到劊子手的心理，就決定了你的作品的說服力。我記得在軍藝讀書時，福建來的孫紹振先生給我們講：一個作家有沒有潛能，就在於他有沒有同化生活的能力。有很多作家，包括「紅色經典」時期的作家，往往一本書寫完以後就不能再寫了，再寫也是重複。他把自己的生活積累、親身經歷寫完以後，再往下寫就是炒剩飯。頂多把第一部書剩下的邊邊角角再來寫一下。新的生活，眼前火熱的生活，別人的生活很難進入他們的頭腦，進入了也不能被同化，所以儘管搜集了素材一大堆，技術上也沒有問題，譬如他到鋼鐵廠去深入生活三年，熟知了煉鋼的全過程，但寫出來依然不像，因為他沒有把別人的生活同化為自己的生活。現在有許多年輕作家具備同化別人生活的能力，寫什麼像什麼，什麼都可以寫，這是時代的進步。

王堯：當你在創作中、精神上超越了故鄉的時候，再重返故鄉，對故鄉的認識可能就不一樣了。

莫言：重返故鄉，意識到故鄉已經是一個半真半假的東西。八〇年代我寫完〈透明的紅蘿蔔〉、《紅高粱》之後，我們單位有一個搞攝像的，拉我回去拍一個有關我的記錄片。我領他去當年我做小工的地方，也就是〈透明的紅蘿蔔〉所寫的橋洞。我在那裏面待過三個月，給鐵匠當小工，生煤爐子、拉火，有時也幫著敲幾下邊錘。白天在裏邊幹活，夜晚在裏邊睡覺。這個橋洞留給我的印象非常高大，但當我帶著攝像師到了那裏，突然發現，當年在我心目中高大宏偉的橋梁變得那麼低矮，伸手就能摸到橋頂。這時我確實比童年時長高了一點，還可能我長期在外面看高樓大廈，看到宏大的東西多了，回頭再來一比較，就顯小了。我寫〈透明的紅蘿蔔〉時已經二十九歲，這時候我所調動的經驗完全還是童年時候的經驗，是童年的、孩子的視角，或者說我記憶的還是孩子時期的感受和印象。看到那個橋洞感覺完全不對了，由此我想我小說裏描寫的故鄉已經不存在了，已經成為歷史，成為記憶，從這個意義上來講，寫故鄉就是寫記憶。眼前發生的很多事情，熱鬧的集市啊、街上人的吵鬧打架，這些東西很難馬上就進入小說，只有當它們變成記憶的時候才能變成小說。人的記憶能將過去醜陋的事件、悲慘的事件美好化。有這麼一種心理傾向：你記住的往往都是非常美好的事情，你小時候受過的很多屈辱，做過的很多醜事，記憶幫你選擇的時候會努力幫你遺忘，或者說藏在意識的深層，只有當一個作家具備了自我批判的精神時，才能把它們挖掘出來。

王堯：記憶是美好化的，所以故鄉這個地方一分鐘也不想多待，能夠離開這個地方是無比的興奮。中國的青年人，特別是農村青年，大約多數都想逃離自己的故鄉。

莫言：這也不是中國青年的獨特現象。今年春節我和大江健三郎對談的時候，他提到上個世紀五〇年代他們這批日本鄉下的青年人，最大的夢想也是逃離故鄉，要逃到東京去，逃到京都去，逃到城市去，離開他們生活了幾十年的偏僻閉塞的小山村，不管出去做什麼都要逃離。逃離以後，如果拿起筆寫東西，肯定是先寫到那個地方，寫他的故鄉，寫他的童年記憶，像他的成名作《飼育》，就是寫他那個被森林包圍的小山村裏一幫小孩子的事情。

王堯：逃離以後故鄉才成為一個精神居所。

莫言：我想這是大多數作家的出發點，或者說是歸宿。像沈從文、魯迅，都是這樣。沈從文早期也寫了一些風花雪月的東西，但那不是好東西，寫這些玩意兒他永無出頭之日。後來他寫他的湘西，猶如驚鴻照影，一個作家的獨特性表現出來，或者說一個獨特的作家冒出來了。這獨特性代表了一方鄉土，他實際上成了湘西對這個世界的發言人，他就是湘西的代言人，他代表湘西向全中國、全世界昭示：我這個地方是這個樣子，我這個地方的人是這個樣子，我這個地方的人的生活狀態是和別的地方不一樣的。魯迅先生的小說大部分也是寫紹興的，那海邊上的沙地，那碧綠的西瓜，那深藍的天空中的一輪明月，那烏篷船，和如在雲端中縹緲著的戲臺。像美國的托馬斯．沃爾夫就更加直接了，他就更加強調一個作家要寫親身經歷，他不要擴展那個故鄉，所以他的很多人名都是真的，事件都是真的，因此他的《天使望故鄉》發表以後他都不敢回去，回去以後他的鄉親要揍他。

王堯：故鄉的人有沒有從你的小說裏找到自己的影子？

莫言：我寫《紅高粱》的時候也有點像托馬斯．沃爾夫。給小說人物起名字是很麻煩的一件事情，為了寫起來更有現實感，索性先用了真名。小說裏的王文義、大老劉婆子、孫五都確有其人。我當時的想法是把小說寫完以後，再把人名換了，但等小說真寫完了，卻換不掉了。把王文義換成張文義、把孫五換成李五，對讀者也不會有什麼影響，但我覺得換了就不對了。換了就不真了，人物就沒有靈魂了，這不僅是符號的問題了，而是一種本質的問題，所以王文義、孫五等人的名字還是保留著。拍電影的時候，我對張藝謀說，這幾個名字最好改掉，王文義才五十來歲，和我們家還有點親戚關係，我爺爺的姑姑是這個人的祖母，我應該叫這個人表叔吧！這個人也是個傳奇人物。當年我和他在大隊的苗圃裏一起勞動過兩年。他是家裏的小兒子，他的爺爺逼他去上私塾，讀了三年私塾，《百家姓》、《千字文》，哇啦哇啦從頭背到底，一個哏都不打。但是你把單獨一個字抽出來，比如把「人之初，性本善」中的「善」抽出來問他，他就說「我花了好多錢學的，憑什麼告訴你？」實際上他不認識，他就是學了一口唱。他口才極好，講起話來，用雅言來形容那就是「口若懸河，滔滔不絕」，如果用俗言來形容那就是「熱鍋裏炒屁」。「屁」如何炒？我不知道，但老鄉們都這樣說，他懼怕打雷，一打雷嚇得要死，他母親在的時候，就鑽到母親懷裏頭去，一動不敢動。他母親去世後，一下雨一打雷，就渾身顫抖，用被子蒙著頭。有人問他，是不是年輕時候做過虧心事？他也沒幹過什麼壞事，就是對雷電特別恐怖，後來弄得我們一聽見打雷也哆嗦，恐怖啊！關於打雷，農村有很多傳說，雷公要劈人了，火球滾來滾去。我寫過一個中篇小說《球狀閃電》，就是寫這些事的。他後來知道我在小說中用了他的名字，到我家和我父親說，你兒子在外面寫小說，怎麼可以把我寫死呢？我活得好好的。還有，我一輩子就做了那麼件醜事，還給我抖摟出來，實在是不像話。他當八路時，參加過打麻灣的戰鬥，衝鋒過壕溝時，一顆子彈射穿了他的耳朵。他一摸，發現有血，把大槍一扔就往回跑，一邊跑一邊大哭大叫：「連長啊，我沒有頭了呀，沒有頭了呀！」連長一腳踹倒他，罵道：「他媽的，沒有頭，你還會哭啊？你的槍呢？」「槍扔到壕溝裏去了」，連長冒著槍林彈雨，跳到壕溝裏，把那支槍摸上來。當時八路的槍很少啊！丟一支槍了不得啊！繳一支槍是要立功的，丟一支槍是要槍斃的。他說他那時候就怕吃餃子，因為八路一吃餃子，就意味著要打仗了。一吃餃子有些當兵的就開始唉聲嘆氣。有一天晚上要殺豬包餃子了，餃子沒吃他就跑回家了，第二天被五花大綁給押回去了。他到我家發脾氣，我父親說，寫小說嘛！謅書咧咧戲，哪裏有真事？送給他一瓶酒，他也就不說了。《紅高粱》裏還有個殺豬的孫五，就是給鬼子逼著剝人皮那個。有一次，孫五村裏一個姓王的中學教師，在酒席上鼻子不是鼻子、臉不是臉地批評我父親，說孫五家和你們家有什麼過節？你們怎麼能那樣寫人家呢？我父親說，兒大不由爺，他這麼大了，我怎麼去說他啊！再說，他在外邊寫了些什麼我也不知道啊！你們去問他就是了，你讓孫五去找他領導去吧！讓領導批評他，處分他。我聽說這事後，心中也感到很歉疚，一是傷了鄉親們的感情；二是讓我父親替我受人巴數。我浪得虛名後，老家很多人不服氣，說那個莫言有什麼了不起啊！小學沒畢業的人，斗大的字認識不了一籮筐，胡編亂造，誰不會啊！他們說得其實挺對。我家鄉的人，比我有才的比比皆是。

王堯：這也正常，文化人還對號入座，不要說農民了。

莫言：他們對作家這個職業評價並不高，後來就傳說我現在混好了，不當作家，提拔成記者了。

王堯：記者要比作家高一檔，無冕之王。

莫言：記者可以幫老鄉辦很多事情，打打官司。他們認為記者是和鄧小平、黨中央住在一個院子裏的。我回去，就有人問，你現在是不是每天都和鄧小平一個鍋裏摸勺子啊？你經常能夠見到胡耀邦他們吧？我說，很熟，天天在電視上見到。他們認為記者天天見鄧小平，聽說你給鄧小平寫過信啊？我就說，寫過啊！但他沒給我回信。有一次，我們家建房子，我那些堂兄弟都來幫忙，吃飯時，我四叔的三兒子，喝了兩杯酒，紅著臉，氣烘烘地說：「三哥，你有什麼了不起？你那腦子一般化，空心不大。」空心不大，就是說不聰明，滿腦子漿糊，塞得滿滿的。他說：「你腦子裏的空心並不比我們大，你無非是運氣好。」我說你說得很對，我就是運氣好一點。我們家一把茶壺上寫著「天下第一關」，圖案是山海關，「關」字是繁體，我那個堂弟端起茶壺，念道：「天下第一門啊！天下第一門！」我六叔的兒子刺他說：「好好看看，哪是個門？好好看看是不是個門？」他說：「你說不是個門，是什麼？」我六叔的兒子義正詞嚴地說：「天下第一閣！」我一看，說：「老弟們，既不是『天下第一門』，也不是『天下第一閣』好像是『天下第一關』，我看著這圖案的樣子有點像山海關。」他們滿臉通紅，說：「這個造茶壺的，簡直是胡鬧。誰批准他寫繁體字的？」他們還說：「三哥，你有什麼了不起，你腦子沒多少空。上學時，我們作文比你好，就是運氣不好，沒碰上好機會，所以在家當泥瓦匠，蓋房子，你運氣好，就寫小說了。」我說你們也可以寫啊！他們說：「那玩藝，胡謅亂扯，我們不寫，我們要寫就寫元旦社論。」

王堯：回到故鄉，是不是和童年的朋友有一種隔膜？

莫言：隔膜應該是很大的。他們的心理也很複雜，一方面看到你這樣也很羨慕，另外一方面也不服氣。他有什麼了不起啊！小時候的醜事、餿事全給你講出來，小學三年級還尿過褲子，被老師罰站呢！

王堯：我們同齡中有一些人是很聰明的，因為其他原因，機會失去了，沒有發展了。

莫言：是有一些。多數人瞧不起你，八〇年代中期階級鬥爭固然取消了，地主富農摘「帽」了，但貧下中農心裏還是不滿意：你們這些壞蛋怎麼和我們一起看戲？我記得本來大年初一「四類分子」都要掃街的，剛剛摘「帽」的人卻換了嶄新的服裝，騎著自行車到鄰村聽戲去。貧農在那裏咬牙切齒，說什麼狗仗人勢，你們甭抖擻，哪天再把「帽子」給你們戴上。我當兵走的時候，很多貧下中農很生氣，說他們家怎麼能當兵呢？他們家是富裕中農，他大爺爺又是地主，大爺爺的兒子又在臺灣，他怎麼能當兵呢？我到了部隊，他們就寫信到部隊告啊！幸虧新兵連指導員也是富裕中農家庭出身的。指導員給我看信，嚇得我滿身冷汗。指導員說，你好好幹，不要受影響。如果這些信落到另外一個人手裏，報到團裏去就麻煩了。

王堯：所以這麼多年的階級鬥爭，改變了許多人。

莫言：他們這種由自豪感而帶來的失落感啊！持續了很長時間。過了兩年，很多地主的孫子當兵去了，貧下中農更憤怒，「他媽的，是不是改朝換代了？還是共產黨的天下嗎？地主富農的孫子怎麼也當兵了呢？國民黨要反攻大陸他們還不把槍口掉過來打我們？」這幫人心裏很難接受的。地主富農摘帽了，人家也是公民，公民的孫子當然可以當兵。像我這樣當了兵，提了幹，上了大學，成了作家，他們心裏面真是酸溜溜的，見了面以後滿臉尷尬啊！過去整我們的那些人滿臉尷尬，但他們也知道無能為力了，再寫什麼人民來信往上告已經不起作用了。這個時候我父親才從大隊會計這個位置上退下來了，他說你們應該沒有問題了，再有人寫信、告狀，也沒問題了。我說確實沒問題了，我們家沒有殺人放火，也沒有幹任何的壞事，都是老農民，只要我自己在外面不犯錯誤，誰也無奈何了。我父親之所以委曲求全地、義務地當著那個大隊會計，就是為了在大隊部裏可以見到上邊下來調查的人，接到上邊發來調查的信。他是被嚇壞了，文革時，華東師大發函來調查我大哥的情況，大概是為了吸收他入黨吧！村裏一個革委會副主任，就把我叔叔岳父家的情況給填上了。我叔叔岳父家是富農。幸虧被我父親發現，找到了村裏的正頭，那人還算有良心，罵那副主任，說那是他叔叔的社會關係，你給他填上幹什麼？胡鬧。那副主任就紅著臉裝糊塗。這種事很多，每年徵兵時，體檢、目測之後，部隊下來帶兵的，都要到村裏來家訪，哪個人被家訪了，他就十有八九被選中了。這時候，就會有那些奸人，跟當兵的人說這家人的壞話，不是說人家有歷史問題，就是說人家是痲瘋病人的近鄰。當時年輕人找媳婦比較難，甚至有專門給人「戳茬」的，何謂「戳茬」？就是跑到女方家裏，去說男方家的壞話，把這門婚事拆散。

王堯：一個社會發生轉型，就會有許多結構性的變化和衝突。改革開放這麼多年了，現在應該好些了？

莫言：從一九四九年到「文化大革命」，戰爭結束只有十幾年的時間，前邊是炮火連天，土地改革，還鄉團報復，怨怨相報，血流成河，記憶還沒抹去，再加上一浪高過一浪的仇恨教育，政治運動，人跟人之間，是敵對仇恨的關係，所以發生那些事情，是很正常的。改革開放到現在，二十多年過去了，階級鬥爭已經淡化，分田到戶，各家幹各家的活兒，人跟人之間有了距離，八仙過海，各顯其能，人們之間的仇恨也慢慢消解了。

王堯：逐漸工業化以後，隨著經濟的發展，老家會有很多變化。

莫言：原來以糧為綱，別的不敢種。現在農民不願種糧食，種糧食賠錢，種水果、栽桃樹、栽杏樹，植桑養蠶，種蔬菜。

王堯：農業是有危機的。有鄉鎮企業嗎？

莫言：農民實際上是搞不了工業的，第一沒有技術，第二不懂管理。八〇年代初期那批鄉鎮企業，多半是在瞎鬧騰。把大城市淘汰下來設備買回來，利用工廠那些離退休人員，生產一些假冒偽劣的東西，糟蹋好的原料，生產劣質的東西。銀行鼓勵貸款，老百姓當時不敢貸款。八〇年代初期鄉鎮企業脫胎換骨變成現代企業的也有，主要在江浙、廣東，比較發達的沿海地區。內地的那些，多半都成了一堆亂磚頭，一本爛帳，一群貪污犯，工廠垮了，銀行的帳爛了，少數人腰纏萬貫享福去了。

王堯：你爺爺這些人是最後一個老把式了。

莫言：他那種人，說不好聽的是頑固不化，說好聽是獨立人格。

王堯：到了八〇年代，再重分土地的時候，別人佩服你爺爺了。

莫言：我們村的人就說，還是二叔說得對，幾十年前就預見到的，人民公社是兔子尾巴長不了的。

王堯：在大的潮流下，人的命運通常是無法掌握的。

莫言：就當時的認識水平，我們也認為像我爺爺這樣的人是不跟社會、逆歷史潮流而動的。儘管你可以保持一個獨立的人格，可以被人傳誦多少代，但你這一輩子不會有什麼好事找著你，你要接受痛苦的煎熬，物質上的、精神上的。

王堯：在生產方式發生變化以後，現在的高密東北鄉可能沒有什麼傳奇了。

莫言：過幾十年以後，我就變成傳奇故事了。

王堯：現在老家可能已經把你當作傳奇人物了。

莫言：首先我發現多出了很多教過我作文的老師。回老家喝酒，就有人說，你記得嗎？我當年教過你作文的。實際上是沒有的，教過我作文的只有一個張老師。然後多了很多對門的鄰居。他們去趕集，別人說你們那出了個作家？他說就住我們家對門。實際隔了好幾條胡同，有的甚至不是一個村。其實他們心中對我很不以為然的。我父親非常低調，經常提醒我要知道自己姓什麼。我自然知道。

王堯：這可能與文化傳統有關。

莫言：山東是個官本位的地方，山東人受孔孟之道的影響太深，普遍認為，一個人最大的出息是當官，當官越大出息越大。你不當官，搞什麼文化，他們瞧不起你的。我回縣裏，參加宴席，有明顯的感受，沒有別人的時候，縣委書記把我拉到他身邊坐，假如來了一個省裏的處長，我就得到偏席去了。招待所所長就說，委屈你了。我說這有什麼？我最怕的就是和領導坐在一起吃飯。

王堯：傳奇是不斷製造出來的。

莫言：我想很多所謂的傳奇人物也是和大家一樣的人，他們自己沒感到有什麼特別的。像我爺爺、我老爺爺、我們鄰居那些故事，他們都是司空見慣的，這有什麼了不起，日常生活就是這樣的。我們搞了文學了，而且時間又過了那麼多年，我們在講他們的時候，已經在「傳奇」他們了，製造傳奇。明明事情不是這樣的，我們在不知不覺的添油加醋，把他們理想化、傳奇化。

王堯：這和今天媒體製造傳奇還不一樣。

莫言：媒體這種力量來得快，過得也快，媒體針對面是很廣的，鄉村這種傳奇是在一個半封閉的狀態裏進行的。我們眾口相傳的也是高密東北鄉這十幾個村的事情，傳來傳去，是一種縱向的發展，不向外橫溢的。這時候正好出了個寫小說的，有可能把這個東西寫成一個小說，把這個東西向社會擴展去。

王堯：因為有了你的小說，「高密東北鄉」與原先不一樣了。好像大江健三郎也去過高密。去年春節，《南方週末》發了你們的對談。

莫言：是一部分，我們兩個一塊談了起碼有十個小時，整理出來的僅僅是很小的一部分。談話也很少對應，大家呱啦呱啦說一段，翻譯就是提綱挈領的說五、六句話，我講了一大段，他幾句話也就翻過去了。很多東西沒出來。

王堯：當時有沒有做現場錄音？

莫言：當時日本NHK做了一個六十分鐘的節目。大江到我出生長大的老屋去看了看，他推開後窗，看河，河裏邊根本沒水，早成了枯河多少年了。他說以前讀我的小說〈秋水〉，裏面描述河水像馬頭一樣，奔騰而來。他看到這個環境以後，說他可以想像到河水像馬頭一樣奔流而來的情景。從地理面貌、自然風光來講，他的小山村跟我的肯定不一樣。他那兒是群山環抱，被森林包圍的一個小山村，大概有幾十戶人家。我們高密東北鄉是一馬平川，一點起伏都沒有，一眼可以望到地平線。他去的正是最荒涼的時候，田野一片光禿禿的，荒村、炊煙、雞鳴狗叫。田野裏安靜得啊！風颳過去，草葉滾動的聲音都聽得清楚。他說要找一個合適的時間帶我去看看他的故鄉。他得了諾貝爾文學獎以後，日本政府授給他文化勳章，他拒絕接受，村裏的鄉親感到不可理解，說天皇授給你勳章，你怎麼可以不接受呢？

王堯：大江在日本是以左派的形象出現的。

莫言：右派勢力對他攻擊，甚至是人身迫害。他對中國是非常友好的，他是站在非常高的地方對日本軍國主義提出批判的。中國政府應該珍視大江先生的友誼。

王堯：我們在談論故鄉的時候，實際上也在談民間問題。有學者說你是民間之子，我讚嘆。就新文學來看，對「民間」的關注是個傳統。「民間」是個多層次的概念。譬如現在大家都喜歡講「民間立場」，習慣於以「民間」對立「體制」。但是，持「民間立場」是否就能修成正果？對體制的批判，出發點也常常不一樣；「回到民間」也有各種各樣的途徑。趙樹理認為民間文學是正統，我們對他的評價比較高，甚至認為他在五〇、六〇年代的許多作品是反主流的。我認為沒有那麼重的分量。民間問題實際上是個非常複雜的問題。陳思和先生關於「民間」的研究，是個重要的學術成果，但其後的研究者不能僅依據一個概念、一種命題和一種理論來概括一個作家，我認為這常常會把許多很豐富的東西遺漏掉，而且會造成研究者的惰性。

莫言：民間這個問題到現在也沒有真正弄清楚。民間的內涵到底是什麼東西，我看誰也無法概括出來，就像文化一樣。我們現當代的文學作品中，很多好的小說都來源於民間，這樣一來，就有兩種對立，一種是在封建制度下的「宮廷文學」，是為了娛樂皇帝，像李白當時寫那些歌頌楊貴妃的詩歌，就肯定不是民間的。「民間」作為一個特別的口號來提出，還是對我們的某些文化命題和「文革」後的一種被官方所提倡的文學的反撥。這跟一個作家的地位、心態也有關係，如果你自己認為比老百姓高出一頭，你的創作也就失去了民間的性質。假如你是按照一種口號提倡來寫作的話，就要犧牲個人的某些立場，來迎合、來適應，包括我們剛才提到的「紅色經典」。實際上大家都遵循著一種口號在寫作，文學要為政治服務，文學要有階級觀點。在這種創作思想的指導之下，我覺得這些作品就很難賦予它民間的稱謂。但這些作品裏面是不是就沒有民間的因素？很難說。譬如剛才提到的《苦菜花》裏有沒有民間的東西，有沒有民間的觀點，我想還是有的。像梁斌的《紅旗譜》，像孫犁的作品，都是有民間立場的。趙樹理的一些小說實際上是在「延安文藝座談會」之後才寫的，他寫時應該有向「講話」靠攏的主動，但是一旦進入寫作過程中，他就必須調動他的民間知識，調動他的民間生活。到了現在，創作的外部環境大有改善，我不喜歡的東西，你偏要給我一個，不行。我的作品是為了表現我自己的觀點，我不管你是什麼旋律，我就按照我的想法來寫，這就是比較純粹的民間寫作了。

關於民間，存在著許多誤解。譬如我回到了農村，寫農村生活就是民間寫作，王安憶在上海寫《長恨歌》就不是民間寫作？上海也是民間，城市裏市民也是老百姓。像衛慧、棉棉她們的作品價值如何我們姑且不論，但我覺得她們寫的也是一種民間，寫了這麼一幫人，而且也是些小人物，沒有職沒有權，按照他們所熱愛的方式真正地在社會中生活。哪怕他出入的是五星級的飯店，是歐洲風味的酒吧，也是一種民間生存狀態。所以提到民間，我覺得就是根據自己的東西來寫，在詩歌界，我覺得這種對立就更強烈了。在官方辦的刊物上發表的詩都不算民間的？只有在學生社團裏、詩界同仁之間辦的沒有刊號的刊物上發表的才算是民間的？這就太極端了。

王堯：在你看來，回到民間的意義究竟是什麼？

莫言：我覺得它的意義就在於每個作家都該有他人格的覺醒，作家自我個性的覺醒。別人的意見，或者是官方倡導的東西你可以看，好的東西可以吸收，不同意的東西就不要勉強。一個作家為了受到某種嘉獎，來討好某些人某個團體，犧牲自己的東西，當然就不是一種民間寫作。民間寫作，我認為實際上就是一種強調個性化的寫作，誰的寫作張揚鮮明的個性，誰就是真正的民間寫作。

王堯：在談到民間寫作時，我想到另外一種體制內的寫作。六、七〇年代，在農村鄉鎮，甚至在縣城，有一些讀書人、文人，甚至說沒有怎麼讀書的人想搞創作的很多。我小時候有這麼一種想法，想寫小說啊怎麼怎麼樣，我有一個老師就跟潮流寫了一部小說。在文化館弄一點東西出來就覺得是非常高興的事情。整個七〇年代有這樣一個群體，「文革」後期政治上也稍微有一些鬆動。這實際上是一個非常重要的現象。我覺得滿有意思的。從一個群體來講，九〇年代以後就已經基本消失了。

莫言：文化館這批人是集體經濟的產物，很值得研究。這些人的作品在油印刊物上或文化館的櫥窗裏發表，一首快板詩，一篇廣播稿，就使他在鄉村的地位發生變化，這是公有制集體經濟的產物。那時候公社裏面有報導組，縣裏每個單位都有自己的報導員。我當時在棉花加工廠工作，加工廠總共只有二十多個正式工人。棉花收購的旺季大概有兩、三百個臨時工。這麼一個季節性的廠裏居然還養著三個專門寫材料的人，他們拿著最高的工資。一般的人賣命幹十個小時才一塊三毛五，報導員天天悠悠晃晃，每天卻拿一塊四毛錢。他們也寫不了多少東西，就是到每年的十一月份寫年終總結，寫領導講話，不定期出黑板報。這些人在寫總結、講話之餘，也躍躍欲試地投稿，向省裏的報紙投，也向刊物投。用他們的稿子最多的是縣廣播站。縣裏的廣播站每天三次向農村廣播，如果廣播裏把某個人的稿子播了，他就有很大的榮耀了。年終的時候縣委宣傳部開通訊員會議，誰的稿子被廣播站採用的多誰就受表彰，發個鏡框，發個獎盃，發個筆記本，也許還有一點點獎金。這一大批農村秀才就是文革期間的寫作者群體。很多農村文學愛好者，包括發過幾篇稿子的，都是這種出身。要創作首先要有一定文學基礎，起碼要小學畢業，初中高中時閱讀過一定量的文學作品，他們對依靠文學來成名成家、改善自己的地位這樣的程式是了解的。他們也有些閒暇時間。純粹的農民寫作者也有，但不多。農村白天那麼沉重的體力勞動，人民公社時期的農民也不像現在的農民這樣自由，現在的農民，農閒季節，如果不願意出去打工的話，可以整天在家裏玩耍。那時候不行，那時每年三百六十五天，除春節放兩天假以外每天都要出工勞動。不勞動的話，第一不給工分，第二生產隊不給分糧食，你得每天跟著大夥一起去勞動，所以也沒有時間。我當時在棉花加工廠，在批林批孔時也寫過稿子往《大眾日報》投，是批判曾國藩的稿子。我買了一套范文瀾主編的《中國通史簡編》，一共五本，近代史部分只出了上冊，下冊沒出。當時我還沒去棉花加工廠當合同工，手中一分錢也沒有，我母親非常慷慨地給我錢買了這套書，四塊五毛錢哪！當時是一筆大錢。這套書我看得很認真。我看了這套書以後就敢批判曾國藩，真是不知道天高地厚。稿子寫好後，寄給《大眾日報》，然後就天天盼望著發表。如果《大眾日報》發表了我那篇批判曾國藩的稿子，那我的命運就改變了。能在《大眾日報》上發表半版的文章，肯定調到縣委宣傳部了。去不了縣裏，公社報導組也會像寶一樣搶去。當時真是一篇小文章就可以改變命運的。包括部隊裏也是這樣。後來我到軍藝的時候，我們第一批三十五個學員中大概有二十個人是部隊報導員出身的。像有的部隊，獎勵制度是很誘人的。一個戰士，能在軍報或軍區的報紙上連續發表三篇文章，就可以破格提幹。而且是發表一篇文章就給你記一次三等功。到了八〇年代，農村的生產方式發生了很大的變化。人民公社的集體勞動、集體經營變成了一家一戶的獨立生產。人民公社已經不存在了，報導員的數量大大減少了。當然在八〇年代末，一個人能連續發表幾篇小說，也很快會被縣文化館注意到，並被調到裏邊去專職寫作。文革剛結束時，我們縣文化館確實有幾個發表過小說的人，他們每年都要召開全縣文學愛好者培訓班，我們村裏一個小夥子每次都去，每次他去了，他的父親就在村子裏揚言，說我們家的兒子這次去了肯定就成了作家，再也不要下地出力了。但他去了好幾年也沒發表過作品。後來這個小夥子還把他的小說讓我看過，確實寫得不上道，我給他提意見，他基本上不接受。

王堯：這種現象是與生產方式相聯繫的，與所有制、體制聯繫在一起的。

莫言：是農村人民公社體制的產物，也是共產黨的革命傳統。好像蔣介石說過，國民黨其實是被共產黨用筆桿子打敗的。「文革」期間，每個縣都有一個劇團，每個公社都有一個專業的文藝宣傳隊，養了一大批文藝人才，我當時所在的濟南軍區內長山要塞區三十四團京劇團養了幾十個戰士，唱戲的，拉二胡的，有一點文藝特長的都進去了。那個時代輕物質重精神，需要一大批文藝人才，能寫點東西的人就成為寶貝。現在有很多毛筆字寫得好的人，是文化大革命期間寫大字報練出來的，現在很多作家、詩人是「文革」期間在理論組、通訊員隊伍裏待過的。一旦社會生活商品化之後，就存在一個誰養你的問題。九〇年代以後別說是縣一級的劇團垮掉了，省一級的劇團也垮掉了，中央級的劇團，國家級的大的藝術團體也都是今天要解散，明天要承包，一副惶惶不可終日的樣子。

王堯：當時這些人非常的活躍也是與他們的身分有關係的，因為知識分子本身是沒有話語權的，那時的工農兵寫作是很被重視的。那個年代民間文藝也很活躍，當然是為主流意識形態服務的。隨著你的《檀香刑》的出版，民間文學的形式問題再次引起大家的關注，我來之前我們系裏的一個老師，又提出了這個問題。你在你的後記裏也提到了自己大踏步的後退。這裏面有兩個問題我比較感興趣。一個是民間文藝通常是我們這些人最初的文學經驗，後來我們所受的現代教育往往是要把這些經驗摒除掉，甚至是壓抑住。到了一定的時候，我們有許多人往往又會重新回到這樣的原點上來。有時候，不是唐詩也不是宋詞，而是非常普通的民間說唱、文藝形式，甚至是老人講故事等都是我們最初的文學經驗。後來我們到大學裏來受教育，往往是把這部分東西剔除掉，在文學史上也是這樣的，但後來還是回到了原點上去了。

莫言：民間說唱文學，民間口頭文學，對我的影響也滿大。民間口頭文學可以分成兩大類，一大類是關於鬼怪的故事，另一類就是歷史人物英雄傳奇。鬼怪的故事往上一接，就與蒲松齡的《聊齋志異》聯繫起來了。《聊齋志異》裏的很多故事在寫之前就已經在民間流傳了。反過來，《聊齋志異》被很多鄉村知識分子看後再回到民間變成口頭流傳的東西。歷史人物、英雄傳奇，就是我的《紅高粱家族》的源頭。我多次說過，口口相傳的過程就是製造傳奇的過程，人們對身邊的人往往不肯正視，但對先人，卻不吝讚美之詞，敬古人畏先賢啊！

王堯：你是否也會寫像《聊齋志異》這樣的小說？

莫言：我也嘗試寫過類似的短篇，如果要用「聊齋」的方式寫長篇巨著肯定是不行的，但在我的長篇裏也用了鬼神的情節。《豐乳肥臀》中也有，最近修改時刪掉一些，因為它使小說顯得不協調。

6. 域外影響

我覺得所有文學它首先是世界的，是人類的，然後才是民族的。

你這個小說必須能揭示人類的最基本的特性，那麼這才有可能被別人所理解。

王堯：我想換個角度來討論你的創作和新時期文學。應該說，「中國」和「西方」構成了一幅文學地圖，我們不贊成以西方的標準包括以西方的獎項來確認中國文學的成就，但是，觀察西方的反應也是考察中國文學的一個角度。

莫言：我覺得中國新時期文學在海外的介紹和翻譯有個曲折的過程。「文革」以前，主要側重在社會主義陣營的介紹，蘇聯、波蘭、保加利亞、捷克斯洛伐克等東歐國家，還有越南、朝鮮這幾個亞洲的社會主義國家。八〇年代初期，西方的漢學家大多數認為中國當時沒有什麼文學，即便是粉碎「四人幫」以後的文學，還是帶著濃重的為政治服務的痕跡，還不是那種真正意義上的文學。這時候西方的漢學家對中國文學的翻譯實際上是滿足西方想了解中國社會的需要。

王堯：「傷痕文學」在西方的譯介，使西方一些人士重新認識中國的社會主義。一位在美國教書的學者告訴我，西方一些左翼知識分子的轉向與「傷痕文學」有關。這個時期的文學，成為西方認識中國社會的素材，可能還不是作為文學來接受它。

莫言：他們想以文學作品作為一種了解中國當代社會發生變化的媒介。這個時期一批作品被翻譯過去，你不能說這種翻譯不是文學行為，但這個文學行為中包含了很濃重的社會政治的背景。西方漢學家開始對中國的關注，並且承認中國確實有了真正意義上的文學，應該是從八〇年代末，或者從八〇年代中期開始的。

當然這只是我的一孔之見。

王堯：我們自己通常也更看重一九八五年前後開始的文學革命。如何把中文翻譯成外文，中文作家自身比較關心，一些作家甚至認為中國作家不能獲得諾貝爾獎，與翻譯有關。張承志就曾經說，美文不可譯。

莫言：文學的翻譯大概有三種可能性，一個就是一流的翻譯把二流的作品翻譯成一流的作品。比如說一個法國翻譯家法文特別好，把一部中國二流小說翻譯得非常棒，法國讀者看到的自然是法文，他會覺得這個中國作家太棒了。像傅雷翻譯的巴爾扎克、羅曼羅蘭的作品，據說翻譯過來的漢語要比原文好得多。在我們心目中他們兩位是了不起的。我們甚至於可以說他們的語言是非常好的，而據一些法國人說巴爾扎克和羅曼羅蘭的語言在他們同時代的法國作家中並不是一流的。再一種情況是一部一流的作品被一個蹩腳的翻譯者翻譯成了一個二流的甚至三流的作品。最好的情況當然是一流的小說，遇到了一流的翻譯家，那就是天作之合了。越是對本民族語言產生巨大影響的、越有個性的作品，大概越難翻好，除非碰上天才的翻譯家。國外的漢學家，在很長一段時間內，對中國文學的介紹，是主題先行的，是政治第一的。實際上把文學和政治聯繫在一起了，有一些政治性很強但文學性並不強的東西，他也把它翻譯過去了。

王堯：九〇年代情況有些變化。

莫言：九○年代開始，有些了解中國文學的人，不一定是專職的漢學家，開始影響西方的出版社。像我認識的一個義大利人，她就負責向義大利最有名的出版社推薦中國作家的作品。法國也有一些對中國文學比較了解的人，為出版社選擇作品。各國都有漢學家在做這種工作。當然，中國作家同行之間的互相介紹也很重要。外國的漢學家，視野畢竟有限，這種來自中國作家的看法，對他們會產生影響。據說西方人出版小說不是總編輯負責，而是總會計師說了算。他首先考慮這部小說翻譯過來會不會賺錢。賠錢的話肯定不做或慢慢做。當然也不排除個別出版社確實有志於介紹中國文學，大部分出版社首先考慮的還是經濟問題。

王堯：八○年代末，漢學家的眼光就開始關注到你們這一批五○年代中期出生的，當時三十來歲的一些年輕作家的作品。

莫言：經過了八五、八六年新時期文學的黃金時代，西方的漢學家也認識到，中國的一批中青年作家已經大踏步地趕上來了，把過去缺的課基本上補上了，所謂缺的課就是二十多年來對西方文學了解的欠缺。極左的文學思潮，「四人幫」搞的「三突出」文學，這些玩藝基本上被拋棄了。真正的文學已經出現，最早的一些作品，像那批「右派」作家的作品，在歐洲一些國家，在美國，引起了一定的反響。前蘇聯對中國新時期文學的關注是非常偏向的，俄羅斯發生劇變以後，它已經沒有精力來考慮文學問題。那些非常老的翻譯家，關注的基本上是「右派」文學，也就是五〇年代已經成名，作為「重放的鮮花」，在八〇年代開始重新寫作的這批作家，翻譯的多是一批中短篇小說。我覺得俄羅斯對中國新時期文學的介紹幾乎是空白。

王堯：你的作品呢？

莫言：我個人的作品被翻譯應該是在一九八七年的時候。當時北京有一個外文局，有一本雜誌叫《中國文學》，分法文和英文兩個版本，對外介紹在國內引起了比較大的影響的作家的作品。八七年他們就翻譯了我的〈枯河〉等短篇小說。這個外文雜誌翻譯的質量較差，他聘請的專家水平有限，這本刊物在西方影響很小，進入不了西方的讀者圈子。有可能進入西方的某些大學裏，進入了解漢語、想學漢語的人的圈子裏，所以我覺得外文局對外翻譯中國當代文學作品的成績平平。當然他們也有楊憲益、戴乃疊，把《紅樓夢》翻譯成英文，但那是文革前的事情了。

王堯：韓少功也有這樣的感覺。

莫言：這跟五、六〇年代的時候，蘇聯對外介紹自己的作家時所做的巨大努力不能相比。蘇聯政府出錢，請國外最好的翻譯家，翻自己國家的小說，一弄就是幾十種文本。我們國家不大可能做到這一點。但臺灣做得就不錯，他們設立了一些基金，吸引翻譯家來翻譯臺灣作家的作品。

王堯：我們也有很好的翻譯家，他們翻譯的西方文學或者俄羅斯文學多好。可能還是要西方的漢學家來翻譯中國文學，就像我們這裏翻譯英語和其他語種的文學一樣。當然，另外一種可能是，文學翻譯的組織者對中國文學、中國作家的認識也有問題。究竟翻譯哪些作品曾經在很長時間內不是單純的文學問題。

莫言：在八〇年代末，首先和我聯繫的是美國的漢學家葛浩文，這個人是柳亞子的兒子柳無忌的研究生，在臺灣學過很多年的中文，他的太太也是中國人，他的漢語說得甚至比我都好。葛浩文翻譯當代文學功勞確實很大。

王堯：他翻譯了很多的作家，我知道像王安憶、蘇童、劉恒、賈平凹等作家的作品他好像都翻譯過。

莫言：賈平凹的《浮躁》也是他翻譯的，他還翻譯了臺灣很多優秀作家的作品。

王堯：你對葛浩文的翻譯非常讚賞，你在演講中甚至說過，他的譯本為你的原著增添了光彩。

莫言：葛浩文翻譯了大概有四十本中國當代文學。我的小說他翻譯了《天堂蒜薹之歌》、《紅高粱家族》、《酒國》、《豐乳肥臀》四個長篇，還有《師傅越來越幽默》這個中短篇小說集，還零星地翻譯了我的一些短篇小說。他最早和我聯繫是在一九八八年，我當時在魯迅文學院學習，他說要翻譯《天堂蒜薹之歌》。同時法國的一個翻譯家尚德蘭也和我聯繫，也是翻譯《天堂蒜薹之歌》。

王堯：那時你們有版權意識嗎？

莫言：當時我根本沒有版權意識，中國也沒有加入國際版權組織。有人把自己的書翻譯成外文，那是很高興的事情，根本就考慮不到我要拿版稅，沒有版權意識，所以有時候連合同都沒有。法國的尚德蘭把《天堂蒜薹之歌》翻譯成法文在法國南部的一個共產黨的出版社出版了，當時給我簽了一張紙，根本不是合同，就說這本書由她翻譯，條件是書出來以後，請我到法國去轉一圈，然後付給五千法郎的酬金。這在當時應該是很好的條件。書出版後，我去不了，因為當時在部隊，出國手續不好辦，然後這家出版社就倒閉了，他們寄了二十本樣書就算了事，那五千法郎也就泡湯了。早些時候，日本也開始關注我的作品。張藝謀的電影《紅高粱》一出來，我的《紅高粱家族》分上、下冊在日本的德間書店出版，日本方面連作者都沒通知，還是張藝謀從日本帶回一本給我看。那時大多數中國作家意識不到要跟這些人簽合約，要版稅。一九八八年，東京大學的藤井省三翻譯了我的一個中短篇小說集，起了個書名，叫《來自中國鄉村的報告》，這個書首印二千冊很快賣光，然後又印了一千冊，藤井給我來信，很興奮，說這是中國現當代文學繼巴金、魯迅之後在日本賣得最好的一本書。他是這樣說的，是真是假我不知道。日本大使館的一些官員，日本駐上海領事館的官員，給我打電話要這個書，我說你們自己回國去買好了，我上哪兒找？緊接著藤井省三又把〈透明的紅蘿蔔〉、〈懷抱鮮花的女人〉等翻成了日文，出了一本集子。翻得據說也不錯。

本來葛浩文想先翻譯《天堂蒜薹之歌》，看了《紅高粱家族》，他馬上和我商量，說我們還是應該先翻譯《紅高粱家族》，把《天堂蒜薹之歌》作為第二部。一九九三年，《紅高粱家族》在美國的企鵝公司出版，首印是一萬冊，據說讀者反應很好，一些外文的書評，他們給我寄來，我也看不懂，就隨手扔掉了。這本書進入了美國國家圖書俱樂部暢銷書的排行榜，我估計這本書讓出版商賺了錢的。過了兩年，他又把《天堂蒜薹之歌》翻譯出來了，這本賣的可能不如《紅高粱家族》好。同時呢，德文版的，西班牙文版的，義大利文版的，挪威文版的，瑞典文版的，希伯來文版的，荷蘭文版的，都陸續出來了。第三部翻譯的作品就是《酒國》，那是二〇〇〇年出版的，它的英文版剛出，法文版也出來了，法國有一個外國文學獎，就是每年要評一本最好的翻譯小說，就給了《酒國》，這個獎我覺得主要還是獎勵翻譯家的，這個翻譯家名叫杜特萊，翻譯過阿城、蘇童、高行健等人的作品。他現在正在翻譯《豐乳肥臀》。《紅高粱家族》在義大利引起的反響也是很好的，我看他們寄給我的版稅清單已經賣了一萬三千多部了。

王堯：這在西方來說，數位是比較大的。

莫言：而後義大利推出了我的中短篇小說集《養貓專業戶》。日本文的《酒國》，九九年也出版了。

王堯：還是藤井省三翻譯？

莫言：是的。《酒國》在日本的影響主要在知識分子圈裏，一般的讀者看了可能莫名其妙，作家和評論家的評價是比較高的，他們認為這個小說裏面包含了許多現代的東西，是一部非常現代派的小說，絕對不是一部傳統意義的作品。接下來是瑞典文版的《紅高粱家族》出版，翻譯者名叫安娜，《天堂蒜薹之歌》也是她翻譯的。她是萬之的夫人，我二〇〇一年去瑞典時才知道她是我的小說的翻譯者。《十三步》一九九三年在法國出版，翻譯者林雅翎，一個法國人，丈夫是德國人，長期在中國工作，翻譯《十三步》很難，請教了我無數問題，此書出版後也有一些影響，但並不是很大。因為這本書太複雜。法國巴黎大學一個博士生說她用五種顏色的筆做著記號才把這本書看懂。我說我即便用六種顏色的筆做著記號，只怕也讀不懂了。現在我的作品法文版的出版基本上都歸瑟伊出版社，《十三步》之後，是《酒國》、《豐乳肥臀》，還有短篇小說集《鐵孩子》。他們選取了我十八篇用兒童視角寫的短篇，題目叫《鐵孩子》。他們還有意把《天堂蒜薹之歌》和《築路》的平裝本版權從那家法共的出版社買過來，我說你們根本不要買，直接跟我簽約就行了。這個法國共產黨的出版社已經倒閉了，我也沒來法國，他們也沒有付我五千法郎的版稅，違約它在先。瑟伊還想出版《紅高粱家族》的全本，因為ACTER SUD只出版了第一章。這家出版社不那麼「夠哥們」，他們從一九九〇年出版此書，至今沒和我結算過一次版稅。我也懶得去跟他們理論。下次去法國，也許找他們談談。小說集《透明的紅蘿蔔》是菲利普・比基艾出版的，這家出版社同時出版了很多中國作家的作品。法國現在已經出版了我九本書，還有幾本正在翻譯中。

日本已經出版了《來自中國鄉村的報告》、《懷抱鮮花的女人》、《透明的紅蘿蔔》、《紅高粱家族》、《酒國》、《豐乳肥臀》、《幸福時光》，現在正在翻的是《檀香刑》，明年就可出版。另外還有一個短篇小說集《白狗鞦韆架》，估計在明年的三月份也可以出版了。

我的作品進入韓國比較晚，前幾年他們出過《紅高粱》，一個小冊子。今年翻譯出版了《酒國》了，明年出《檀香刑》，《豐乳肥臀》的合同也做好了。韓國對中國新時期文學的譯介起步較晚，最早在那裏造成影響的是余華，《活著》、《許三觀賣血記》，反映很好，影響很大。翻譯我作品的韓國翻譯家名叫樸明愛，是一個博士，漢語很好，用漢語寫過小說，也曾經將韓國很多作家的作品翻譯成了中文。她的先生好像在上海常駐，漢語也不錯。剛開始她叫我莫言先生，看完了《酒國》，她馬上改口，叫我老師，說我不能叫你先生，應該叫你老師，非常謙恭。《酒國》搞得她頭昏腦脹，她說太難翻譯了，翻譯完後，差點崩潰，休養了好幾個月。這是她自己說的，我不知道有沒有誇張。現在她正在翻《檀香刑》，同時為翻譯《豐乳肥臀》做準備。明年應該是出書比較多的一年，下半年《豐乳肥臀》英文版可以出來了，法文版的也可以出來了，今年七月份義大利文版的《豐乳肥臀》出來了。

王堯：日本、法國對中國當代作家的作品有熱烈的反應，義大利怎麼樣？

莫言：在義大利，他們告訴我，《豐乳肥臀》三個月內賣了七千部，那麼厚，價格很貴，相當於人民幣四百元，他們翻譯的是全本。當時我就跟翻譯家說，這麼厚的書在義大利有人要買嗎？他說也許越厚越有人買。它擺在書店裏頭，厚厚的，很招眼，是中國作家的一本書。他說你在義大利還是有點知名度的，沒準還能賣得挺好。三個月裏賣了七千部，出版社很高興，九月份教我去義大利北部的一個小城曼托瓦，參加一個文學節。去了以後發現義大利的讀者很熱情，人家小城市的文化節搞了七、八年，已經有國際性的影響了。完全是民間的，根本沒有一個官員出面。就是一個二十七、八歲的姑娘，帶了一群高中生，一群志願者，搞了那麼大的一個活動。整整一星期，來自全世界各地的作家和遊客，川流不息。小城熱鬧得像過節一樣，飲食業、旅遊業，都跟著大發其財。

王堯：他們已經有比較成熟的文化產業了。我們在體制上、觀點上都有些問題，這方面需要改革的問題不少。

莫言：這期間，文學節廣場附近的飯館都和文學節建立了關係。各國作家來了以後，可以拿著他們贈的券，隨便一家你都可以進去吃飯。當然有一定的限額，一頓飯不超過三十歐元，足夠了。剛開始把我放到飯店裏，我說怎麼辦，到哪兒吃飯？後來一打聽，他們說你可以拿著這個單子，到廣場周圍的任何一家餐館吃飯。去了以後他們果然是很熱情地接待，而且都有些宣傳品掛在飯店裏，特別招待。我第一天不知道，就點了一瓶很好的葡萄酒，吃超了，他也沒跟我再收錢。在中國的大街上你很少碰到一個人找你來簽名，在義大利的大街上，經常碰到認識你的讀者找你簽名，當然也是文學節的特殊的環境所致。

王堯：那他們如何來介紹你和你的作品？我想一定也很有趣。

莫言：我和當地電視臺的一個有名的節目主持人做過一個節目，他們對《豐乳肥臀》的評價讓我有些高興，他們認為上官金童絕對是一個文學畫廊裏的典型人物，他們所看到的西方文學裏面還沒有過這樣的人物形象。他們感覺到這個人物是有象徵意義的，至於象徵了什麼，他問我，我說我也說不清楚，我說你們理解是什麼就是什麼。

王堯：這個書評人能夠體會到上官的象徵性，也不是一個等閒之輩。這很有意思，看來《豐乳肥臀》的知音不少是外國讀者。

莫言：是個非常有名的書評人，影響滿大的。我跟他搞了兩次座談，露天的五百個座位，都坐得滿滿的。我知道這些人主要是來聽他講的。他主要就是講了他讀了這部書的感受，他搞了幾十年節目了，滿頭白髮。那天溫度很高，我穿了T恤衫都流汗，他竟然是西裝革履，打著領帶，我說你幹麼穿得這樣正規？他說跟中國來的作家在一起，我一定要穿得規規正正的，以示尊重。

王堯：在正規場合大致都是穿戴得齊整的。他把和你座談看成一件大事了。

莫言：這就使我意識到西方人確實是很注意禮節的。大江健三郎去年春節到我家去，我給我母親上墳燒紙的時候，他就說你等等，我要換裝，他換了一套西裝，紮了一條金黃色的領帶，頭髮梳得非常整齊，我自己反而是隨隨便便的。

王堯：我們就很少注意到這些細節。

莫言：翻譯說這是日本的禮節，對你是最大的尊重。我母親的墓連墓碑也沒有，在一個桃園，要鑽進去，全是桃樹，桃樹下面一個小土丘，很小。

王堯：大江先生看了一定感慨。

莫言：他看到以後很感慨，說中國一個作家母親的墳墓竟是如此之簡樸，什麼都沒有。

王堯：那個義大利電視節日主持人說了些什麼？

莫言：他主要是談了讀《豐乳肥臀》的感受，他說他感受最深的就是關於戰爭場面的描寫，尤其在第三部之中，寫母親一家跟隨著她的女婿魯立人穿過茫茫的鹽鹼荒原，向東北方向撤退。他的話我這樣來轉述，我都不好意思。他說這一個巨大的撤退場面的描寫，讓他聯想到托爾斯泰的《戰爭與和平》裏的一些場面。所以他說我對你非常尊敬，儘管我年齡比你大。他的表揚讓我很不好意思。當然我自己知道在《豐乳肥臀》裏的戰爭描寫上是花了大力氣的，但與托爾斯泰相比，那就是小小巫見大大巫了。他怎麼說是他的事，我自己心中有數。

王堯：在前面我們也談到這場撤退的描寫，應該說是有點大手筆的意思。這是小說的第二十六章，是這部長篇小說中諸多最精采、最有功力的部分之一。

莫言：《豐乳肥臀》剛出來，一片罵聲，黃子平在香港的一家報紙上發表了一篇大概有兩千字的文章，裏邊提到了《豐乳肥臀》，說別的都可以不看，但戰爭和撤退這一段具有某種經典意味，一定要讀一讀。所以說義大利這個電視節目主持人第一是真看書，第二是真懂小說藝術是怎麼回事，這跟我們國內的許多讀書節目的主持人不一樣，那些人是瞎侃，實際上根本沒看你的書。我們很多讀書節目主持人明天要和你對談了，頂多是頭一天晚上到網上搜索，打上你的名字去看一看有關的一些資料拉倒，他不可能認真地把你的書讀完，能翻翻大概就很不錯了。人家義大利老先生確實是把《豐乳肥臀》看了，而且看得非常認真，人物，細節，連我都記不清了，但他說得頭頭是道。他對小說中的母親這個人物評價很高，認為是一個很好的母親形象，充分表現了人的尊嚴，充分表現了女人在中國封建社會裏所忍受的難以想像的苦難，她在這個苦難當中不是頹廢，而是堅強地活著，排除萬難地活下來。他理解到中華民族之所以能延續千百年就在於有母親這種偉大的力量。

王堯：這是一個懂文學的書評人。如果說到意識形態的原因，其實每個讀者都是有意識形態背景的。究竟是什麼限制了或者扭曲了一些人的閱讀，可以思考。從一個方面來說，還涉及到讀者的文化素養問題。一個外國讀者閱讀中國文學，是「跨文化」的閱讀，一般認為，這種閱讀常常會產生誤讀，比如我們常常誤讀外國文學。我覺得文化素養很重要，高素養會自動消除一些閱讀偏見。

莫言：日本讀者對我的小說的理解也讓我很興奮。我一九九九年去參加《豐乳肥臀》的首發，參加完活動以後，翻譯家吉田富夫教授就把我帶到一個他們經常去的名叫「白樺」的小酒吧喝酒慶賀，酒吧的侍者，一個二十多歲的年輕人，聽說我晚上要去，他就在下午寫了一篇翻譯成中文大概三千多字的文章，談他對《豐乳肥臀》的理解，他也首先談到了上官金童這個人物的象徵意義，我覺得他的很多觀點超出了我的想像。他只是一個調酒的小伙子，但他用這樣很獨特的、連原作者和翻譯家都想不到的角度來解讀小說，由此可見西方國家一般讀者的水準很高，他們的文化教養確實是在那兒擺著的。

王堯：原來我們一直認為西方的批評家、翻譯家，對中國文學認識的偏差是比較明顯的，包括我們認為諾貝爾文學獎的評委對中國文學也存在很大的偏見，應當說這種偏見是存在的，但現在我們不能不看到國外有一批學者、讀者是讀懂了中國文學的，像一些學者和普通讀者對《豐乳肥臀》、《酒國》的理解，就超越了意識形態和文化的差異。它作為一種參照，反襯了我們研究中的局限。這種局限使我們在閱讀、研究中看不到中國當代作家在創作中已經超越了意識形態的限制，超越了現實的拘束，而能在敘述中國中表達某種「世界性因素」。我覺得研究新時期文學，必須看到這個變化，這是一個大的變化。這個變化可以說是世界觀的變化。

莫言：我們這一批作家，作品已經開始超越狹隘的階級觀念。張狂一點說，我們已經站到了一個比較高的角度上，從人的角度來寫作，不像我們前輩的作家一樣是用階級的觀點來寫作，只站在無產階級的立場上，用所謂的無產階級的世界觀、所謂的無產階級的方法來指導寫作。當然我並不是批評我們的前輩作家，如果我在那個年代，我也只能那樣寫。他們即便那樣寫，還被打倒，還被批判，所以說我不是批評他們，只能說我們運氣好碰到了一個允許我們這樣寫的較為寬容的時代。所以我說西方作家能從文學的觀點，而不是從階級的觀點；

用文學的方法來讀，而不是用政治的方法來讀；是從我們的文學裏來讀文學，而不是從我們的文學裏來讀中國的社會政治。

王堯：這是西方漢學家的一次超越，它與你們這批作家的作品具備了這樣的素質有關。你在哥倫比亞大學演講時曾經說，一個有良心有抱負的作家，應該站得更高些，看得更遠些，應該站在人類的立場上來寫作。

莫言：是這樣。而我們的某些批評家，他不是一個平常心，我們的評論家往往不甘心首先作為一個普通的讀者來讀書，然後來發感慨，他一開始就是居高臨下的態度，不把自己當成一個普通的讀者。他讀書是為了寫文章，他沒話也要找話說，他不是因感而發，他是為了發而來找材料。這完全不一樣的，他是一種職業。一般讀者呢！我就是要讀書，我就是個讀者。像日本酒吧裏那個小伙子一樣，讀完這本書，我有感慨，我從讀這本書當中悟到了很多東西，我有很多的感受，那我把它寫下來，正好那個作家來了，讓翻譯家把我對書的理解翻譯給作家聽，看看我理解得對不對。我的回答當然是：很對很對，每個讀者的看法都是對的，因為文學的魅力就在於可以被「誤讀」，沒有「誤讀」就沒有文學。這是我的看法。

在日本的時候我還認識了一個和尚，是日本知立市稱念寺的大和尚。這個和尚平常都是西裝革履，腰裏別著手機，走到哪裏都是揹著一個高級的筆記本電腦。他自己還開了一個幼稚園。晚上在他的佛堂前打了地鋪，我跟他一塊在佛堂前睡覺。他說，你來了，我不跟我太太睡了。佛堂前打地鋪，我、翻譯，都睡那兒。我睡眠不好，但那夜睡得特別好。第二天他召集了許多信徒來，讓他的兩個女兒演奏音樂，演奏的曲子叫《紅蜻蜓》、《故鄉》，他非常理解我，選的很多曲子和我的小說主題暗合。他大門口的黑板上寫了《豐乳肥臀》的一段話，大意是上官金童離開勞改農場踏上回故鄉之路的時候，回頭望了一下他走過的一條灰白的、被野草漸漸遮沒的道路，他就彷佛看到了他的人生歷程。原話記不清，大概就是這個意思。廟裏的和尚出了這麼一段告示，他原本應該寫明天做誰誰誰的法事，卻摘錄了《豐乳肥臀》，許多人圍著看。

和尚和我談了很多，也讓我感受很多。他帶了我去參觀墓地。和尚要管理墓地的。日本每個家庭的墓地是很節約的，一個墓地實際上就是一個石龕，上面一個墓碑，下面一個小門可以拉開，死者的骨灰都倒在裏面，一個家庭就占了一點點地方。爺爺去世以後，爺爺的骨灰倒在裏邊，後代的去世，還是倒在裏面。他拉開墓門讓我看，說這是什麼？其實都是泥土。人死了都要化為泥土。但是他做法事的時候可是一本正經，一邊做法事一邊對著我們點頭示意，那些孝男孝女，一個個在那裏痛哭流涕。他是真正悟到了生死的本質。他帶著我們去逛夜總會，那裏都是中國去的姑娘，成群結隊的，他說讓你知道一下日本的地下生活。我說你作為一個和尚到這種場所是不是有悖教義？他說這看你怎麼理解。他說和尚只有了解人間疾苦，佛教才能夠深入人心。如果我作為一個和尚不知道俗人和凡人各種各樣的欲望、想法，我也無法進行佛教的宣傳。和尚只有體驗了人間的各種事物，我才能知道我的佛教為什麼能夠產生效應，我才能夠知道人在某些關頭最需要什麼東西。他的話充滿了辯證法。他首先生活在紅塵裏邊，人間的榮華富貴，各種各樣的事件都經歷過了，而後才能徹悟。我要出家當和尚了，我首先要知道女人是怎麼回事；我沒過過闊少爺的日子，沒花天酒地過，當了和尚，我會有遺憾。榮華富貴，過過了，就像過眼煙雲一樣飄過去了，他才能獲得一種真正的徹悟。和這個日本和尚短短的兩、三天的交往，讓我知道了很多東西，當然，他也是一個非常好的讀者。

王堯：你在談《豐乳肥臀》時說過這個和尚的觀點，他認為上官金童是中西文化結合後產生出來的怪胎，上官金童對母乳的迷戀，實際上就是對中國文化的迷戀。他還談到如果不徹底揚棄封建文化，中國就不可能真正地實現現代化。這些想法是很有見地的。

莫言：這個和尚讀了大量的書，我提到的日本現代文學史上的一些有名的作家的作品，他都很熟悉。說川端康成哪部小說，他立刻從書架搬下來了，他的知識面，尤其對文學的了解，很廣很廣。

王堯：你可能看重的是和尚對人生的率真態度。

莫言：作為和尚，他的坦率令人吃驚。談論性的問題，談論男女的問題，非常坦率。這個和尚還是一個很好的文化活動組織者。我和翻譯一塊去東京了，他發來了回程的安排，事無巨細，連每頓飯的食譜都定好了。他讓一個信徒，從北海道運來了大米，拿來了銀杏，銀杏蒸米飯，而後教我在廟門口栽一棵銀杏樹。他的女兒演奏什麼音樂，選什麼曲子，都在計畫書裏寫了。我們晚上睡在什麼地方，讓我題什麼詞，題完詞後參觀什麼地方，都準備得有條不紊。他把書店的老闆請來，讓我給書店題名。他家門口有一個點心鋪，師傅是他的信徒。他讓點心鋪的師傅設計一種「莫言饅頭」，先做出三種饅頭樣品讓我來品嚐。都很甜，花花綠綠的。我就說回去再說吧！其實三種我都不太滿意，都太甜，都太漂亮。我想「莫言饅頭」應該是一種古樸的顏色，看起來比較樸素。到二〇〇〇年的春節，大年三十了，他帶著饅頭店的老闆來了北京，把新試製的饅頭樣品帶來，讓我選定一種。有一種焦黃色的，我說這個像小麥的顏色，就是這一種了，就定型了。他們回去以後就和出版社達成一個協定，買一套上、下冊的《豐乳肥臀》，就贈送一盒「莫言饅頭」，買饅頭的錢大概都是和尚出的。他是想用這種方式來擴大中國文學在日本的影響，想讓更多的人了解《豐乳肥臀》這本書。後來又來過兩、三次，他說要學中文，為著跟我交流。二〇〇一年來的時候，一般簡單的對話能跟我說了，希望我能到他的廟裏去寫作，去住半年的時間。我說以後再說吧！去了以後也很麻煩的，不懂語言，無法交流，那是很痛苦的。

王堯：這種方式超出我們的想像。你上次到「小說家講壇」演講，我們就沒有想到把講壇活動與文化產業聯繫在一起，如果讓哪家設計一種「莫言饅頭」、「莫言蛋糕」什麼的，倒也別開生面。我們還是死腦筋。

莫言：這種事鬧著玩玩可以，真要認真起來那也麻煩。我覺得日本學者有一種特別認真的態度，為了一個小問題他可以飛越大海，不遠千里地來問你，為了搞清楚一個東西，他會坐上火車，十幾個小時跑到高密東北鄉去看。藤井省三翻譯《酒國》時，為了其中描寫的一種豆蟲，專門跑到高密縣去。我說我忙我沒空，他就自己去了，先到山東大學，然後從濟南坐火車到高密。我跟我大哥說好了讓他們接待他。吉田富夫教授也很認真，他的中文說得太好了，一點口音都沒有。翻譯《豐乳肥臀》時，他要了解小說中所寫的「過堂」是什麼——農村廂房裏面，最頭上一間和大門連接的是「過堂」——他也搞不清掏灰耙是什麼。他一定要去看看我描寫的沙丘，桑樹林。我說掏灰耙也許還可以看到，但沙丘沒有，桑樹林也沒有。我說小說裏描寫的東西很多你是找不到的，小說裏描寫的沙丘、蘆葦蕩、草甸子就是那種小草原，都沒有。那種大磨房，現在也沒有了。實際上大磨房就是我虛構的一個東西。他說那我還是要去看看。掏灰耙我們家還有一個，看到了。其他的什麼都沒看到。他跑了一趟高密，就看到了一個掏灰耙。那天特別冷，一到我們村裏，人們看到吉田胖胖小小的，戴著一頂帶耳簷的帽子，都憋不住地笑。我聽到一個小伙子悄悄地說：「鬼子真的進村了。」

吉田富夫先生翻譯《豐乳肥臀》，有特別的優勢。他說，你這部《豐乳肥臀》我看了以後，特別親切。小說裏寫的鐵匠世家，與一般的鐵匠家不一樣。一般的鐵匠家都是丈夫掌鉗，兒子打錘的。但你這個小說裏是婆婆掌鉗，丈夫打錘。他說他家也是鐵匠，他父親掄大錘，他母親是掌鉗。這在日本鄉村也很少見。上官金童的奶奶光著膀子打鐵，一下子讓他想起他們家當年打鐵的情景來了。他小時候是個小鐵匠，那種打鐵的感覺就一下子找到了。找到了打鐵的感覺，《豐乳肥臀》的翻譯當然就差不了。他一看《檀香刑》，又要翻譯，我說翻譯《檀香刑》難度在於戲文的部分和戲的感覺無法轉換。他說已經想了一個辦法，他了解一種日本民間的小戲，他把日本民間小戲和我《檀香刑》裏的貓腔相對應，把戲的感覺傳達過去。我說這個非常好，我一定讓你翻譯。

王堯：日本和中國一衣帶水，文化上有很深的淵源。明治維新以後，日本對中國的影響加大了。中國新文學的發生，與日本文化有些關係。魯迅兄弟、郭沫若、郁達夫等都是留日的。而且很有意思，留日的作家中，有左翼傾向的很多，留學英美的，自由主義傾向的作家則多些。

莫言：日本和中國文化有很深的歷史淵源。去日本，跟去歐美感覺不一樣的。舉目可見漢字，文化上有一種血緣關係。另外，畢竟都是亞洲嘛！感覺上比較親切。我覺得日本翻譯界、出版界和日本讀者還是有胸懷的。像我的《紅高粱》，他們絲毫也不認為是揭了他們老祖宗的瘡疤，他們把它當作文學作品來看，他肯定不是想通過我的小說來了解日軍侵華的歷史。和日本的下層老百姓接觸以後，一個非常深切的感覺，就是幾十年前在中國燒殺姦淫的那些鬼子，跟他們後代很難對上號。我一貫堅持的觀點，就是在一種特殊的環境下，無論多麼善良的人都會發生人性的變異。戰爭是人類歷史上最不正常的一種環境，在這個環境裏邊，你如果是作為一個正常人，很難生存。正常人是不應該殺人的，但是在戰爭這種環境裏面，就是要鼓勵你殺人，殺人越多越是英雄好漢，如果怕死，不敢殺人，那你就是懦夫，就是怕死鬼，會變成被譴責的物件，甚至被當作叛徒槍斃。戰爭就是要喚起人類最殘忍、最殘暴的一面，而把最人性的那一面給你壓抑住。

王堯：既有人性被壓抑的一面，也有獸行爆發的一面。人有獸性的一面。侵華日軍當然也是日本軍國主義的犧牲品，更大的犧牲是被侵略國家的人民承受的。小時候聽我奶奶講日本鬼子飛機轟炸的恐怖，現在想來都緊張。戰後懺悔的日本人是有的，這些人後來也促進了中日友好。當年，孫犁的小說選擇了一種不同於《呂梁英雄傳》的方式，孫犁寫出了戰爭中的人性之美。你從《紅高粱》開始，打破了過去戰爭小說的模式化寫作，你寫出了人的複雜性，戰爭小說因此有了大的變化。

莫言：我想在當年的中國戰場上、東南亞的戰場上，那些殺人不眨眼的日軍，實際上是一些被異化的、在戰爭的大環境下變成了野獸的這樣一批人。如果這批人回到了正常的生活環境，那麼他們很可能要懺悔他們過去的罪行。

王堯：從你和其他新時期作家作品的翻譯情況來看，中國文學與西方文學的互動增強了。在這個過程中，中國當代文學對西方文學、西方讀者的影響是可以期待的。我在訪問余華時，他也說到，新時期這批作家跟國外同年齡層次作家相比，是勝於他們的。

莫言：我們通常說中國作家受了西方作家的影響，那我的理想就是經過真正的平等交流後，外國作家影響了我們，我們也影響了外國作家。我希望過了十年、二十年以後，外國的作家說，我的小說是受了中國的莫言或者王安憶，或者蘇童的或者余華的影響。假以時日，這種情況我想是會出現的。現在不管怎麼說，這麼多的書已經被翻譯出去，我們還是有讀者的。《豐乳肥臀》在義大利三個月賣了七千冊，那肯定就是有七千個讀者了。這些讀者裏假如有一個是寫作的人，那麼他讀了這個書，這裏邊的有些東西就會對他產生潛移默化的影響。我們將來能不能出現像馬奎斯那樣、或者像卡夫卡那樣、或者像福克納那樣具有世界影響的大作家，為一代又一代的外國讀者所讚賞是問題的關鍵所在。因為一個時代一個國家能夠出現一、兩個大作家已經不容易了，大多數的作家還是一般性的作家，像過眼煙雲一樣過去了，文學史上也許有一點點記錄，專門研究文學史的人可能知道，而要產生那種世界性的廣泛影響，深入到千家萬戶，太難太難了。我們這茬作家，很可能都是鋪墊，都是過場人物。西方的讀者，文化素養比較高，閱讀的面也比較廣，這是出現大作家的基礎。但對中國來說，中國農村有這樣一個龐大的不閱讀的群體，閱讀的人群基本上局限在城市，按說中國有十三億人口，好像有龐大的潛在的讀者群，但是你一分析，發現這讀者群並不是特別大，有八億農民基本上不讀文學，城市裏邊真正接觸文學的也不太多。

王堯：在談到相互影響的時候，我們需要說到從魯迅先生就開始說的話題，「民族」與「世界」的關係。以前一直說，文學越是民族的，越是世界的。你如何看？

莫言：我們過去一直認為，文學越是民族的，就越是世界的，彷彿講了一句非常辯證的話。過了多少年以後，回過頭來看，這句話也未必完全對。越是民族的越是世界的這一觀點，很容易把作家或者其他行當的藝術家誤導到追求一種奇怪的民風民俗上去，沒有這樣的民風民俗，就偽造。我覺得所有文學它首先是世界的，是人類的，然後才是民族的。你這個小說必須能夠揭示人類普遍認可的一種感情，能夠揭示人類的最基本的特性，那麼這才有可能被別人所理解。如果我們了解原始部落那種不被外界理解的奇風異俗，這種東西有人類學的價值，有動物學的價值，但並不具備文學的價值。所以我覺得比較準確的說法是，文學或者是其他藝術，首先應該是人類的，首先應該是全人類的，能夠被全人類所接受，然後才有可能走向世界。應該具備這種普遍素質，在這個前提之下，把民族特色的東西融合進去。這包括我們的語言，我們所描寫的日常生活，我們處理某些感情的獨特方式，但前提必須是你所寫的東西應該是全人類都能夠理解的。我們所讀的西方作品，能打動我們的也就是最普遍的那部分。像《戰爭與和平》、《靜靜的頓河》，馬奎斯的《百年孤寂》，福克納的《喧嘩與騷動》，我覺得他們儘管描寫的民風民俗跟我們不一樣，俄羅斯的那種方式，拉美的一些方式，美國南方的一些獨特的東西，但基本的內核還是人類普遍的東西，也就是說當他們小說裏的人物痛苦的時候，我們也會感受到痛苦，當他們歡樂的時候，我們也感覺到一種愉悅，有了這個內核，我想我們才能夠接受。過分強調越是民族的就越是世界的，這句話本身不太符合辯證法的，強調過分就會走向反面。現在在我們的小說裏面情況可能好一點，在電影裏邊，在美術裏邊，在其他的藝術門類方面，這種越是民族的就越是世界的觀點，已經毒害了一批人。

王堯：有一些批評家批評過張藝謀的電影。

莫言：張藝謀的電影，《紅高粱》表現得還並不過分，他越往後面走呢！就越過分，已經明顯看出了某些民俗的非真實性。在視覺上，當然會造成一些強烈的刺激，但是越來越破壞真實性的原則。很多我們美術方面的作品呀！某些影視作品呀！誤導了西方的很多觀眾，長此以往呢！西方觀眾也就不買帳了。我在寫《檀香刑》的時候，在後記裏講，大踏步地向民間撤退，我覺得這個撤退主要還是在語言方面，主要還是要向民間語言學習，是對那種翻譯腔調的反動。翻譯腔調你也不能說它就不是漢語，實際上也是漢語的一種獨特的文體。但是現在大批作家對這種翻譯文體入迷，這是沒有辦法的，越是缺少底層生活經驗，越是缺少對下層老百姓生活體驗的，越是缺少個性化感受的人，越容易變成這種翻譯腔調的模仿者，因為它太容易模仿了。

王堯：好的外國文學翻譯家對漢語的發展也是有貢獻的，比如像傅雷對法國文學的翻譯。翻譯腔是現代漢語的一種「變體」，一個翻譯家他個人的語言素養，他使用母語寫作的能力，都影響了他的翻譯文本。以前我們常常批評歐化的語言，現在一些先鋒作家走得更遠，用翻譯腔寫作顯示了他們對自己母語的隔膜。我不贊成把這種寫作看成什麼語言探索。能夠在漢語中出生入死，讓漢語出神入化的寫作才是語言探索。

莫言：沒有入死出生，大概就不會有出神入化。其實我覺得這些作家用翻譯腔寫作，便於掩蓋他生活的貧乏，便於掩蓋他缺少個體性的體驗，或者說缺少個體性想像的能力。所以我覺得所謂的先鋒作品的最大的問題，就是缺少原創性，缺少獨創性，缺少具有鮮明的個性的東西。

王堯：你是很快就擺脫了模仿痕跡的作家，你有語言天賦。如果沒有你自己的語言和文體，就不可能有文學的「高密東北鄉」，你的超越故鄉，實際上包括語言的超越。但你沒有把自己的語言感覺凝固化，《檀香刑》和《豐乳肥臀》是不一樣的。

莫言：早期的一些作品裏，還是有這種痕跡。我對語言的探索，從一開始創作就比較關注，因為我覺得考量一個作家最終是不是一個真正的作家，一個鮮明的標誌就是他有沒有形成自己獨特的文體，而且我又覺得如果過早地讓自己的語言風格定型的話，那麼這個作家實際上也就沒有發展了，就終結了他的藝術生命，應該是一個不斷發展變化的過程。我寫過一篇文章，題目就是〈我抗拒成熟〉，我很怕自己被別人評價為一個非常成熟的小說家，已經形成了鮮明的風格。只有在不斷的探索當中，包括語言的探索，小說其他的一些技術層面上的探索，才能時刻處在具有創造精神的狀態，一旦很成熟的話，立刻變成一個很熟練的工匠，進行一種非常熟練的操作，變化的只是故事，其他的全是一種技術性的平面推進。

王堯：比較早的時候，我有一個鄰居，是外文系的教授，在一次聊天時，他就說我們讀的外國文學，實際上是一種翻譯文學，當時我很有感觸。這幾年大家又在談這個話題。

莫言：去年在大連的一個會議上陳思和教授提出過，這種翻譯語言算不算是漢語的一個部分。應該也算吧！受了西方小說家影響的是翻譯家，他們看了人家的原文以後，千方百計地想找到一種類似原文的腔調，在漢語當中找到一種可以和它原來的語言對應的風格，找來找去也受到了翻譯家自身的漢語素養的影響，結果很多翻譯小說都很像，他們之間也是在互相影響，翻譯家影響翻譯家。我們這些不懂外文的寫作者，就是把翻譯家的語言當作西方的語言來模仿，實際上隔了很遠。我們寫出來的小說在西方漢學家那兒，他是分不出來的。比如說我讀了李文俊、陶潔翻譯的福克納的小說，我的語言中有了李文俊、陶潔風格，當然也會殘留一些福克納原文的風韻，西方的翻譯家來讀我的小說，他根本感覺不到我是從福克納那邊過來的，因為中間已經倒了一手，他再把我的小說翻回去，肯定跟福克納的原文相去甚遠。即便是把李文俊、陶潔翻譯的福克納小說就當作中國小說翻譯回去，也肯定和福克納不是一回事了。

王堯：其實我們也無法了解美國或者是法國人翻譯你的小說，距離你的語言風格有多遠或者用非母語有無可能傳達你的語言風格？其實我們也不清楚。這就像你所說的，一般的讀者並不知道英語的福克納是什麼樣子。

莫言：他們究竟翻譯成什麼樣子，我也無法了解，只能是人云亦云。對大多數中國作家來說，在作品被翻譯的問題上只能撞大運。前輩作家中和新進作家中，如果有精通外語的不在此論。像德國的鈞特．葛拉斯，他的一部新作出版，他就跟出版商提個要求，你出錢，把全世界各個國家的翻譯家請到德國來，開發布會，讓他們每個人提出他們讀了我的新作的問題，我來統一的解答，大家都按照我最權威的解釋來翻譯。那麼他有一個前提是他能用英語來和翻譯家對話，或者翻譯家可以用德語來和他對話。我們就不具備這樣優越的條件，我們任何一個作家都沒到這個分上，要求出版社出錢來開這麼一個國際會議。即便出版社出錢，也未必有人願意來。

王堯：這對他的作品翻譯有一些幫助，但恐怕只能解決一些技術層面上的問題，就是對小說裏的某一句話，某一件事情，作些解釋。我想，小說語言的精妙之處，還是要看每一個翻譯家本身的素養，母語和非母語的素養。比如說，我們如何教外國學者翻譯「床前明月光，疑是地上霜」？

莫言：我們現在可以把握一點，就是一個中國人去了法國，去了美國，你自己也認為他的英語和法語很好了，但讓他來翻譯你的作品，將你的作品譯成英文或是法文，你還是不願意。你還是應該找一個英語或者法語是他的母語的翻譯家，哪怕是中文次一點，這樣你的作品翻譯成外文以後還是有保證的，因為西方讀者讀到的是法語、英語，不是中文。一個人，他在美國待了二十年、三十年，自己認為他的英語已經非常好了，但英語不是他的母語，他可以看懂，他也可以用英文寫作，但是很難寫出有獨特風格的英文來，他大概也難以體會到語言背後的東西。但據說從東北去了美國的哈金，就寫出來很有風格的英文，但究竟如何，不得而知。也有人說林語堂、辜鴻銘都可以用有自己風格的外文寫作，也許是真的。

王堯：你的外文版小說不知譯得如何？

莫言：我現在知道我的小說英文版是譯得不錯的。因為葛浩文在美國是公認的漢學權威，沒有人像他這麼多地翻譯了中國的文學。至於讀者的反應嘛！香港理工大學的劉紹銘教授對我說過：你怎麼碰到葛浩文的？他是最好的。英文版《紅高粱家族》一出版，他就撰文讚賞，說葛浩文的翻譯和莫言的原文，是旗鼓相當，《紅高粱家族》英譯本的出版，是英譯漢語小說的一大盛事。

王堯：劉教授後來到了嶺南學院，我在文學院工作時，聘了他做我們學校的兼職教授。劉教授是臺灣大學外文系畢業的，英語非常好。余光中、白先勇、李歐梵、王德威他們幾個都是台大外文系畢業的。

莫言：我們以前很多作家的書被西方翻譯實際上並沒有進入它的真正的圖書商業渠道，大都是研究機構的翻譯，大學的出版社呀！研究性的文藝社團啦！有的甚至只印那麼三、五百本。譬如日本那本《中國當代文學》，就是一些漢學家和漢學愛好者辦的同仁刊物，它一期期地出，翻譯過很多中國作家，但每期也就印那麼三百本、五百本，在圈子裏很有影響，但並沒有進入圖書市場，一般日本讀者也根本不知道有這麼一本刊物。《紅高粱家族》它一開始就是作為一種商業的運作，由西方大的出版社出版，進入了西方俱樂部的暢銷書榜，它是作為一本一般的圖書，不是作為一種研究的圖書，面對著最普通的大眾的讀者推出來，所以這也是劉紹銘把它作為盛事的一個主要的原因。

日文呢！我知道翻譯都是不錯的，因為書出版後的反響還是很強烈的。有人說藤井省三是學院式的翻譯，吉田富夫是鄉土式的翻譯。藤井省三和吉田富夫應該是日本漢學界的兩座重鎮，一個在東京，一個在京都，關東、關西，遙相呼應，他們成為我的作品的譯者，說明我的運氣真的很好。藤井的《酒國》譯得很好。吉田來自一個小山村，對農村生活非常了解，用一些關西地區的方言土語，對應我的高密土語。《豐乳肥臀》也是翻譯得非常不錯的，因為有很多普通的讀者，像和尚啊！像酒店的老闆啊！讀了以後，感受很好。我的法語譯者杜特萊先生，他在法國漢學界也是一個權威，聲望日隆，他翻譯了高行健、蘇童、阿城等人。他是夫妻兩個聯手作業，他的中文好一些，他妻子的法文好，有人說他們是技術專家，他不放過任何一個細節，不含糊其詞，所以很多非常具體的問題，他必須要搞清楚，他絕對要求忠實於原著，能不能把原來語言的風格譯過去，現在我也很難確定，但是根據法國讀者對《酒國》的反映來看，他做到了這一點。另外一個譯者就是尚德蘭女士，任教於巴黎第七大學，翻譯過北島等人的詩歌。她早在八〇年代中期就開始翻譯我的小說，《天堂蒜薹之歌》、《築路》都出自她的譯筆。她正在翻譯我的《鐵孩子》和《檀香刑》。據說尚德蘭女士的文筆有尤瑟納爾之風，那可真就了不得了。

王堯：我想這些西方的漢學家在閱讀、翻譯、研究你的作品時，他們有沒有注意你的作品是否受他們哪個國別哪個作家的影響，他們有沒有提出這樣的問題？

莫言：很少有人提出過這樣的問題，他們大概也找不出這個痕跡來。

王堯：這很有意思。我們這裏的批評家習慣這樣思考問題，所以李銳反對別人說「中國的卡夫卡」、「中國的福克納」這樣的說法。

莫言：一九八七年的時候我就在《世界文學》發表了一篇隨筆，叫〈兩座灼熱的高爐〉，專門談中國作家受外國作家影響的問題。我說馬奎斯、福克納都很好，但絕對是兩座灼熱的高爐，我們必須離得遠一點，我們是冰塊，離得近會融化掉，而且我們也不要試圖去超越一些東西，像那些文學史上的大作家都是一座座不可超越的山峰，你只能在旁邊另立山頭；遠離山頭，另立山頭。

王堯：我又想問剛才談到的版稅問題，外國的學者翻譯你的書，他這個版稅怎麼算？

莫言：因為在八〇年代的時候，我前面也講過，根本就沒有版稅意識。第一，中國沒有加入國際版權組織，我們翻譯人家西方作家的書根本不跟人家打招呼，西方翻譯我們的書也不可能有版稅，第二，當時中國當代文學只要能譯到西方去，就是一個很大的光榮，大家也不去爭什麼版稅。慢慢地，中國加入了國際版權組織，中國文學在西方也慢慢地有了一些市場，版稅意識也慢慢覺醒，這才好談版稅問題。我是和葛浩文的版稅連在一塊的，各拿百分之五十，就是說翻出這個作品來，各拿百分之五十。後來很多作家認為這樣是不合理的。翻譯家的版稅你跟出版社另外立一個合同，而後我單獨和出版社一個合同。但我跟葛浩文不談錢的問題，我覺得我們第一不應該為了一點點版稅的爭奪就輕易放掉一個好的翻譯家；第二我這人不忘舊交，藝術第一，金錢第二，這是我的原則。

王堯：截至到目前為止，你在國外出版了多少本外文譯本？

莫言：已經出版的有四十多種，正在翻譯當中很快就可以出版的有十幾種。

王堯：回顧一下，有這麼多小說被譯成不同的外文，也真是不容易。考察這樣一種情況，實際上也就是考察中國文學的輸出問題。一種文學，或者一種文化，如果不能輸出，我在臺灣時，看到那裏也出版了不少你的繁體版的小說。新時期很多重要作家，有書在臺灣出版。九〇年代初期，我認識的一個朋友，在業強出版社當總編的陳信元做了很多介紹工作。

莫言：臺灣在蔣經國統治時代是一黨專政，對文學的封鎖也是很厲害的，當時一提到毛字都要回避，朱字也不能提，而且涉及到共、紅這些字都是大忌。魯迅的書都是禁書，魯迅的書實際上就是國民黨在大陸執政的時候寫的嗎！經過了他們的新聞檢查官的檢查了，到了臺灣還是禁書。

王堯：我聽陳映真先生說，連沈從文的書都被禁。

莫言：新時期文學最早在臺灣造成影響的是阿城的「三王」，然後就是柏楊主編了一套《新時期文學大系》，林白出版社出的，新地出版社出的，其中也出了我一本《透明的紅蘿蔔》。後來香港的西西這個非常有遠見的作家，就開始陸續地把大陸的作品往臺灣介紹，我們這一批人的作品開始過去。我的小說最早是在洪範書店出版，這是家同人書店，有四十年的歷史，瘂弦、楊牧等人共同創建了這個書店，老闆葉步榮先生，是一忠厚長者，在臺灣出版界威望很高。這個書店始終是不隨流俗的，去年他們還在用鉛字排版，拒絕使用電腦。我最早的書就是在那兒出版的，先是《紅高粱》、《爆炸》，然後他們就陸續出版了《紅高粱家族》、《天堂蒜薹之歌》、《十三步》、《酒國》、《豐乳肥臀》，《懷抱鮮花的女人》、《夢境與雜種》。我和洪範書店建立了非常密切的聯繫，後來我產生懷疑，我老是給它作品，是否會給它壓力？我沒好意思問葉老闆。別的出版社呢！因為我是洪範的作者，他們也不敢過來約我的稿。一直到王德威編一套文學大系，其中非要編我一本，我說懶得編書，後來就是缺我一本。王德威和陳雨航來北京請我吃飯，王德威說，你還是編一本吧！我就編了一部《紅耳朵》，內收四個中篇，給了麥田出版社，然後就在那裏連續出版了《食草家族》、《白棉花》、《檀香刑》、《會唱歌的牆》、《冰雪美人》。在聯合文學出過《傳奇莫言》。截止到目前，在臺灣出了十九本書。我的書還是有一定的銷路，藉著電影《紅高粱》的餘威，《紅高粱家族》到目前為止在臺灣賣了一萬三千多冊，這是很好了，《天堂蒜薹之歌》、《十三步》都是三、四千冊，《豐乳肥臀》五千冊，《天堂蒜薹之歌》最近又加印了一千冊，臺灣是一千冊、一千冊地加印，因為它沒有盜版。

王堯：想過在臺灣出文集嗎？

莫言：沒想過。臺灣的出版社比較規範，他注意市場，一旦書店缺貨，他會主動加印，和我們大陸的出版社不一樣，我們這邊大多數是電燈泡搗蒜——一錘子買賣。一本書印完，就像黑瞎子掰棒子一樣，扔到一邊不管了。既然臺灣的出版社可以不斷加印，出文集的必要不是太大。一個作家到了晚年，紀念性地出一套文集，從此封筆了，研究者就買一套他的文集。

王堯：在香港出過書嗎？

莫言：我在香港只出過一本書，是叢書中的一本。許多作家都是臺灣出一個版本，同時出一個香港版本，我沒有。香港的出版社跟我聯繫，我都拒絕了。我覺得真正的好書，臺灣版的也可以拿到香港來賣，沒有必要再出一版。這樣，作家的收入肯定會少一點，無所謂了。我的書在臺灣基本都出了，還有一些中篇和短篇沒出，有一些散文沒出，最近同時編了兩本給他們，散文和雜文是一網打盡。接下來就是寫作長篇，長篇在大陸出，和春風文藝出版社說好了。現在事情太多了，從臺灣回來，什麼也沒幹，一個月晃過去了。主要是瑣碎事情越來越多，包括給人寫序，都是一些難以拒絕的朋友，今年欠了五個序，催得很急。

王堯：這就是名人之累。在西方的漢學界有一批人原來從大陸和臺灣去的，像李歐梵、王德威是從臺灣到美國的，你跟這些漢學家有沒有什麼交往？

莫言：這一批漢學家我接觸的不多，王德威我認識。我知道這些人視野開闊，他們的目光基本上覆蓋了整個的華文世界，香港、臺灣、東南亞、馬來西亞這些國家和地區，大陸是他們逐漸重視的焦點。在八〇年代初他們的視野集中在港臺、東南亞，近年來他們的視線向大陸轉移。大陸確實湧現了一大批值得他們注意的作家，出現了一大批引起他們關注的作品。他們比國內學界眼界寬廣，因為他們生活在西方，他們對西方的各種文學思潮、各種文學批評方法比大陸學者了解得多。他們的外文非常好，而我們國內的大部分批評家還是缺腿，有的懂一點外文，但是多半不能熟練運用。我想國內學者對西方理論的閱讀基本上借助於翻譯，這跟王德威、李歐梵他們相比就隔了一層皮了。我覺得即便從國學這方面看，我們國內的學者也是比較欠缺的。現在國內比較活躍的批評家年齡都和我差不多，四十多歲，或者五十出頭，這一批人，有一個共同的特點，就是在學養方面先天不足，除了少數幾個有家學淵源，絕大多數都是農村子弟、或小城鎮貧寒子弟，上過山、下過鄉，粉碎「四人幫」以後考入大學，在古典文學這一塊和外語這一塊都是欠缺的，你無論後來怎麼努力，也難臻化境。他們都沒有童子功，而外語和古典文學沒有童子功是不行的。我大哥跟我談過他的岳父，這個老先生對四書五經瞭如指掌，從小就背那個，在不理解意思的時候，已經背得滾瓜爛熟了，完全是咀嚼著這個長大的。我們作家裏頭極少有這樣的作家，葉兆言是一個特例，也不是他比我們多學了什麼東西，是他爺爺、他爸爸，這個環境起的作用。你像他爺爺的朋友都是俞平伯呀！王伯祥呀！這樣一部分人，他接觸的人和我們接觸的人不一樣，他即便是在旁邊端茶倒水，聽這幫老人聊天，得到的東西就比我們讀經典要多了。所以儘管我知道有些人讀書比葉兆言多，但是他沒有葉兆言的書卷氣，這種書卷氣是在長期的生活環境裏邊薰陶出來的，是潛移默化的。別的人當然也可以引經據典，說很多掌故，但是那個味道不對。

王堯：葉兆言發在《收穫》上的那組隨筆就是這樣，即便是研究現代文學的專家，也寫不出那種境界來。

莫言：評論家裏頭有沒有像葉兆言這種例子呀！我不太清楚。

王堯：我覺得一個人的成長過程中，教育背景很重要。汪曾淇也是一個例子，他有家學，然後又在西南聯大讀書，像穆旦他們一批人，他們一出手就不一樣。

莫言：對作家來講，家學好像還不是特別重要，沈從文他也沒有什麼家學，對學者來講，這個就很重要了。那幾位大師，都是幾代的學問了，從爺爺輩上就是舉人進士，就是大學者，然後一代一代地往下傳。像陳寅恪、錢鍾書這些人，那都是好幾代累積的結果。作家的家學並不是特別重要，我覺得主要是他自己有悟性，有一點點稟賦，有很深厚的底層生活的經歷，沒準就會成為一個很不錯的作家。批評家如果欠缺了童子功的東西就比較麻煩，要成為引領一代風騷的大家，有所創建的大家，那可能是比較難了，他們的兒子孫子輩來實現這樣的理想有可能。這樣說可能會得罪一大批人。

王堯：沒有問題，這一點批評家、學者多數都是非常清醒的。我在大學這麼多年，只聽到有一位老師說自己是大學者。

莫言：另外，我覺得，像李歐梵這樣的評論家，他們對三〇年代，對上海十里洋場特別迷戀，對張愛玲這種作家特別的醉心，迷戀舊上海。

王堯：這個現象不是單純的審美問題，我認為是有意識形態原因的。

莫言：對這一部分人來說，大陸就是上海，舊上海就是大陸的代表，代表了中華民國時期紙醉金迷的繁華夢，一種綺麗的頹廢，這個在創作上也延續下來了。

王堯：白先勇的創作也有這部分內容。

莫言：他們的情調是三〇年的上海。

王堯：或者說文化故鄉是上海。那種生活方式，可能我們現在也無法真正理解。

莫言：臺灣又掀起上海熱來了。衛慧、棉棉的紅啊！也不完全是沒有道理的，跟世界範圍內的上海熱有關係。上海現在毫無疑問是世界的一個經濟熱點，吸引了全世界的企業家、冒險家的目光，一個新的冒險家的樂園，然後有關上海的文學就隨之成為一個熱點。在亞洲來講，上海更是一個熱點，是熱點中的熱點。

王堯：所以說現在一種文本的流行背後有很複雜的因素，譬如強勢的經濟因素。

莫言：你說文學和一個國家的經濟發展有沒有關係啊？完全否認是不對的，應該還是有關係的，包括一種語言是不是強勢語言，跟一個國家的經濟是有關係的。所以我覺得我們漢語還是一個弱勢語言。我前不久去義大利，海關的官員問我，你懂不懂義大利文，我說不懂，英文懂不懂，我說不懂，他就很輕蔑地看了我一眼。我就說難道你們去中國的遊客都懂中文嗎？他就笑了。你看我們北京所有的公共建築，像地鐵呀！廁所啊！都有英文標誌，西方國家，誰給你標中文呀？他認為你必須懂我的英文，你必須懂我的法文、義大利文。中國人到外國去，你不懂外文他就嘲笑你；他到中國來，他不懂中文就是理所當然的。我相信在唐朝的時候，西域的人都要學漢語，漢人根本沒有必要在街道上給你刷上別的文字，這個我想只能等經濟慢慢發展了，等國家成為一個強國，語言變成強勢語言，文學肯定會受到重視。

王堯：現在有一些作家作品被翻譯過去，也在改變漢語的位置。

莫言：也是一個慢慢累積的過程。一本一本地累積，每過去一本書，它賣兩千冊，就多兩千個人知道中國文學，所以這不是靠一個人、兩個人的努力，要靠整整一代人甚至是幾代人的努力。當然假如我們中的某個人真的寫出了像《百年孤寂》一樣偉大的作品，而且也被翻譯得很好的話，會整個地把中國文學在西方的影響提高一個臺階。六〇年代拉美文學在西方引起爆炸效應，打前鋒的，主要是馬奎斯，然後他的兄弟們在後邊集團衝鋒。如果中國的某個作家在西方引起巨大影響、商業上也獲得了巨大成功，就會帶動許多的出版社來出中國作家的書，出中國文學。

王堯：說到這裏，我們已經不能回避中國作家與諾貝爾文學獎這一問題。

莫言：諾貝爾文學獎是個好東西，我覺得沒有必要回避。好像說魯迅曾經拒絕過諾貝爾文學獎，但那僅僅是幾個中國人要給他提名，並不是瑞典文學院把獎給了他他拒絕。所以說魯迅拒絕諾貝爾獎僅僅是一個態度，並沒有成為事實。儘管對這個獎有各種各樣的評價，但它的誘惑是擋不住的。在百年的歷史上，諾貝爾獎授給了一些偉大的作家，但也有不少得獎者經不起歷史考驗，幾十年後被人忘掉了，這也是正常的。我們的許多文學獎項，開評了沒有多少年，得獎的作家在當時也是轟轟烈烈，但現在誰還記得誰得過什麼獎呢？任何一個獎項都有評獎標準，選擇的標準，得獎的最根本的理由是你的作品符合了人家設獎的標準，並不完全因為你寫出了最好的作品才得了獎。魯迅文學獎每次評出一群人，但依然還是有些我們認為不錯的作品被遺漏，依然有些我們認為是垃圾的作品得獎。這很正常。所以用作品的好壞來衡量得獎是不科學的，你只能用是否符合設獎的標準來衡量，這樣就沒有什麼不好理解的了。諾貝爾獎作為一個世界範圍內的文學獎，不可能把所有好作家都容納進去。有些好作家沒來得及評就已經去世了，也有些作家本來沒有這種資格但也得了獎，我覺得這基本上不影響諾貝爾文學獎的巨大權威，因為它評出的大部分作家還是真正了不起的。我想大多數作家不會為了得獎而去寫作，事實也證明，當你想得什麼獎而去寫作的時候，你多半是得不了的。別說諾貝爾文學獎，就說想得「五個一工程獎」吧！我們拍電視劇時總是說，好好拍，爭取得「五個一」，但費了半天勁別說五個一，連一個一也沒得著。再就是，當某人得獎呼聲很高的時候，這個人往往是得不了獎的，得獎者經常是那些彷彿是突然地從地球深處冒出來的一樣。譬如當年，義大利最有希望得獎的、最有資格的、眾望所歸的，我想是卡爾維諾，如果他得了獎，全世界都會鼓掌，但最後是達里奧·福，一個喜劇演員得了獎，文學界一片譁然。這就是我前面說過的，不是達里奧·福比卡爾維諾好，而是達里奧·福比卡爾維諾更符合諾貝爾文學獎的標準。

7. 碎語文學

我覺得文學創作中的自由和人在社會中的自由，有一些共同之處。

在文學創作中，完全的自由也是沒有的。寫小說還是要遵循一些小說的基本規則，哪怕你是一個嶄新的突破，但是你的前提是必須能夠讓人看懂，哪怕是多數人看不懂，也要讓少數人看懂。

王堯：這二十年多來，文學改變了你，你也改變了文學。

莫言：文學改變了我，當然自己也可以這樣說：我改變了文學，那我就不敢說了，太誇張了，說出來會讓人噴飯。

王堯：我覺得你是個有才華的作家，這樣說也許你自己不一定接受。和你一樣，許多人都是在飢寒交迫中長大的，我也是這樣，但不一樣的是誰也沒有像你這樣的寫小說的才華。我覺得你天賦非常高。我不知道你自己怎麼看你的才華和寫作方面的能力。

莫言：我一直非常實事求是地感覺到自己的才能是在中等之下的，我覺得我沒有什麼值得驕傲的。小時候記憶力確實很好，但我的記憶力大多浪費掉了，本來可以學東西的時代我沒有學，沒有人教我，我自己就天天胡思亂想，記下了一些亂七八糟的東西。當我有時間、有條件、有書讀的時候，已經二十多歲了，這個時候我就感覺到很多東西我已經記不住了，假如我能夠得到按部就班的受教育的機會，會成為一個跟現在完全不同的人。

王堯：你在高密東北鄉長大，生活很壓抑，可能養成了你這種很謙卑的性格。我以前不是很了解，這次才知道通常在一篇作品成功以後，浪潮過了，你好像一下子對自己又沒有自信心了。

莫言：每一部作品出來我都忐忑不安。

王堯：這很奇怪，這和有一些作家正好相反。

莫言：那我不知道。譬如寫完《紅高粱》之後，我真是一點把握都沒有。當時在軍藝，同學之間還有很好的風氣，寫完後互相把作品看一看。我的幾個同學幫我看了以後，有的說好，有的說不好，我一點信心都沒有。

王堯：這種心理因素可能也是你往前走的原動力，促使你往前走。

莫言：還有一個怪現象，一個作品寫完後，當時感覺不好，放在那，回頭來讀，會感覺到不錯。我一部小說寫了幾萬字，突然感到不好，甚至很糟糕，放在那個地方，不願意再動，但是過幾年再拿出來讀，竟然感覺不錯，就繼續往下寫了。我一直私下裏感覺自己是浪得虛名，我說這算什麼呀？就這樣幾篇小說，就成了作家？到現在我已經快五十歲了，常常忘記自己的實際年齡，老是有一種兒童的心理，感覺到自己還在成長，這很荒誕，會被高人嗤笑，但這是真實的心理。

王堯：我很羡慕一個人能夠始終保持生活在童年的感覺，還有長不大的感覺。

莫言：後來我也想過，確實有一種沒長大的感覺。而且我許多感興趣的東西是和兒童很像的，在某些問題上也可能考慮得很複雜、很嚇人，大部分的時候還是兒童式的直覺式的思維。見了生人實際上還是怕羞。當年在保定，編輯部的老師聽說我在部隊當政治教員，他們就很吃驚，說見了人頭都不敢抬，怎麼能當政治教員呢？我說我是真的在當政治教員，每次上講臺，前五分鐘我真是不敢抬頭，講幾分鐘我就豁出去了。這種情況現在還有，哪怕是我在國外的大的演講，前面的幾分鐘還是放不開，講著講著就進入了一種比較自如的狀態了，越講越得心應嘴。二〇〇一年六月，我去澳大利亞，有一個很大的演講，剛開始很緊張，講開了之後，就非常地自如，反應也很敏銳，感覺到妙語連珠，發揮特別好，經常有這樣的狀況。

王堯：說話就如同寫作。

莫言：是的，寫作也是這樣。有時候感覺到詞多得寫不過來，有時候半天都憋不出一個字。家裏人對我的評價是，你真是，多大了，還這樣。但我覺得一旦進入頑童狀態，寫作就得心應手。我覺得一個作家的童心很重要，假如一個人過分成熟，過分理性的話，寫出來的小說，生活氣息就要淡薄得多，理念大於形象。而一個作家長期不懈地保持了這種童真、童趣、童年的情結，作品會很有生命感。

王堯：你的小說語言那麼酣暢，成功的演講也是這樣吧！

莫言：在澳大利亞我感覺到有兩次演講真是非常流暢，無需講稿，非常連貫，像眼前出現了應接不暇的美景一樣，而我所做的，就是對他們描述這些美景。幾十個世界各地來的作家和數百聽眾在那裏聽講，包括澳大利亞前總統的夫人，當地的一些名流。我講完了，很多的人來和我打招呼，我大概地能猜到他們表揚我的話。有個德國記者提出了一個問題，就是中國人是否特別殘酷，看到你們中國作家寫的「文化大革命」，你寫的《酒國》，你們中國人是不是本性裏要比別的民族殘酷啊？我說人類的殘酷是基本差不多的，無論一個現在看起來是多麼和善的民族，他們靈魂深處都隱藏著殘忍的一面，我說你們德國人現在看起來文質彬彬的，但是想想二戰時期，德國人的殘酷令人髮指，難道那些德國人不是你們的祖先嗎？另外我們看現在的日本人，一見面就是點頭哈腰，九十度的鞠躬，但是想想日本在二戰期間在中國和東南亞戰場上，對中國人民和東南亞人民所犯下的暴行，跟現在的日本人之間會產生怎樣的聯想呢？我說中國的「文化大革命」也是這樣，它是在一個特殊的、不正常的社會環境下，人性當中被壓抑的部分，惡的方面就膨脹出來。只有當一個社會高度文明和進步以後，人性中的惡才會得到有效的控制，人性的善才會放出光芒，我覺得這也是我們這次世界作家大會最重要的宗旨之一，就是為什麼要通過文學，暴露人性惡的一面，批評人性惡賴以產生和膨脹的社會現實，然後我們共同創造一個美好的世界。

王堯：直率而機智，很有風度。

莫言：反應很好，但風度談不上。我是風度的敵人。但我知道一個人最好的風度就是他的本色，是那種毫不掩飾的坦率。他們說中國作家第一次來參加這個會議，和我們想像的中國作家不一樣，就是不迴避任何問題，觀點非常鮮明。所以我覺得真正的作家他永遠當不了政治家。政治家是迴避任何實質性的問題，在概念上繞圈子。政治家需要成熟，不需要天真。

王堯：我看到一則汽車的廣告，說「離常規越遠，離自由越近」。

莫言：自由這個東西，我覺得是有限制的。我們過去所想像的無拘無束啊！完全地不受人的管轄呀！只是一種理想。只要是生活在人類的社會當中，就要受到限制，然後在限制中爭取自由。

王堯：自由在限制與反限制之中。我們的問題是限制太多了。

莫言：我覺得值得檢討的就是，社會對個人限制的東西太多了。我們的法律不是特別健全，便用道德的武器來干涉了過多的個人自由。慢慢地走向法制社會以後，所有的人都應該設立了一個底線，就是法律的底線。在法律允許的範圍內，個人願意做什麼就做什麼，這是一個社會文明性的標誌。有人道德觀念強一點，他自律得好一點。有人道德水準差一些，自律就差一點。我覺得應該建立一個法律的底線。我們過去實際上是把人往好裏想，把人想像成可以通過教育，通過道德來解決問題的這麼一個體制，但人的道德水平並不是那麼高，通過教育也無濟於事，那麼各種問題就出現了。

王堯：文學創作中的自由和社會中的自由可能又不太一樣。

莫言：我覺得文學創作中的自由和人在社會中的自由，有一些共同之處。在文學創作上，完全的自由也是沒有的。寫小說還是要遵循一些小說的基本規則，哪怕你是一個嶄新的突破，但是你的前提是必須能夠讓人看懂，哪怕是多數人看不懂，也要讓少數人看懂。語法你還是要遵循的，漢字你還是不能生造的，起碼你還是要讓人看懂你的漢字，寫了許多不認識的漢字，那就成為一種行為藝術，成為書法、美術作品。文學創作的自由也是「戴著鐐銬在跳舞」，一種限制的自由。

王堯：這就像當年聞一多先生說新詩。

莫言：我們在各種各樣的限制中生存，革命就是最大限度的衝撞這個限制，但要徹底打破限制是不可能的。我曾經寫過一篇散文，就是說各種文體實際上就是對作家的束縛，就像籠子對鳥的束縛一樣，鳥在籠子裏是不安於這種束縛的，要努力地衝撞，那麼衝撞的結果就是把籠子的空間衝得更大，把籠子衝得變形，一旦籠子衝破，那可能是一種新的文體產生了。唐朝的一些鳥努力衝撞，把律詩的籠子衝破了，緊接著就出現了一個更大的鳥籠，就是宋詞。宋詞的籠子被衝破就出現元曲。寫小說的努力衝撞又把元曲的籠子給衝破了。我想寫小說也是這樣，每個人都在努力，通過各種各樣的手段，使小說的涵義越來越豐富，越來越多樣化，什麼叫小說呢？定義確實越來越多，但一些基本的規則還是應該有，用大家都看懂的語言，大家都認識的漢字，你也要講故事，但是什麼樣的講法，怎麼樣最大限度地讓你寫出來的東西有一點獨創性，使你的鐐銬舞蹈姿態優美一點。掙脫這個籠子也是多少代、多少鳥的努力，突然有一天，不自覺地就衝破了，不是一個人能夠完全改變的。但一種新的文學形式的出現，並不意味著舊的文學形式死亡。即便現在也還是有人熱中於用舊的格律賦詩填詞。

王堯：從文學的惰性和資源限制的角度來看，對你來說文學的鳥籠意味著什麼？

莫言：小說的籠子，就是已經存在的小說。存在的小說越多，籠子裏的空間就越小，編制籠子的鐵條就越粗。我要想有所創新，就要努力地衝撞籠子，撞彎曲幾根鐵條，局部地改變一下籠子的形狀。這也是想想而已，實際上是很難做到的。

王堯：自己也不知道能走多遠。

莫言：不知道能走多遠。年輕的時候是感覺到自己無所不能，隨著年齡的增長，越來越清楚地認識到的一個問題就是一個作家的局限性，無論多麼偉大的作家，都有自己的局限性，創造力不可能是無限的，更不可能是永恆的，創造力會逐漸減弱，慢慢消失。

王堯：但我聽到有許多作家他們總說我最好的作品是下一部，其實下一部未必比上一部要好。

莫言：第一個人這麼講，是一種很機智的說法，所有人都這樣講，就是無聊的重複了。另外，這大概也是作家的願望，希望下一部更好。

王堯：從你的寫作和整個文壇來看，你覺得今天漢語的寫作問題在哪裏？

莫言：我覺得最大的問題就是一種不謀而合的趨同化。這也不純然是主觀的原因，更多的是客觀存在造成的。許多作家生活經歷相似，所受的教育也差不多，因此寫出的作品雷同，作家的個性也就比較模糊了。我們當然不是要做什麼判定，因為每個人都在發展，每個人都有自己的悟性，他們很快就會意識到：重要的不是寫作，而是通過寫作把自己跟別人區別開來。

王堯：網路文學的出現對我們已經變化了的文學觀和寫作是否構成挑戰？一些所謂的網路文學其精神的東西正在消失，或者就是缺席。語言是複製的，也就是你講的趨同化，編輯發表的方式和過去也大不一樣。

莫言：沒有個性的語言，模仿和複製是非常容易的。沒有個性的語言實際上是建立在某種文化現象上的。還可以這樣說，最沒有個性的語言，恰恰是用最有個性的方式表現出來的，譬如「大話西遊」那一類的語言垃圾。對語言個性的追求是一種悲壯的奮鬥。我的老師徐懷中的一句話我老是忘不掉，他說從某種意義上講作家的語言是作家的一種內分泌。雖然福克納也說過作家要寫自己的內心不要寫內分泌，但這裏的內分泌和我老師說的不是一個意思。一個作家的語言風格與後天的追求當然有一定的關係，但更重要的是，一個作家的語言風格是與他所生長的環境和他童年時期的經歷密切相關的。

王堯：我看有些作家是內分泌失調。今天的模仿與複製，與「文革」期間實際上有什麼差異？。

莫言：「文革」時期的模仿和複製是強制性的，你不這樣寫第一不可能發表，發表了也很可能帶來批判、批鬥等災難。現在的模仿和複製則是一種時髦。

王堯：這種現象反映了部分中國作家精神和藝術的殘缺。你覺得中國作家缺少什麼？

莫言：我覺得起碼缺少一種叩擊自己靈魂的勇氣。固然自己有時說我是流氓，我是壞蛋，但內心裏並不這麼認為。這句話的潛臺詞是：這個世界上誰不是流氓？

王堯：這是不是中國作家的根本性局限？

莫言：很難說這是一種局限，出現這種東西也是一種必然結果。一九四九年以來，「文化大革命」前後的歷次政治運動，發展到了八〇年代，必然要產生這樣一種東西。我覺得這種東西是政治社會的產物。一大批作品對過去的神聖話語的奚落，讓你哭笑不得。譬如一篇小說中寫一男人嫖娼的時候引用了毛主席語錄，類似這種情節你說是笑還是哭？

王堯：對「文革」話語的戲擬是不少先鋒作家的話語策略。

莫言：但如果沒有這種語言經歷的，十八、九歲的讀者，他就不知道是怎麼回事，不理解那就沒什麼好笑的。這種自嘲實際上是一種政治的產物，你公開地要與社會對抗是不行的。但這還是一種表層、對外的抗爭，像俄羅斯的一些作家，對社會反而沒說什麼，但對自己心中善與惡的搏鬥卻寫得淋漓盡致。我覺得這些東西是超越國界的，屬於全人類的。我們這種語境下的產物在中國讀者中可以理解，更局限一點就是在我們這一年齡段的人，經過「文革」或「文革」前極左思潮的讀者，看了才會會心一笑。但像杜思妥也夫斯基的《罪與罰》再放五十年，儘管讀者沒有到過俄羅斯，也沒有經歷農奴制，看了後還是感覺到一種震撼，觸及到靈魂，也就是說寫到了我們靈魂深處最痛的地方。

王堯：像王朔，他們是在用一種虛偽的方式？

莫言：不能說他是虛偽，但也不能說他真誠。我覺得這是環境的產物。在這種環境下只能這樣，它甚至是「文化大革命」的造反精神的變種延續。「文化大革命」把知識分子打得一落千丈，所有神聖的東西都被狗屎化了。「文化大革命」過去後，這些東西恢復了神聖地位並被強調到不合適的態度，什麼作家是「人類靈魂的工程師」啊！是「人民的代言人」啊！這些頭銜太重了，沒有一個有自知之明的作家敢於承擔。但確有很多作家在這些桂冠下沾沾自喜，忘乎所以。

王堯：優越感。

莫言：以為自己真是肩負重任，以為自己和老百姓不一樣，已經不是普通老百姓的一員，而是帶有神聖光環的、救世主式的人物。這種想法在粉碎「四人幫」後大量的作家心中還是存在的。五十歲的作家中有有這種想法的，八十歲的作家中也有有這種想法的。很多我們這個年齡段的人也有這種想法。有幾個作家說話口氣大得驚人，用語方式都模仿當年毛澤東的風格，什麼「最近我要到下邊走一走」，「要到一個山洞裏去躲一躲」。提到某些領導人的名字，總是在「ＸＸ」後邊加上個「同志」，譬如「王堯同志」，王朔嘲弄的是這麼一批人。

王堯：好多作家都說自己不看同時代作家的作品。

莫言：這有兩種情況，一種是真的不看，一種是看了說不看。因為你說看了就要有評價。你對某某新作有何看法？你說好當然是可以啦，你說不好很可能就得罪了朋友。而明明不好而說好就要違心。「對不起，我還沒來得及看」就誰也不得罪了。我是真看，但我看得不是特別認真，如果前面二、三十頁不能吸引人的話，我就不讀了。一些特別好的作品看過七、八年後，回頭還會再找來看。

王堯：評論界則是另外一種狀況，對中國作家和外國作家的評價常常有不同的尺度，形容詞都不一樣。

莫言：外來的和尚會念經，這是一種很普遍的現象。大家總是認為翻譯過來的外國作家都是偉大的作家，如果不好，也總是認為自己沒有看懂。事實上假如能接觸到真人的話，那種神聖感、神祕感就給徹底的消解掉了。大江健三郎沒來中國的時候，我們沒有接觸的時候，想他是諾貝爾文學獎獲得者，而且在大學裏學的是法國文學的專業，法文講得很好、英文也不錯，肯定是個特別了不起的人。但是你跟他一見面一談話，發現他也是個很普通的人，性格很隨和，一點架子也沒有。一下子就把神聖的東西給消解掉了。這時候你再來讀他的作品就能獲得一種親近感，一種平等感。這樣你可能更加明確地知道它的好處和壞處了。對其他外國作家也應該有這種認識。現在一提福克納，一提海明威，我們還是把他們神聖化了，動不動就拿他們跟中國作家比。實際上這些作家本身也存在著我們現在作家的很多問題，他們之間也互相攻擊。海明威罵福克納的作品是重慶嘉陵江裏用船拖的那些東西，是「龍船載狗屎」，又臭又長。還說他的句式像牛馬反芻出來的東西。福克納反過來攻擊海明威，說他寫的東西像癡呆兒講的話，斷斷續續的，也是貶得一無是處。他們之間的矛盾是很深的。當然也有和解的時候，福克納讚揚海明威的《老人與海》時說：你寫出了很多優秀作家都能寫出的作品。這種表揚也是很有技術的。我們可以說偉大的福克納，偉大的馬奎斯，作家可以這樣說，評論界也可以這樣說，但假如我今天說哪個當代中國作家偉大，那肯定是會被人嗤笑的。「外來和尚會念經」的反面就是「騙子最怕老鄉親」。

王堯：這種心理也很奇特的。這一百年來中國知識分子沒那麼自信了。

莫言：海明威不自信的時候比他自信的時候要多得多，為什麼自殺呀？他對自己的才華也是沒有信心的。狂起來的時候是老子天下第一；沮喪的時候、一個字也寫不出來的時候，感覺自己像個笨豬。中國作家也是這樣，包括我個人也是這樣。有時候感到自己才華橫溢，有時候感到自己蠢笨如驢。

王堯：我看巴金也經常不自信的。

莫言：那肯定的，沈從文我想也是經常不自信的。永遠自信的人，不是白癡，就是魔鬼。

王堯：在中國文學種種現象的背後，除了文化傳統與歷史因素外，是一個複雜的現實在起作用。也就是說，考察作家的現實處境也是必要的。現實可以說是只鳥籠子，也可以說是海闊天空。作家在這當中有的不知所措，也有的故作姿態，也有的泰然處之。作家如何回應現實，其實始終是個問題。

莫言：作家與現實的關係是難以擺脫的，任何一個作家的創作都不可能不受到時代的局限或者影響，即便是寫遠古的生活，你寫遠古生活也是作為一個現代人寫，現代生活中的所有資訊，勢必都要反映到你所描寫的遠古生活中去，如果寫歷史那就更是這樣。任何歷史小說都浸透了作家的現代性，完全是原汁原味地複製歷史，第一沒有意義，第二也不可能。

王堯：那你主張怎樣介入？因為講到現實就不能不提到政治。

莫言：當然我也不贊成作家以那麼明朗的態度直接介入政治，但有的作家可以這樣做。在某些重大政治關頭他站出來說話，站出來簽名，像當年那些拉美作家那樣，跟政治保持那麼密切的聯繫。日本的大江健三郎，支援韓國的詩人金芝河，搞絕食運動。當然這也是一類作家，這類作家干預社會、改造社會的意識非常強，確實在某一個時刻他認為他有責任站出來充當社會良心，充當人民的代言人，扮演這麼一個角色。他認為他是必要的。我個人認為，首先這和個人性格有關係，和作家本人的性格有關係，我的性格可能不太合適扮演這種臺前角色，以非文學的方式扮演社會良心、社會代言人的角色。一個作家的良知還是存在的，我生活在這個社會裏，我對這個社會的重大事件，我對社會的下層老百姓同情。也不僅是同情，而是跟基層的老百姓同呼吸共命運，因為我就是一個老百姓。這種說法會被某些人罵作虛偽，但我自己知道這不是虛偽，這就夠了。

王堯：所以你在蘇州大學演講時主張應當作為老百姓來寫作，而不是為老百姓寫作。

莫言：對。但要我跳出來，站到社會政治舞臺上來，用非文學的方式說話，是我的性格難以做到的。

王堯：你是用寫小說的方式表達自己的態度。

莫言：我通過小說的方法，把我對社會現實的態度，對強者的批評，對弱者的同情，已經表現得非常充分了。從《天堂蒜薹之歌》到《十三步》到《酒國》到《豐乳肥臀》已經是表現得淋漓盡致了，我的政治觀點，歷史觀點，我對社會的完整看法，已經在小說裏暴露無遺了。

王堯：《紅高粱》也表達了你對現實的看法？

莫言：《紅高粱》這部小說，你說裏面有沒有對社會現實政治的看法，對眼前社會的批評？有。對那種傳奇式的、祖輩英雄人物的讚美欣賞，實際上就是對現實生活的人性的懦弱、人的猥瑣不滿的一種反射。假如對現在很滿意的話，也沒有必要過分推崇祖先那些所謂的英雄行為。《紅高粱》實際上是對幾十年來不正常的社會環境對人性的壓抑的一種痛心疾首的呼喊。為什麼我有痛感呢？我們這幾代人越來越灰暗，越來越懦弱，越來越活得不像個男子漢，越來越不敢張揚個性，越來越不敢在自己的社會生活當中顯示出個性色彩。人越來越趨同化，人好像都一樣。這種東西你可以用人的性格來解釋，更重要的還是因為不正常的社會環境對人性的壓抑。

王堯：你就是受到壓抑而改變了自己性格的一個人。

莫言：我在童年時期、少年時期，非常能說話，非常願意說話，非常喜歡熱鬧，非常喜歡湊熱鬧，哪裏有熱鬧我就往哪裏鑽，哪裏有熱鬧就會出現我這麼一個小孩子，但是由於父母的教育，由於社會的壓制，導致我成年以後變成一個謹小慎微、沉默寡言的人，在公眾場合不願意出現，即使出現了也無所措手足。我的天性不是這樣，這是長期的壓抑、長期不正常的社會環境造成的。所以《紅高粱》對我爺爺我奶奶的這種讚美，包含了對現實社會的一種批判。

王堯：作家還是應該用這種方式來扮演所能扮演的角色，用文學的方式來干預社會，盡量不要用非文學的方式。

莫言：用非文學的方式，總感覺作家不應當承擔這種角色，不應該扮演這種社會活動家的角色，而且很多人的這種表現讓人產生懷疑。

王堯：九〇年代初期，包括作家在內，好多人的角色、身分有些錯亂。

莫言：紛紛下海、經商、炒股票、做房地產，以談文學、寫文學為恥辱，但大部分真正的作家他還是應該知道，他的本質、他的職責應該是什麼。所以在大家紛紛下海，許多人對文學表現出一種厭惡的時候，我知道我還是應該寫小說。這個時候有人來拉我搞影視，我就參加了一些。很快我就意識到，搞影視是不對的，還應該寫小說。

王堯：長篇小說的高潮就在這個時期出現了，因為有一批作家開始沉潛下來。

莫言：這麼一轉眼，就一九九五年前後了。這時候陝軍西征，文學慢慢熱起來了。九〇年代初期，出版社根本就沒書可出，我當時參加了華藝出版社搞的一個當代作家大系，能夠進入叢書的作家很榮幸，想竟然還有人肯出書。一九九四年賈平凹他們的書一出來在北京掀起一個小高潮，大家紛紛回過頭來，我想這也是新時期的第一個長篇小說創作高潮。但早此一年，我的《酒國》就出版了，出版後無聲無息。

王堯：我的一個老師說，你們這一代人沒有經過很多事情的磨練，沒有受過考驗。其實人的思想成熟與遭遇到什麼事情是沒有關係的。一個人思想成熟常常是他內心矛盾衝突的結果。

莫言：作家內心深處的矛盾衝突肯定要改頭換面的、曲折的、隱諱地在他作品裏得到表現。一個作家如果沒有矛盾衝突的話，也就失去了創作的能力，只有當他感到矛盾痛苦，有一種很激烈的情緒的時候才能來寫作。當然，要寫那種沖淡的散文也許不需要這樣的激烈。至於成熟作家與不成熟作家之間的區別，像我在《紅高粱》時期就是在吶喊，這大概可以視為不成熟。成熟一點後就可能把情緒壓得深沉一些，可能用極其平緩的、平和的腔調講述一件非常激烈的事情。說到底，作家編造故事的能力是非常重要的，根據自己的痛苦，編造出一個故事。能編出一個精采的故事，但不一定能寫好。有的人講故事，講構思真是精采，但寫出來後卻味同嚼蠟。我的一個同學向我講他的小說構思的時候我覺得太棒了，等他寫出來後就完全不是那麼回事了。他一寫出來，感覺每個細節都虛假得要命，他不會寫，為什麼？像我前面說的，他沒有同化生活的能力，故事編得很好，卻無法用文學性的語言來描述他講的故事。他沒有用自己的感覺賦予他小說中的人物以生命，沒有讓人物活起來。有了同化生活的能力，小說中的人物就能活起來。能不能讓自己用各種各樣的方式來思想，或者說是能不能想他人所想、你能不能代替他人思想，對一個作家來說是至關重要的。作家的本事就在於能夠代替別人思想。他能夠設身處地地把自己想像成一個人物。寫妓女的時候，就應該想我就是個妓女；寫劊子手的時候就把自己想像成劊子手。我在寫《檀香刑》時，一陣陣灰白的感覺在心裏閃爍，感到脊背在發涼。

王堯：你是不是認為小說就是講故事，好的小說就在於作家會講故事？

莫言：「會」字裏面很豐富。會講故事，也就是說故事已經存在了，剩下的是怎樣講法。所謂的「會」，就是指你能用文學的精血讓存在的故事受精，賦予它生命、靈魂，或者更直接地說能想人物所想，急人物所急。你能在寫作狀態時真的和人物融為一體。再一個，我認為作家還是要有一種對象徵的敏感，某些細節，某些人物，某些特點，你當然不一定把它講得很清楚，這工作要讓讀者和理論家來做，作家起碼應該敏感地意識到這一地方有戲。舉例子就舉我自己的吧！有一點自吹的嫌疑了，我寫上官金童的時候，就覺得這個眷戀乳房的混血兒形象裏面包含了很多東西，可以和很多的觀念、很多的思想掛上鉤。比如說他是一個外國的傳教士和一個中國農村最底層的婦女結合而生的這麼一個混血兒。這個混血兒象徵著什麼呢？基督教文化和中國民間傳統文化結合？他的「戀乳症」，直到長大後吃到什麼東西都會嘔吐，只有在母親身邊吃了奶才能生存下去，發展到一種對乳房的病態的眷戀。我覺得這也不僅僅是生理學、病理學的意義，它還有別的解釋。如果要我把這些都想清楚，反而寫不好。好小說彈性特別大，是多義的，仁者見仁，智者見智。《紅樓夢》為什麼偉大？因為什麼人都可以從裏面讀出自己所需要的東西來。我們現在回頭想想「紅色經典」時期的作品和「文革」中的作品，只有一個答案，主題非常鮮明。青松象徵高潔，紅旗象徵革命，太陽象徵毛澤東。

王堯：這裏我們談到「紅色經典」。前面你也談到我們小時候能夠看到的也就是這些書，什麼《苦菜花》、《野火春風鬥古城》、《三家巷》這類書，沒有其他的書好看。這類書在「文革」初期也是受到批判的，我現在還藏有一本《一百部毒草小說批判》，我們提到的這些「紅色經典」都在批判之列。實際上《苦菜花》已經部分超越了當時按照階級分析的那種方法，來安排人物、情節等所謂「革命現實主義」的寫作方法。我覺得你後來的創作實際上就提供了用小說來重新解釋歷史的一種方式，有學者用「新歷史主義」的理論來解釋你的創作。我感覺到在過去的百年，包括現在還有許多作家的小說創作，有一個非常特別的東西，往往用寫「正史」的方式來解釋來敘述歷史，現在看大多數作為小說來幾乎是失敗的。用「野史」的方式來寫小說卻是另外一番景象。我們剛才所說的「紅色經典」，那些打動我們的東西往往是在當時的主流話語之外，是一些邊緣性的東西。所以我一直覺得用「正史」的方式來寫小說，來寫百年歷史，包括像黎汝清的《海島女民兵》這種方式都已經過去了。

莫言：在「文化大革命」之前，「紅色經典」是主流話語。「文革」儘管打倒了「紅色經典」，但「文革」中的文藝作品實際上是「紅色經典」的延續。也就是說，「四人幫」的幫派文藝不是從天上掉下來的，就像「文革」不是突然爆發而是建國以來極左路線的必然的結果一樣。這種寫過去革命戰爭的小說基本上都是在圖解毛澤東的軍事思想。作家很少在作品裏表現自己的思想，作家對戰爭的認識是沒有表現的，所以可以大膽地說，大部分「紅色經典」是一批沒有個性的作品，如果有個性，那這點個性也正是被批判的靶子。當時的作家都遵循著「革命的現實主義」和「革命的浪漫主義」相結合的創作方法，都是在毛澤東的《在延安文藝座談會上的講話》指導下寫作。對戰爭的荒誕本質，戰爭中人的異化，戰爭中侵略者和被侵略者雙方靈魂的扭曲都沒有、也不敢表現。當時作家的最高理想就是希望能夠用作品再現人民戰爭的壯麗畫卷，希望能夠再現某一段歷史。「紅色經典」中什麼都有，就是沒有作家自己。「紅色經典」的作者大都是從革命隊伍裏出來的，他本身就是八路軍的戰士，或者是解放軍的戰士，他親身參加了歷史上的戰鬥，因此他的這種愛恨肯定是特別地分明。他肯定地說我就是無產階級的，我就是要站在無產階級的立場上，寫這種階級立場特別分明的作品。當然這也不能說不對，但就小說來說就顯得比較單薄，包涵性不夠。我覺得好的戰爭文學應該站在比較超階級的觀點上，應該站在人類的高度上來寫。我們在寫國共兩黨的戰爭時，按照「紅色經典」的寫法，國民黨裏全是兇殘的敵人，全是野獸，是沒有正面人物的。國民黨裏的官兵在外貌上也一個個都是獐頭鼠目，或者是獨眼龍什麼的；但是寫到解放軍的時候，就像我們在電影裏看到的那樣都是濃眉大眼，威武英俊。連小孩都能從電影裏辨別出來誰是好人，誰是壞蛋。我想這也是可以理解的。但這種看法肯定是片面的。他想再現歷史，想搞現實主義，但因為他的鮮明的階級性，使他不可能客觀的、全面的來看問題。用這樣的視角來搞土改，搞革命當然可以，但用這樣的視角來搞文學，大概不行。我們村裏面有當過國民黨兵的，也有當過共產黨兵的，從相貌上來講，那幾個當「國軍」的人竟然是很英俊的、濃眉大眼的小夥子，而當過我們八路軍的卻有幾個是臉上有麻子的、甚至是有殘疾的。「紅色經典」從這一點上來說已經是不真實的了。就村子裏的情況來說，那幾個當了國民黨士兵的孩子家裏其實是很貧困的，其中一個的母親長年討飯，家裏窮得真是「無有立錐之地」。而有幾個地主富農的孩子反而去當了八路。我在農村時，與那個勞改歸來的國民黨士兵聊天，我問他為什麼不當八路當「國軍」？他說，當時家裏沒飯吃了，當兵吃糧去。父母說你當「國軍」就是了，你不要當八路，當國軍吃得好穿得好有前途有希望。於是就去當了。從教科書上看到的歷史，涇渭是很分明的，但一旦具體化之後，一旦個體化之後，就會發現與教科書上大不一樣。究竟哪個歷史才是符合歷史真相的呢？是「紅色經典」符合歷史的真相呢？還是我們這批作家的作品更符合歷史真相？我覺得是我們的作品更符合歷史的真相。當然，這裏我們不涉及到對那批寫作了「紅色經典」的作家們的人格批評和對他們的才華的判斷，其實這批人裏邊不乏具有真知灼見者，他們之所以那樣寫，是他們不得不那樣寫，就像許多在新時期大紅大紫的、批判「文革」不遺餘力的作家，在「文革」期間也發表過歌頌「文革」的作品一樣。就是我，不是也在水利工地上寫過那樣的小說嗎？沒有發表只能說我寫得還不合當時的標準，不是我不想發表。

王堯：我想知道，「紅色經典」對你的創作有沒有產生積極的影響。

莫言：當然有。像《苦菜花》就是如此。我舉個例子：當時的小說中描寫的愛情，革命的意義大於生理的意義，總是那樣理想、完美，其實是遵循著英雄愛美女的老套，《苦菜花》裏的愛情描寫我看了很難過，八路軍排長王東海是個戰鬥英雄，駐地有個女人名叫花子，丈夫為掩護八路軍犧牲了，她成了一個寡婦，帶著一個小孩。另外還有一個八路軍的衛生隊長叫白芸的，又漂亮又有文化，她對王東海說我們之間的關係能不能比同志關係更進一步？那個排長說不行。這時候，花子左手抱著一顆大白菜，右手抱著個孩子，進來了。因為她的丈夫是為了掩護這個排長而犧牲的，這就暗示著說我要對這個寡婦負責。於是白芸就抱著花子說了聲「好姊姊」後主動地走掉了。我當時特別難過，我覺得這樣寫不好。我覺得英雄排長王東海和白芸好才是真正的郎才女貌，英雄配美女。而找了個農村寡婦，帶著個小孩，感到很不舒服。這說明當時的我雖然年輕，但腦海中的封建意識已經根深蒂固了。在傳統的思維中，認為只有那些沒有本事的人才會去找寡婦結婚。這種對女性的歧視，對再婚寡婦的歧視，這種封建文化的影響，直到現在在我的故鄉還是存在的，再下去十年八年也不會消除。我走上文學道路以後，才覺得這個排長的行為是非常了不起的，回頭想想花子和白芸這兩個女人，我竟然也感到花子好像更性感、更女人，而那個白芸很冷。這些都是很主觀地聯想。《苦菜花》裏面，有許多殘酷的描寫，對戰爭中性愛的描寫也是非常大膽的，裏面寫到了長工與地主太太之間的愛情等，寫到了一個有痲子的男人與自己的病秧子媳婦的愛情等，當然也有革命青年德強與地主女兒（實際上是長工的女兒）杏莉之間美好的愛情，但就是這唯一美好的愛情，作家竟然讓他們沒有成功，他把那個美麗的女孩子杏莉給寫死了。我覺得

《苦菜花》寫革命戰爭年代裏的愛情已經高出了當時小說很多。我後來寫《紅高粱家族》時，恰好寫的是抗日戰爭時期的事情，小說中關於戰爭描寫的技術性的問題，譬如日本人用的是什麼樣的槍、炮和子彈，八路軍穿的什麼樣子的服裝等等，我從《苦菜花》中得益很多。如果我沒有讀過《苦菜花》，不知道自己寫出來的《紅高粱》是什麼樣子。所以說「紅色經典」對我的影響是很具體的。語言方面，影響到我語言風格的因素包括你提到的「紅色經典」，包括「文革」期間所流行的毛文體，準確地說是「文革文體」，也可以叫「紅衛兵文體」。這種文體發展到後來最為典型的表現就是那時候每年都有的「兩報一刊」元旦社論。這種文體把漢語裏華而不實的部分極端放大，是一種耀武揚威、色厲內荏的紙老虎語言。漢語裏我覺得有很多不準確的形容。象《史記》裏就有「怒髮衝冠」、「目眥皆裂」這樣的說法，實際上這種現象是不可能出現的。頭髮再硬、人再發怒也不至於把帽子頂起來，這種語言說起來很解恨，但不準確。我不知道在外國語言裏是否有這種東西。這種東西在我們漢語裏特別多，文革期間把這種東西極端放大，但這種東西對我的小說語言還是有潛在影響的。

王堯：我們談到了小說中的愛情，但我們沒有提到生活中的女人和愛情。

莫言：這應該是自己對自己談的問題。真正的情感，應該珍藏在心，一拿出來示人，就是褻瀆。

國家圖書館出版品預行編目資料

說吧！莫言／莫言, 王堯著. - - 初版. - - 臺北市：麥田, 城邦文化出版：家庭傳媒城邦分公司發行, 2007.12

面；　公分. - -（莫言作品集；3）

ISBN 978-986-173-318-0（平裝）

855　　96020724

莫言作品集 3

說吧！莫言

作者	莫言　王堯
責任編輯	鍾平
副總編輯	林秀梅
總經理	陳蕙慧
發行人	凃玉雲
出版	麥田出版 城邦文化事業股份有限公司 100台北市中正區信義路二段213號11樓 電話：(886)2-23560933　傳真：(886)2-23516320; 23519179
發行	英屬蓋曼群島商家庭傳媒股份有限公司城邦分公司 104台北市中山區民生東路二段141號2樓 客服服務專線：(886)2-25007718；25007719 24小時傳真專線：(886)2-25001990；25001991 服務時間：週一至週五上午09:00~12:00；下午13:00~17:00 劃撥帳號：19863813；戶名：書虫股份有限公司 讀者服務信箱：service@readingclub.com.tw
麥田部落格	http://blog.pixnet.net/ryefield
香港發行所	城邦(香港)出版集團有限公司 香港灣仔軒尼詩道235號3樓 電話：(852)25086231或25086217　傳真：(852)25789337 E-mail：hkcite@biznetvigator.com
馬新發行所	城邦（馬新）出版集團有限公司【Cite(M) Sdn. Bhd.(458372U)】 11,Jalan 30D/146, Desa Tasik, Sungai Besi, 57000 Kuala Lumpur, Malaysia. 電話：(60)3-90563833　傳真：(60)3-90562833 E-mail：citecite@streamyx.com
印刷	成陽印刷股份有限公司
初版一刷	2007年12月1日

售價：300元

ISBN　978-986-173-318-0

城邦讀書花園 www.cite.com.tw 書店網址：www.cite.com.tw